中國語言文字研究輯刊

六 編

許 錟 輝 主編

第 **16** 冊

廣韻「重紐」問題之檢討

林 英 津 著

花木蘭文化出版社

國家圖書館出版品預行編目資料

廣韻「重紐」問題之檢討／林英津 著 — 初版 — 新北市：花
木蘭文化出版社，2014〔民 103〕
目 2+172 面；21×29.7 公分
（中國語言文字研究輯刊　六編；第 16 冊）
ISBN：978-986-322-671-0（精裝）
1. 廣韻　2. 研究考訂
802.08　　　　　　　　　　　　　　　　103001870

ISBN-978-986-322-671-0

9 789863 226710

中國語言文字研究輯刊
六　編　　第十六冊　　　　ISBN：978-986-322-671-0

廣韻「重紐」問題之檢討

作　　者　林英津
主　　編　許錟輝
總 編 輯　杜潔祥
副總編輯　楊嘉樂
編　　輯　許郁翎
出　　版　花木蘭文化出版社
社　　長　高小娟
聯絡地址　235 新北市中和區中安街七二號十三樓
　　　　　電話：02-2923-1455／傳真：02-2923-1452
網　　址　http://www.huamulan.tw 信箱 hml 810518@gmail.com
印　　刷　普羅文化出版廣告事業
初　　版　2014 年 3 月
定　　價　六編 16 冊（精裝）新台幣 36,000 元

廣韻「重紐」問題之檢討

林英津　著

作者簡介

　　林英津，研究西夏語‧木雅語，希望對藏緬語乃至漢藏語的比較研究有所貢獻。進一步，我嘗試展開一個導向性的研究計畫，希望經由業已深度解讀的西夏語文獻，重建西夏民族對古代中國文化及思想體系的習得。

　　我偶然也操弄古漢語的語料，企圖以常用字為例，結合文字、聲韻、訓詁的方法，詮釋古漢語的若干現象。我也嘗試將傳統聲韻學以文獻為主的研究型態，加入當代方言調查分析、實際語料為本的論述。這樣的研究工作，希望能對中文系小學三科有點用處。

　　我還調查研究南島語，希望對台灣地區語言的認知和了解起點作用，台灣是我生長的地方。《巴則海語》專書出版以後，我對台灣南島語的調查研究重心轉移至社會語言、語言生態的觀察。先加入由「東台灣研究會」主辦的，「戰後東台灣研究的回顧與前瞻」計畫，負責語言學的分支計畫，並開展初鹿卑南語長篇語料的蒐集記錄。現在則參與民族所的主題計畫「台灣原住民社會變遷與政策評估研究計劃」，負責「原住民語言現況與政策」之分支計畫。

　　目前就職於中央研究院語言學研究所。

學歷：台灣大學中國文學研究所博士

經歷：

　　俄羅斯聖彼得堡大學哲學系訪問講學（2006/10/15 ～ 2006/11/15）

　　國立政治大學中國文學研究所碩士論文指導教授（2006/08 ～ 2008/07）

　　日本東京大學總合文化研究科客員研究員（2006/01/11 ～ 2006/02/18）

　　國立暨南國際大學中國語文學研究所兼任教授（2005/02 ～ 2006/07）

　　國立臺東大學南島文化研究所兼任教授（2004/02 ～ 2004/07）

　　國立中山大學中文研究所博士論文指導教授（2003/09 ～ ）

　　國立清華大學人類學研究所兼任教授（2003/09 ～ ）

　　日本京都大學文學研究科中文研究室客員研究員（2002/11 ～ 2003/04）

　　美國舊金山州立大學中文系兼任副教授（1998/02 ～ 1998/06）

　　本所副研究員（1997/08/13 ～ 2000/07/20）

　　國立暨南國際大學中國語文學研究所兼任副教授（1995/09 ～ 1997/07）

　　本院史語所副研究員（1989/01 ～ 1997/08/12）

　　本院史語所博士後副研究員（1986/01 ～ 1988/12）

提 要

「重紐」這個問題，自三、四十年代被提出來討論以後，對於中國音韻學的研究，一直扮演著很重要的角色。這個問題能否圓滿解決，及處理的方式，每每足以左右中古漢語的成就；甚至上古漢語及近代漢語方言的了解，也往往受其影響。有見於參預該問題討論的學者們，各有不同的看法和解釋，我們覺得有重新檢討的必要。因此本文的寫作，除了說明「重紐」的各種徵象，及表面形態以外，主要在指出「重紐」討論的許多小問題，希望能循邏輯的方法推求合理的答案，如此或有助於觀照該問題的全面。

首先簡單介紹韻書與韻圖所呈現的「重紐」現象，及其被發現的經過，這一部分希望一般讀者認識這個問題。然後比較近代學者對此問題所持的看法與解釋，深入去探討問題所含藏的多重矛盾。並且指出因其充滿了矛盾的現象，使得各種解決方案的適用性，受到極大的限制。我們覺得欲突破限制，先決的條件是方法的重新檢討，我們是否能以充分嚴謹的邏輯方法，推論問題的各種現象。其次是觀念的修正，問題的解決並非只有一種模式，我們應能從不同的方向尋求解決的方案，因此本文的重心，即在嘗試置「重紐」現象於因果事件的事列中，尋找最適用的解釋。另外，由於傳統的素材不盡然適用科學的處理，對於「重紐」我們就止於分音類，而儘量描寫各自不同的音韻特徵。

本文的寫作，未預擬理想的答案，尤其是關於「重紐」音值的標訂；並且也一再強調問題並未完全解決。事實上正如第一章一開頭所說的，我們所能做的，只是嘗試從不同的角度，觀察每一個可能的詮釋而已。或者可以這麼說，本文的精神在申說一些觀念，對於近代語言學者所建立的中國音韻學，在觀念上的商榷。我們相信這一門學問發展到現在的情況，我們勢必要在傳統與新潮之間有一些調整，才不致於老是在兩者之間僵持著，而得不到進一步的開展。並且我們相信，我們有權利使問題單純一些，以免使聲韻學長久的成為中文系學生的負擔。當然我不以為本文的觀點和構想已足夠完善，許多地方實地做起來，恐怕一樣問題重重，但我希望是善意的、建設性的嘗試，並且我也儘力朝這個方向努力。

目

次

出版前言

回首年少輕狂時

一

　　為了這本碩士論文，從東海大學畢業後的十多年間，我飽受非關學問之人事倫常的挫折。但是，我始終心裡有數——這本論文，也許不是什麼足以「藏諸名山，傳諸千古」的著作；在那個學術封閉的年代，我確實對傳統作了極為犀利的質疑。因為寫了這本論文，我才得以進入台灣大學中文博士班。也是論文的書寫經驗，直接讓我決定以學術研究為生業；才有今日，甘坐冷板凳，在研究院語言學研究所頂研究員的職缺。

　　因此，三十年（2009）後，偶然的機緣，獲得在花木蘭正式出版的機會。我已經沒有什麼顧忌，於是欣然答應。我完全沒有想到，如果直面三十年前的自己，將會是何等難堪。

二

　　時光飛逝，兩年有餘，我已經在忙碌中遺忘，忘了與出版社的約定。直到今年（2012）一月中旬，紙本一校稿以郵局便利袋的形式躺在信箱裡，我仍然不曾意識到，該來的還是要來，我必須為三十多年前的年少輕狂作最後一次懺悔。

　　春節期間，我先在南來北往的路上校稿，時間破碎，容不得用心專注。過時的論文格式，夾敘夾議、不文不白的書寫，卻讓自己感覺傷眼。即使這樣，也還不算當頭棒喝。直到從高小娟小姐要來電子檔，我還以爲，藉助電子科技，很快就能將文稿改頭換面。

　　我錯了，時移事易的錯亂！將切韻考改爲《切韻考》、《論開合口》改爲〈論開合口〉，容易。待想要改變內文的書寫，就叫自己傻眼了。三十年來，對於「重紐」，我的認知概念已經幾度轉移，能以數理邏輯的概念思索文獻語言的聲音。書寫論文，我已經習慣將質疑隱藏起來、將言詞犀利化作不予置評；我已經學會，表象直觀需要經過理性的澄清。無比難堪，我將自己窩在地窖裡，苦苦思量，鎮日。如何能在最短的時間內，重新將業已散失的論文資料兜攏來，細細再梳理一遍？Notebook 就在眼前，完全一副愛莫能助。

三

　　如果誠實面對現在的自己，能不能坦然接受因無知而犯錯的過去？因爲有過去的我，才成就現在的我；新我與舊我，原來始終血脈相連。

　　所以，我決定不要粉飾。除了將論文形式盡可能轉換爲現代化的格式；我只校改引文的錯誤，及剪除稜角上的鬍渣等。

　　至於，讓輕狂過去與新新人類見面，能有什麼意義呢？鑽研「重紐」的論述，過去我沒有答案，現在依舊沒有，沒有單一「邏輯事實」的標準答案。相應的，學術論述有一種人人得承受的價值：一個人因爲無知而追問、自我教育成長的過程，我始終很小心呵護傳遞的薪火。

　　最後，應該感謝花木蘭出版社。因爲你們的邀約，徹底解放我，于潛藏心底深處的自我迷戀。

2012 暮春
林英津寫于語言所

第一章　釋　題

　　進行相關問題的討論以前，我們須就「重紐」與「三等韻」，這兩個專門術語的意義，先有確實的瞭解。對它們如何被發現的經過，及其受到普遍重視的理由，也得有一番簡明的交代。然後我們才能了然於，這個問題擺在眼前，的確不容置疑。但對此一問題的任何推論，除非我們對推論的基本假設，有過嚴格的審查，否則不必即信其為真。而且唯有當我們認清所有的推論，其顯露的真相、及適用的限度，正如問題的本身所加予學者的困惑一般，我們才不至於堅持問題已經解決。事實上我們所能做的，只是嘗試從不同的角度，觀察每一個可能的詮釋。

第一節　何謂「重紐」

一、「重紐」與「三等韻」

　　所謂「重紐」與「三等韻」，最簡單的說明，是指：《廣韻》的支、脂、眞、諄、仙、祭、宵（舉平以該上去入，下同。）諸韻中，同為開口或合口，而有兩組唇牙喉音的反切。如：支韻開口曉母有：詫、香支切，犧、許羈切；合口曉母有：隓、許規切，麾、許為切。在等韻圖中，雖然分別放在「三等」和「四等」的地位，卻同屬「三等韻」類的範圍。〔註1〕

〔註 1〕參看附表一。

　　這一節先說明「紐」、「等」、「韻」，及反切上下字的關係。然後，進一步說明「重紐」與「三等韻」的實質內容。

　　「紐」一般指由類聚相同的反切上字，選其中一個字作代表；該代表字即稱之為「紐」，通常就表示那些類聚字音的聲母成分。但是「紐」與反切上字或聲母、字母，只是大體相當而已；實質內容，並非全然可以畫等號。一般說，聲母加上介音的限制才等於「紐」。如三十六字母中的<u>見</u>母字，包含<u>古</u>、<u>居</u>兩紐，代換成國際音標即：

$$見（k-）：\quad \begin{matrix} 古（k-） \\ 居（kj-） \end{matrix}$$

　　以「k-」而言，<u>古</u>、<u>居</u>都代表清不送氣舌根輔音聲母；以「k-」與「kj-」而言，則<u>古</u>與<u>居</u>是不同的「紐」。〔註2〕

　　我們知道，傳統的反切拼音，用兩個字拼切一個字音；實際上是把一個字音，分割成頭尾兩個成分。前面的成分即切上字，與被切字雙聲，代表字音開頭辨義作用的聲母；後頭的部分即切下字，與被切字疊韻，表示除去聲母以外的音素，也就是韻母。然而每個漢字，除了聲母與韻母以外，可能還有一個過渡的橋樑，我們稱為介音（或介母）的成分。該過渡成分，在傳統的理論中，雖然歸屬於韻母；但反切上下字的配合是有選擇性的，介音實際上是聲韻母配合中的選擇成分，所以介音往往也由切上字表現出來。仍以上舉<u>見</u>母來看，<u>古</u>、<u>居</u>二紐都拿它來代表以「k-」為聲母的切上字，但<u>居</u>紐特別只與帶有某種介音成分的韻母相配。

　　所謂「韻」，本來指詩文合轍押韻的「韻」。把可以互相押韻的字收集在一塊，取一個代表字，即為韻書中的韻目。後來的等韻圖又把韻書中的韻目，依實際韻母的類各分成四個「等」；而把排在同等位的韻類，分別稱之為一等韻、二等韻、三等韻與四等韻。在韻書中，則經由學者系聯的結果，對於每個韻目中不同的韻類，另用不同的切下字作代表。

　　另外，所謂「開合口」，也是指聲韻母間的中介成分。可是在等韻圖裡，卻

〔註2〕這裡的 "j" 不同於喻化說的 "j"，而為一種象徵性的記號，標記某些聲母只適用
　　　　於有介音 -j-、或前高元音的韻母。

被獨立出來，放在不同的圖中。所以沒有增加「紐」及「韻」、「等」的負擔。

二、韻書如何表現「重紐」

經由上一節的解釋，韻書中事實上沒有「紐」這個東西。但這個觀念卻經由反切上字反映出來，因此韻書中的重紐，也是經由反切表現出來的。然而在繁多的韻書切語中，如何看出哪些切語特別具有「重紐」的關係呢？以下，我們先說明系聯反切用字的原則。

陳澧的《切韻考》，對反切上下字的作用，及其與被切字的關係，有過一番歸納。透過歸納的結果，他替反切立下了一個基本通則——《廣韻》同音之字不分兩切語，若有兩切語對立，則此兩切語必不同音。其兩切語聲同韻必不同，韻同聲必不同。〔註3〕

在這個基本原則下，我們可以將反切改寫成如下公式，加以說明：

設 A 表某字音。

a，c，b，d 分別表示切語上下字。

若 $A = ab$，

則 $A \neq cd$（同音之字不分兩切語）、

且 $ab \neq cd$（兩切語必不同音）。

若 $A = ab$、又 $A = cd$（一字而有兩切語），

則 $ab \neq cd$（兩切語代表不同的讀音）。

設 $a = c$，則 $b \neq d$（聲同韻必不同）；

設 $b = d$，則 $a \neq c$（韻同聲必不同）。

根據上面的公式，仍舉支韻為例：

詑："香支"切；犧："許羈"切。

因「詑」≠「犧」；故 "香支" ≠ "許羈"。

已知 "香"、"許" 同屬曉母許紐字。

故 "香" ＝ "許"，則 "支" ≠ "羈"。

又如：

〔註3〕增加字除外。陳澧《切韻考‧卷一》：「廣韻同音之字不分兩切語，此必陸氏舊例也。其兩切語下字同類者，則上字必不同類。……公東韻同類，則戶呼聲不同類。……上字同類者，下字必不同類。……古居聲同類，則紅戈韻不同類」。

奇：“渠羈”切；宜：“魚羈”切。

因「奇」≠「宜」；故 “渠羈” ≠ “魚羈”。

已知 “羈” ＝ “羈”，則 “渠” ≠ “魚”；

　　如果韻書中每個韻下，只包含一個韻母；則每韻下各小韻的切語，都會像「奇」與「宜」的關係一樣。也就是說，每個小韻具有不同類的切上字。相對的，同一韻中若有兩個小韻出現同類的切上字，我們就必須認爲他們是韻母的不同，如「詫」與「犧」的關係；否則，就和上舉反切的原則抵觸。這種現象我們視爲普遍性的重紐。所以重紐是指同紐而不同韻母的字音。

　　同樣的，我們也可以把重紐寫成簡單的公式如下：

已知 $ab \neq ab'$；因爲 $a = a$，故 $b \neq b'$。

即 $b:b'$ 代表一韻中不同的韻母。

　　由於反切上下字的配合具選擇性。《廣韻》每韻的切語下字，根據系聯的結果，雖然通常不止一類，而有二類、三類、或最多四類不同的韻母；並不表示每個具有二類以上韻母的韻目，都會出現「重紐」。〔註4〕通常在一韻中，如果有兩個同類的反切上字出現，他們的切語下字必然不能聯系，本來就是反切的基本原則。否則如果凡同紐而不同韻母的字音，一律以「重紐」視之，那麼「重紐」何其多，就不值得我們特別提出來討論了。問題便出在這裡：除了少數例外，在支、脂、眞、諄、仙、祭、宵諸韻唇牙喉音下，兩個同類的切上字既同時出現，其切語下字，就整個韻部看來，又可以聯。也就是說，上頭的公式裡，b 和 b' 也可以系聯成同類。顯然的，在這幾韻的唇牙喉音聲母下，有了一些問題切語。這些問題切語，才是我們要討論的「重紐」。

　　單就韻書本身看，既然普遍性的大部分均爲重紐，所謂特殊性的「重紐」，並不例外的以不同的切語呈顯出來。除了基於反切的原則，我們認定兩組切語應該互相對立以外，韻書就不能再告訴我們什麼了。

三、「重紐」何以不能稱作重韻

　　根據上一節的公式，在含有我們所謂問題切語的諸韻中，就聲母而言，固然是「重紐」。但我們同時提到，其實在那幾韻下，被我們根據聲同韻必不

〔註4〕至止，我們必須強調，本書凡提到眞正的「重紐」時，均以括弧標示，使有別於一般性的重紐。

同的原則所劃分的幾類韻母，就切下字系聯的結果而言，並不是全然可以區別的。仍舉支韻爲例，實地做過下字系聯的人，很容易發現，支韻的「支、宜、規、爲」四類韻母下，「支」類可以和「爲」類合併，「規」類也可以和「爲」類合併，四類實際上可合併爲兩類。〔註5〕也就是說，支韻的韻母只有開合口的不同。前面我們已經交代過，開合口並不形成「紐」、「韻」與「等」的負擔，而是被獨立出來的；也就無所謂「重紐」不「重紐」。

另外，我們所謂有問題的兩組切語，既然 b，b' 又可以同屬一類韻母，根據韻同聲必不同的原則，反倒是聲母的不同了。把上一節的公式再審查一遍：

已知 a b ≠ a b'；

因爲 b = b'，則 a ≠ a。

就一般的邏輯概念，a ≠ a 顯然不可思議。除非是電腦語言，可以使新 a 不等於舊 a（new a = old a+1）。嚴格的說，把所謂的問題切語稱之爲「重紐」，本來就不合邏輯。那麼就韻母而觀，「重紐」又爲什麼不可以稱之爲重韻？有兩個現象可以用來解釋這個疑惑。這兩個現象同時存在於等韻圖中。

現在，讓我們先看看韻圖如何處理上述問題切語。

通則是 —— 只要是韻書中不同的字音，在韻圖中一定要把它們安排在不同的地位。在這個通則下，只要韻書有一個切語，韻圖就會給它一個位置。所謂「重紐」，既然在韻書中有兩組切語，韻圖上必然也得佔兩個地位。如《韻鏡》第四、五兩圖中，我們看到支、紙、寘三韻的唇牙喉音之下，三、四等同時有字的，正是這種問題切語。再檢查其餘「重紐」諸韻，他們的唇牙喉音，也很一致的分置在三、四等。而且哪些字放在四等，各圖差不多一致，和他們的切語下字的分類也很符合。不僅《韻鏡》如此，《七音略》也對此作同樣的安排。照這種一致的現象看，如果我們不考慮，諸韻原都屬於三等韻類，照理只能出現在三等地位；也不考慮後來的「等韻門法」，明指那些被放在四等地位的字音，實際上都是三等字通及四等。〔註6〕光看韻圖表面的結構，

〔註5〕如附表一。反切下字歸類，請參考董同龢先生《漢語音韻學》，頁98～109。
〔註6〕《四聲等子·辨廣通侷狹例》：

　　　　廣通者，第三等字通及第四等字；侷狹者，第四等字少，第三等字多也。凡唇牙喉下爲切，韻逢支脂眞諄仙祭清宵八韻，及韻逢來日知照、正齒第三等，並依通廣門法，於第四等本母下求之。……

就母韻縱橫交錯的情況，同韻而列三、四兩個橫行，當然是重紐了。

　　不過這個「重紐」乍看之下，也和韻書表現的一樣，普遍如此，沒有理由對之另眼相看。但是如果我們考慮到上述四等地位的字，都是去借地位的三等字，情況就不同了。在同聲母、同等、同韻的條件下，居然有兩套三等字。「重紐」的特殊性才由韻圖的等位烘托出來。而且在韻書中很含糊的兩組切語，也因韻圖給予不同的地位，可以肯定他們必然有所不同。

　　同時我們也可以看到，就同聲母（實際上是同紐）而言，他們既可以是「重紐」；就同等、同韻而言，他們又的確可以是重韻。只是由於後期等韻圖併轉爲攝，磨滅了不少韻的界限，使得同攝同等內，有很多相近的韻目被重疊的放在一塊，早期的學者稱之爲重韻。換言之，「重紐」的現象固可視爲重韻，其實兩者的內容又不大相同。重韻既已有用在先，爲免名詞術語的定義淆亂不清，僅管名不正言不順，也只好勉爲其難的稱之爲「重紐」了。

第二節　「重紐」發現的經過

一、陳澧《切韻考》的貢獻

　　韻書本爲供給詩文押韻、調平仄、分別雙聲疊韻等文學音律的參考。韻母與四聲的分析，再加上每韻內分別小韻、注以反切，就算盡其審音之能事了。《廣韻》的「重紐」字，既有不同的反切，分屬不同的小韻，對於文辭審音，本來不成問題。即使在等韻圖裡，門法雖然明指「重紐」字的四等，實際上是借位的三等字；畢竟形式上仍有不同的等位，表示他們是韻書中不同的小韻。單就表面結構的對照，除了見出韻圖對於文字審音，與韻書密合一致的作用外；現象本身，只有在語言學理的興趣，凌駕文學音律的實際功能時，才具備矛盾的性質。所以只有當清代的小學家，開始從事古音的考證，[註7] 想從韻書與韻圖的內部結構，尋求古音的答案時，問題才有被揭露出來的機會。而在過去學術閉塞的時代，韻書與韻圖之間，存在跨不過去的鴻溝，陳澧的《切韻考》，無疑是劃時代、突破性的著作。

〔註7〕古音是相對的。就《唐韻》、《廣韻》而言，《詩經》韻部和諧聲字表才是古音；就
　　　　當代語音而言，隋唐的語言便是古音。

　　清代的小學家，對於《廣韻》（《唐韻》或《切韻》亦同）。〔註8〕分析韻部的標準，已不能明瞭。又因為語音演變，對於當時音讀相同，而韻書析為異部的原因，無法考究其所以然。於是江永作了《四聲切韻表》、戴震作了《聲韻表》，依照韻圖的方法來分析《廣韻》。所謂「依古二百六部，條分縷析，別其音呼等第」。〔註9〕但是仍不能有完全滿意的結果，只能說「陸氏定韻，有意求密，用意太過，強生輕重」。〔註10〕其實，他們對於韻圖的設計及其系統，了解不夠深入；又犯了以韻圖形式的架構，範圍《廣韻》內部結構的錯誤。他們的認知，都不免是主觀演繹的結果。

　　直到陳澧才認為，等韻圖的分析，未必全合於陸法言的意旨；陸氏的規模，還得就《廣韻》本身去了解。因此他先就《廣韻》切語，歸納其中反切的原則。所謂「切語之法，以二字為一字之音，上字與所切之字雙聲，下字與所切之字疊韻」和「廣韻同音之字不分兩切語，此必陸氏舊例也。其兩切語，下字同類者，則上字必不同類」。〔註11〕然後就這個基本原則，得出反切系聯的條例：

　　　切語上字與所切之字為雙聲，則切語上字同用者、互用者、遞用者，
　　　聲必同類也。……切語下字與所切之字為疊韻，則切語下字同用者、
　　　互用者、遞用者，韻必同類也。〔註12〕

陳澧分析《廣韻》內部語音結構的方法，以今日觀之，不論形式上的邏輯理論或實質素材的分析應用，都深具科學的正確性。而且唯有經過這一番系聯的工夫，才能得出《廣韻》中實際的聲母與韻母的類；《廣韻》漫無限制的反切用字，才有了類聚的結果。陳澧又依聲母與韻母的配合，編排成系統的表格，無組織的切語，於是更有了音韻系統的意義。經由這樣的工作，我們才能真正了解《廣韻》分合的標準，接觸《廣韻》內部含藏的語音系統。

　　由於某些操作技術的缺陷，《切韻考》對聲韻系聯的結果，並不完全可靠。

〔註 8〕參看註7。就具體名物而言，《廣韻》、《唐韻》、《切韻》各自有不同的指涉對象。若就三者所反映的漢語古音，寬泛的說，都是中古漢語。本書行文，除非引述學者說，一般單以《廣韻》為表徵中古音系的紀錄。

〔註 9〕江永《四聲切韻表‧凡例》。

〔註 10〕戴震《聲韻表》。

〔註 11〕參看註3。

〔註 12〕同上，參看註3。

重要的是，陳澧對於分別「重紐」諸韻類，概念上有積極的貢獻——諸重出小韻，基於聲同韻必不同的原則，在他的系統中，都分屬同韻部下，不同韻母的類——首度確立「重紐」具有不同的音韻地位。而且堅定認爲即使韻圖不能解釋分類的理由，切語系聯的結果仍應當是正確的。他主觀的認定，韻圖出於韻書的末流，「然自爲法，以範圍古人之書，不能精密也。」〔註13〕無論如何，我們前面已提到過，《廣韻》存在普遍性的重紐，特殊有問題的「重紐」，夾雜其間，並未在《切韻考》中得到特別重視。陳澧自然也沒有看出其中的矛盾性——「重紐」實際上游移於聲同韻必不同及韻同聲必不同的原則之間。

　　陳澧考得的韻類，後來章太炎因爲反對韻圖開合各分四等具有實質意義，而提出了不同的意見：〔註14〕

　　　　廣韻分紐，本有不可執者：若五質韻中“一、壹”爲“於悉”切，“乙”爲“於筆”切；“必”以下二十七字爲“卑吉”切，“筆”以下九字爲“鄙密”切；“蜜、謐”爲“彌畢”切，“密、蓉”爲“美畢”切。悉分兩紐。一屋韻中，“育”爲“余六”切，“囿”爲“于六”切，亦分兩紐也。夫其開闔未殊，而建類相隔者，其殆切韻所承聲類、韻集諸書，舉嶽不齊，未定一統故也。因是析之，其違於名實益遠矣。若是以爲疑者，更舉五支韻中文字證之：“嬀”切“君爲”，“規”切“居隋”，兩紐也；“虧”切“去爲”，“闚”切“去隨”，兩紐也；“奇”切“渠羈”，“岐”切“巨支”，兩紐也；“皮”切“符羈”，“陴”切“符支”，兩紐也。是四類者，“嬀、虧、奇、皮”古在歌；“規、闚、岐、陴”古在支，魏晉諸儒所作反語宜有不同，及唐韻悉隸支部，反語尚猶因其遺跡，斯其證驗最著者也。

正好針對被陳澧精密分類的「重紐」諸韻，發表了相反的看法。於是在對立的意見中，「重紐」的矛盾性，被擠了出來。我們才看到一個不甚清晰的印象

〔註13〕《切韻考・外篇・序》。

〔註14〕章太炎《國故論衡・上・音理論》。章太炎引例不完全正確，以不在討論範圍，姑且從略。但是，他已經看到《廣韻》支韻「重紐」來自上古不同的韻部。

——《廣韻》的切語是否真的在同一個水平上？如果不同水平，則反切是否盡合陳澧的條例？「重紐」是否在《廣韻》確實為不同韻類？

　　由於當時研究工具缺乏，小學的成就，還停留在音類的分合上。除了各自不同的主張，各有理想上的分類之外；對於「重紐」的懸疑，無法更進一步的追索，只好任其擱置。一直到西洋語言學的知識，引進國內之後，才又被提出來重新討論。

二、近代關於「重紐」的論述

　　二十世紀的漢語音韻學，在清儒的成績之上，有長足的進展。最主要是 1926 高本漢的《中國音韻學研究》完稿成書，以西洋語言學的知識，有系統的推求漢語古音，初步建立了漢語史的基本架構，開創了科學化漢語音韻學的研究。國內的學者便在他所奠定的基礎上，深入商榷辯難，精益求精。再加上敦煌文物公開與世人見面，其中有關唐寫本韻書的資料，雖然殘缺不全，卻給予我們豐富新穎的啟示，促使我們對於傳統的研究素材作更深刻嚴密的檢討。於是許多問題再度引起學者的注意，「重紐」的矛盾性質，當然也是需要重新討論的現象。

　　關於「重紐」，首先由陸志韋先生於 1939 發表了一篇題為〈三四等與所謂 "喻化" 說〉的論文。該文批評高本漢三等聲母喻化之說，在於忽視「重紐」字的地位，且不能解釋等韻圖三四等合韻的現象。陸先生認為，「重紐」可能是元音或介音的不同。但元音的不同在哪裡，已不可究詰；而介音的不同，則可能是「重紐」四等有長 /i/，「重紐」三等有短 /ɪ/。接著王靜如先生發表〈論開合口〉一文，從域外對音與各地方言的現象，參考印歐語言的通則，提出唇化的觀念。王先生認為，唇化與「重紐」有極密切的關係；並正式肯定「重紐」的差異，在介音的長 /i/ 與短 /ɪ/。隨後陸志韋的《古音說略》一書完成，將上述二文的結論，加入中古與上古音韻系統的構擬裡。而王靜如則再發表〈論古漢語的顎介音〉，作最後的補充說明。進一步引證越南字音，指出有「重紐」唇音異讀的現象。

　　以上，為針對高本漢構擬中古音系的缺陷，所發表的修正意見。重點推論是，高本漢視為同音的「重紐」字，應該具有音值的區別。

　　陸王的同時或稍後，周祖謨先生的〈陳澧切韻考辨誤〉一文，指出《切韻

考》於支、脂、眞、仙、宵、侵、鹽諸韻內，唇牙喉音兩兩重出爲不可解。又說明，不僅《廣韻》有「重紐」的現象，唐代其他音義之書的反切，也有相同的重出切語。〔註15〕可見「重紐」非僅用字之異，當是音類有別。但分別的所在，則採存疑的態度。這是舊案重申，在傳統的小學園地中，推陳出新。

另一方面，在四川的中研院，董同龢先生發表了〈廣韻重紐試釋〉一文，針對「重紐」諸韻本身，根據全本《王仁煦補缺切韻》、《古今韻會舉要》、朝鮮字音等資料及《詩經》韻部的啓示，定「重紐」四等爲 1 類，三等爲 2 類。1、2 兩類則認爲係主要元音的不同，並給「重紐」2 類的主要元音都加上 [ˇ] 號，以示區別。他也把研究成果，表現在稍後完成的《上古音韻表稿》中。與董先生同時，周法高先生發表了〈廣韻重紐的研究〉一文，意見居然大體上不謀而合。但周先生態度較爲肯定，對於「重紐」諸韻類，均根據方言與對音的材料，分別擬定不同的主要元音。這兩篇論文爲純就「重紐」本身，予以通盤整理探索的結果。〔註16〕

以上對於「重紐」的討論，都是在獨立發明之下，得到的豐碩成果。他們對於「重紐」的區別，舉證、擬音，容或有所不同，卻一致認爲「重紐」具有不同的音類或音值，「重紐」的地位算是被共同肯定了。從此以後，陸續尚有論文發表，雖不乏清新可喜的發現，大致並未超越他們的成績。龍宇純先生 1971 的〈廣韻重紐音值試論〉一文，算是總結的力作。新一代的語言學者，似乎就很少再正面討論這個問題了。

周法高先生後來另有〈古音中的三等韻兼論古音的寫法〉一文，則進入探討「重紐」與古音的關係。後來並影響他對《切韻》音系與上古音的全面構擬。同樣的，李榮先生的《切韻音系》、張琨先生的《古漢語韻母系統與切韻》二書，也都把「重紐」的問題，作爲構擬完整音系的重要考慮。此時注意的對象，就不只是諸韻的唇牙喉音而已，而回到早先陸、王二人的規模，綜合所有純三等韻、三四等合韻、純四等韻，並舌齒音都在觀察討論之列。因此他們的分類，

〔註15〕〈陳澧切韻考辨誤〉先收錄於《問學集》：517～580。又收錄於于大成、陳新雄主編 1976《聲韻學論文集》。

〔註16〕兩篇論文當時都收在 1946 的《六同別錄》，後來又同時收錄於《史語所集刊》第十三本。《上古音韻表稿》後來成爲史語所單刊甲種之二十一。

就有顯著的差異。問題似乎變的更複雜了，而且成爲漢語史上的重大問題。

最後，周法高先生的〈三等韻重唇音反切上字研究〉，及杜其容先生的〈三等韻牙喉音反切上字研究〉二文，則是企圖就已知材料的重新檢查，希望能找出被忽略的小地方，以解決「重紐」的癥結所在——「重紐」何以集中在唇牙喉音三等？結論是，「重紐」諸韻反切上字都可以分成 A、B、C 三類，A、B 兩類絕不相涉，但都與 C 類有些接觸，所以有時又可以系聯。算是擠出「重紐」現象的又一矛盾性質。雖然無礙「重紐」分屬不同音類的肯定，對於問題的解決，無異又加多一重困擾。

三、小　結

這一章簡述「重紐」發現的經過。主要說明清代陳澧《切韻考》對廿世紀漢語音韻學的重要貢獻；及高本漢《中國音韻學研究》一書帶給漢語音韻學新的觀念與方法，並因之引發的對「重紐」問題與漢語古音構擬的廣泛討論。

有關近代學者對「重紐」的討論，在第二章還要作較爲詳細的說明，將眾多學者的討論全面攤開來比較異同。希望就已被引用的資料及已有的結論之內，找到或有可以啓示我們的線索。

另外，我們還須就漢語音韻結構、文字特性，及其相互的關係中，作種種不同角度的分析觀察，找尋其他詮釋的可能，或者能有更具說服力的結論。當然，我們保留如下的可能——由於複雜的時空因素，在有韻書以前，漢語史的發展，可能不只是一脈相承的，而「重紐」便是複向發展的書面殘跡。「重紐」的音質差異，可能由於史實的湮沒，及缺乏語音的實錄，將永遠是個解不開的謎。這些，將在第三章作比較詳細的討論。

第二章　綜合檢討近代學者的「重紐」論述

　　本章將羅列有關學者對「重紐」的意見。大體上，從陳澧《切韻考》起，迄今（1979）百年之間，「重紐」的討論可以分成兩大類：一類主張「重紐」沒有語音上的分別，一類則認爲「重紐」代表音韻地位不同的反切；兩類之內，又各自有不同的意見和看法。有些人即使並未正面接觸「重紐」的問題，只要他們對之有所討論，我們仍當表揚他們的貢獻、並作適當的介紹。

　　這一章我用了三個衡量的原則：（一）學者分別對史實考察的程度與途徑。（二）所持的觀念與處理的態度及方法。（三）還有若干尚待商榷的疑問。

　　依據（一）、（二）兩個原則，按照學者的時代、論文發佈的先後、推論的進度，前一階段的論點與假設，在較後的階段會得到修正；前人不能解決的疑問，後來的學者可能獲得部分解決。而且從董同龢、周法高兩位先生起，任何新的意見，都不是憑空而來的，其中都有線索可循。至於第（三）項原則，將有助於指出各家論述尚未照顧到的部分，可作爲三、四兩章再檢討的張本，也是重新作全盤思索的構想來源。

　　另外，有關外國學者，除了高本漢之外，還有直接參與「重紐」討論者。雖因未能直接拜讀他們的論著，不便置評；但國內學者多有引用者，亦在本章羅列範圍之內。

第一節　關於「重紐」的音類分別

這一節集中檢看「重紐」音類是否有別的正反論述。

一、陳澧及章太炎、黃侃的《切韻》音類

追究「重紐」的來源，就不能不提陳澧《切韻考》，又不能不提章太炎、黃侃的意見及周祖謨的〈陳澧切韻考辨誤〉。這些在第一章第二節，已經大略介紹過了。下面，我就拿前面提到的三個原則來衡量他們的工作。

陳澧的基本出發點是「考音證史」，他認為陸氏的規模，須就《廣韻》切語推究。就這一點而言，由《廣韻》反切以考《切韻》古音，確為不易之法；他所訂的「系聯」條例，無疑的亦具科學的正確性。現在，我們對傳統韻書、音義之書的解析，還承用他的舊法。此所以《切韻考》的成就，能超越前人之故。然而以反切考《切韻》，固為不易之法，反切卻不免有雜質或錯漏。對於不夠嚴謹的切語，陳澧又訂了三個補救條例：（一）切語用字偶疏例，（二）切語借用他韻字例，（三）韻末增加字例。大體雖確有其事，但察其書中舉例，卻不免有些出入。所謂「得者固闇與理合，失者則齟齬難安矣」。〔註1〕影響所及，對於「重紐」各韻的考訂，還是受累於不謹嚴的切語。今天看來，陳澧對諸小韻詳細分配的情形，實際上問題重重。後人不明究竟，就很容易視之為雜亂無章的措置，或根本不予承認。

陳澧的第一個缺點，固然由於時代的侷限。他的時代，《廣韻》切語尚無可供校勘的參考資料，如今日所見的敦煌殘卷等。但是陳澧於切語用字的取捨歸類既缺乏一定不移的根據，又過分信賴反切系聯的結果。所謂「惟以考據為準，不以口耳為憑，必使信而有徵，故寧拙而勿巧。」〔註2〕表面上嚴正慎重，其實多涉主觀，反為缺陷。

同時，陳澧既不能信任韻圖對「重紐」的處置，也沒有深入考察「等韻門法」，僅視之為：〔註3〕

> 作門法者，本欲補救等韻之病，而適足以顯等韻之病。其不敢議古
> 人不合，是其謹慎。……則所謂門法者，可以刪除，不致齟齬，徒

〔註1〕周祖謨〈陳澧切韻考辨誤〉有很詳細的析論，可以參考。

〔註2〕《切韻考・卷一・序錄》。

〔註3〕以下兩段引文均見《切韻考・外篇・卷三・後論》。

亂耳目矣。

復論《四聲等子》之「辨廣通侷狹例」，云：

> 廣通者，第三等字通及第四等字。侷狹者，第四等字少，第三等字
> 多，此亦甚無謂也。皆宜置之不論耳。

因此陳澧對「重紐」諸韻，止根據聲同韻必不同而分韻類，系統上就顯得頗爲混亂。從《切韻考·外篇》的「二百六韻分併爲開合圖攝考」可以看出，他並未將各韻類完全分開，而且每類的歸屬與韻圖也有出入。更重要的是，他因此未能看出「重紐」具游移矛盾的性質，而未予重視。

另外，陳澧雖然認爲等韻之學「自爲法，以範圍古人之書，不能精密也」，時時以反對時人之用韻圖分析韻書爲務；事實上，有清一代學風所致，他也不能擺脫等韻圖的影響。從《切韻考》的「表上、表下」及《外篇》的「二百六韻分併爲開合圖攝考」，可以看出他的工作實爲韻書等韻化的最徹底結果。陳澧雖自有一番道理在，卻導致一個間接的反效果——章太炎、黃侃因爲誤解而反對，進而推導出的古今音變之想。

陳澧將《廣韻》的內容轉化爲韻圖的形式，反而使後人認爲韻圖的內容大體與韻書尙相符合。而後人所用的韻圖，多係明清以來易等爲呼、併轉爲攝的韻圖。這是章太炎極力反對的，他在《國故論衡·音理論》說：

> 又始作字母者未有分等，同母之聲大別之不過闔口開口，分齊視闔
> 口而減者爲撮口，分齊視開口而減者爲齊齒。闔口開口皆外聲，撮
> 口齊齒皆內聲也。依以節限，則闔口爲一等，撮口其細也；開口爲
> 一等，齊齒其細也。本則有二，二又爲四。此易簡可以告童孺者。
> 季宋以降，或謂闔口開口皆四等，而同母同收者可分爲八。是乃空
> 有名言，其實使人哽介不能作語。驗以見母收舌之音"昆"闔口、
> "君"撮口、"根"開口、"斤"齊齒，以外復有佗聲可容其間邪？
> 原其爲是破碎者，嘗覩廣韻、集韻諸書分部繁穰，不識其故，欲以
> 是通之耳。不悟廣韻所包兼有古今方國之音，非並時同地得有聲勢
> 二百六種也。昧其因革、操繩削以求之，由是侏離不可調達矣。

其實陳澧已經指出，宋元等韻圖之區分四聲四等過於機械，未必與韻書內容全相符合。而明清等韻圖，因時人已不能分辨開合各分四等之異，導致併八等爲四呼，

則又去古更遠。至於《廣韻》實兼有古今方國之音，也不能充分解釋「重紐」的事實。問題是——「重紐」何以僅出現於諸三等韻的唇牙喉音，他處何以不見有此現象？

　　章太炎之後，黃侃更進一步，依開齊合撮四呼併析《廣韻》二百零六韻爲三百三十九韻類。復就《廣韻》切語上考上古音，歸併成二十三攝，而有古本音、今變音之說；以爲韻書中異部異類而同攝者，單爲表明古今音變而設。現在我們知道，《廣韻》實有涉及古今音變者，黃侃的分析亦有暗與理合之處。但是，以時音推斷古音、機械式的處理古今音變，不僅沒有一個強而有力的理由，徒然混亂了漢語史上幾個重要音韻變化的過程。何況一接觸到「重紐」，一四等爲古本音、二三等爲今變音，就更說不通了。所以，黃侃也說：〔註4〕

> 緣陸氏以前已有聲類韻集諸書，切語用字未能劃一，切韻裒集舊切，于音同而切語用字有異者，仍其異而不改，而合爲一韻，所以表其同音。精于審音者，驗諸唇吻，本可了然，徒以切異字異，易致迷周，幸其中尚有一字一音而分二切者，今即據此得以證其音本同類。

這是推闡章氏之說，其病亦復相同。周祖謨批評得好：

> 信者，言之成理，疑者，不能持之有故，蓋既爲同音之兩切語，以陸氏之知音何爲不併之爲一紐？唐代諸家音韻又何以因襲而不改？
>
> 〔註5〕

　　黃侃「古本音、今變音」的理論，受到不少後學的肯定。陳新雄先生《等韻述要》推闡此說：〔註6〕

> 竊以爲支脂眞諄祭仙宵諸韻皆有兩類古韻來源，以黃季剛先生古本韻之理說明之如下：支韻有兩類來源，一自其古本韻齊變來（變韻中有變聲）者，即卑埤陴彌祇詑一類字，一自他部古本韻歌變來（半由歌戈韻變來）者，即陂鈹皮靡奇犧一類字。韻圖之例，凡自本部

〔註4〕〈陳澧切韻考辨誤〉所引。後來周法高的〈廣韻重紐的研究〉亦引述這段話，而指爲黃氏〈併析韻部佐證〉之言。但《黃季剛論學雜著》未見，不知確實出自何處？

〔註5〕語見〈陳澧切韻考辨誤〉。

〔註6〕第二章第三節之「韻鏡與韻書系統之參差」。

古本韻變來者，例置四等，自他部古本韻變來者例置三等。祭韻之蔽瀎弊袂，十三轉三等有空而不排，而要置於十五轉之四等者，亦因祭韻有兩類古本韻來源，一自其古本部古本韻曷末變來（入聲變陰去）者，即蔽瀎袂藝等一類字，一自他部古本韻變來（半由魂韻入聲變來）者，即劓字等。自本部本韻變來者例置四等，故蔽瀎弊袂等字置於四等也，自他部本韻變來者例置三等，然他部古本韻變來者適缺唇音字，故唇音三等雖有空亦不得排也。〔註7〕其他各韻亦莫不有兩類古本韻來源。或者謂古音學之分析乃清代以後之產物，韻圖之作者恐未必見及於此。韻圖作者雖未必作此精密之分析，然其搜集文字區分韻類之工作中，於此類成系出現之諧聲現象，當不致於熟視無覩，毫不覺察也。則於重紐字之出現，必須歸字以定位時，未嘗不可能予以有意識之分析也。

古今音變是語言的事實，而「古本音，今變音」只是人為分類的假想。我們可以質問，其他尚有分屬兩個上古韻部的《廣韻》韻目，為什麼不產生「重紐」。顯然這個理論不夠充分。事實上，這個理論存在不少矛盾。就韻類而論，古本韻既可分別變入三四等，怎麼能認定四等為古本音，三等為今變音？以聲類而言，則牙音之<u>見</u>、<u>溪</u>、<u>疑</u>既然均為古本聲，按黃侃的系統，古本聲中怎麼會有今變韻？至於以雙唇音為古本聲，唇齒音為今聲變，也不能解釋「重紐」諸韻唇音字後來不讀輕唇音？。

陳先生此說，實亦源於章太炎的〈音理論〉。第一章已經引述，這裡再重點引用：

更舉五支韻中文字證之，"嬀"切"居為"，"規"切"居隋"，兩紐也。"虧"切"古為"，"闚"切"古隨"，兩紐也。"奇"切"渠羈"，"岐"切"巨支"，兩紐也。"皮"切"符羈"，"陴"切"符支"，兩紐也。是四類者，"嬀、虧、奇、皮"古在歌；"規、闚、岐、陴"古在支，魏晉諸儒所作反語宜有不同，及唐韻悉隸支

〔註7〕比較章太炎《國故論衡・上・音理論》，並參看第一章註14。尤其值得注意的是，陳先生此說，等於將「重紐」諸韻之舌齒音字與韻圖排在三等的唇牙喉音字視同一類。

部，反語尚猶因其遺跡，……。

因此，陳先生在〈廣韻韻類分析之管見〉一文中，表示同意董同龢〈廣韻重紐試釋〉的論述，以爲「重紐」係古音來源不同。但是，認爲在《廣韻》爲同音，才是比較合理的說法（《鍥不舍齋論學集》，頁 497～498）。古韻不同部，《廣韻》固然不必皆不同類；堅持「重紐」於《廣韻》爲同音，若僅爲證成「古本音，今變音」之說，卻是棄古今音變於不顧。否則何以自解於《廣韻》其餘韻部亦有不同的上古來源，卻不出現「重紐」的現象？

二、周祖謨的〈陳澧切韻考辨誤〉

相對於傳統國學，周祖謨此文是唯一持論公允精當的論文。他於陳澧疏謬之處，一一辨析明當之後，特別指出：

> 然而猶有宜加研討者，即三等韻中何以唇音牙音及喉音曉影二母兩兩重出也（即三四等同韻一類）。問題之所在，即支脂眞仙宵侵鹽舉平賅上去入。諸韻內唇音牙音或曉影二紐字何以分立兩切語，夫上字聲同，下字當非一類，然從音理推求之，其讀音似乎無別，現代方音亦讀同一類，而切韻以來所以分之爲二者，其義云何？

然後，周先生將《廣韻》之「重紐」諸小韻及切語，集中列成一對照表，對照《經典釋文》、《博雅》（即《廣雅》）、《萬象名義》、《小徐韻譜》、《大徐說文音》，都有同樣的整批重出的現象。〔註 8〕可見《廣韻》「重紐」反切用字之不同，皆前有所承。這是周先生最大的貢獻，他能從傳統音義之書找出與《廣韻》「重紐」相符的例證，指出「重紐」必有特殊理由，不僅單純只是切語用字未能劃一而已。至於所以重出切語的理由，他舉《顏氏家訓·音辭篇》有云：

> 璵璠，魯之寶玉，當音餘煩，江南皆音藩屛之藩。岐山當音爲奇，江南皆呼爲神祇之祇。江陵陷沒，此音被於關中，不知二者何所承案，以吾淺學未之前聞也。

接著，周先生又說：

> 又陸德明莊子音義岐其宜或祁支反。又日本古鈔本文選集注吳都賦「岐嶷繼體」下引公孫羅音決云：「岐，謇音奇，又巨支反。」並與

〔註 8〕周先生的「對照表」收入本書附表二。

顏說岐有奇祇二音合。案廣韻支韻奇渠羈切，祇巨支切，渠巨聲同
一類，是渠羈與巨支之分非用字之異，實音類有別耳。至於分別之
所在，猶疑莫能明。

這是贊成陳澧的分類，亦爲之舉證說明。但言音類有別，卻不明定分別何在，
態度審慎保守。而他的舉證，導引後繼者之先路；雖然沒有長篇大論，還是令
人耳目一新。

三、李榮的《切韻音系》

「重紐」的音類有別，李榮在《切韻音系》所提到的幾個現象，也頗值得
我們注意。原文（包括正文與附注）如下：〔註9〕

所謂寅類重紐是說支脂祭眞仙宵侵鹽八部，牙喉音聲母逢開合韻可
能有兩組開口，兩組合口，逢獨韻也可能有兩組對立；唇音聲母（開
合韻對唇音字講也是獨韻）也可能有兩組對立，等韻一組列三等，
另一組列四等。"廣韻重紐試釋"提出下列兩點：〔註10〕

a、支脂祭眞仙宵六部重紐來源不同，演變也不全一樣。

b、這六部的韻母可以分成兩類：

1類——包括所有的舌齒音與韻圖置於四等的唇牙喉音。

2類——包括韻圖置於三等的唇牙喉音。

本文管 1 類叫 A 類；2 類叫 B 類。不過有一點要注意，匣三（喻
三＝云＝于）跟羊（＝喻四）的對立同時又是聲母的不同，和別的重
紐性質不一樣。A B 兩類音值怎麼不同很難說，我們只作類的區
別。A 類除了沒有匣母外，跟聲母配合的關係和沒有重紐的丑類一

〔註 9〕《切韻音系》原爲李先生在北京大學研究院文科研究所語學部的畢業論
　　　　題作《切韻音系中的幾個問題》，1946 通過口試，1948 繳交第二次稿本，1951 第
　　　　一次付印，1956 修訂重印。本書用的是 1956 在台北的重印本。原則上，李先生的
　　　　所有論述，均爲針對高本漢的《中國音韻學研究》發言，他的擬音，大體即是高
　　　　本漢的系統。但取消 -j- 化及強弱合口之分，並使一二四等無介音、三等有 -i- 介
　　　　音。以下引文，見《切韻音系》，頁 140～141，§84「一二等重韻問題和寅類重紐
　　　　問題」。

〔註10〕作者附注，指明所引爲董同龢先生 1944 的論文。

樣。B 類跟聲母配合的關係完全和子類相同。上文我們說三等介音是[i]，子類和丑類完全寫作 [i]，寅類 A 也寫作 [i]，寅類 B 寫作 [j]。侵鹽兩韻雖然只有影母有重紐，也按等韻列圖分 A B。

在「只作類的區別」之後，作者自注：

支脂祭眞仙宵六部幫滂並明見溪群疑曉影十母的重紐字，韻圖分別列在"三等"和"四等"。從又音上可以看出"三等"和"四等"的不同。韻圖上列"三等"的重紐字又音是純三等韻（子類），韻圖上列"四等"的重紐字又音是純四等韻（齊蕭添先青五部）。例如：

	韻圖三等		韻圖四等
鬟		編	卑連反，仙韻，重紐四等 布千反，先韻，純四等韻
見	蹶 紀劣反，薛韻，重紐三等 居月反，月韻，純三等韻		
溪		缺	傾雪反，薛韻，重紐四等 苦穴反，屑韻，純四等韻

作者另外有文章討論這問題。

由於筆者尚未看到李先生所說的另文討論，近代有關的綜合討論中，亦未見有引述者。故他所謂寅 A 類作 -i- 介音、寅 B 類作 -j- 介音，應該只是為了方便形式上有所區別而已；似不宜過於強調，斷定他認為「重紐」在於介音的不同。因為他明明說「A B 兩類音值怎麼不同很難說，我們只作類的分別」。倒是在上引文字中，有三項值得注意的地方：

（一）他指出喻三喻四的對立，同時又是聲母的不同，和別的「重紐」性質不一樣。

這個特點，其餘近代學者多少也提到了；尤其稍後龍宇純先生的論文中，就可以看出份量有多重了——「重紐」之是否計及喻母之分等而居，足以完全改變諸韻切下字系聯的結果。

（二）他指出就聲韻母配合的關係看「重紐」——寅 A 類和三等丑類完全一樣（三等丑類指：東、鍾、之、魚、虞、歌、麻、陽、蒸、清、尤、幽、諸韻系的三等字）；寅 B 類和三等子類完全一樣（三等子類指純三等韻微、廢、

殷、文、元、嚴、凡和庚三）。

這一點，同樣就聲母的分配看三、四等韻，卻是最初高本漢所遺漏掉的。

（三）他又指出從「又音（即另一個讀音或切語）」可以看出「重紐」三四等的不同——「重紐」三等的又音屬純三等韻；「重紐」四等的又音則屬純四等韻。

（二）、（三）兩項很可以反映出「重紐」之具有多重的複雜矛盾性。更重要的是，「又音」的現象是否可以給我們一些啟示？如果他的舉例不是孤證，我們可以在其他小韻中也找到同樣有力的支持，或者「重紐」的意義便在其中了。

第二節 高本漢的《中國音韻學研究》

一、高本漢視「重紐」為同音小韻

高本漢的中古音系視「重紐」為同一韻類。在他的《中國音韻學研究》中，並沒有形成研究的障礙，只有兩段話。一見「第二章古代漢語」關於聲母音值的討論：

> ……固然根據切韻指南也可以看見少數四等字的反切是用三等聲母，但是這個不一致的地方可以很自然的解釋出來。這些字的大部分在切韻指掌圖是放在三等裡的，所以這是由於較近的時代遺失了 j 的結果，因為 j 音遺失所以這些字就由三等變到四等裡去了。

作者附注「這裡舉幾個字作例：‘便、免、辯、厭、艷’等」。〔註11〕從例字看，正是指「重紐」四等的字。

另外，論及「三四等的主要元音跟顎介音成素」之 α 類韻「見，知，泥，非幾系聲母一定是"j"化的」，有一段小注，也有同樣的說法。他說：

> 此中固然有少數字，在韻表裡，從三等變成四等，就是說，丟掉了 j 。這是切韻以後的演變，因為切韻對於 j 是絕對嚴格的分別出來的。〔註12〕

根據這兩處說明，我們或可認為，「重紐」在高本漢是以為《切韻》之後，由於

〔註11〕《中國音韻學研究》，譯本，頁31。

〔註12〕《中國音韻學研究》，譯本，頁471。

其中一部分失去 -j- 音，才從三等變入四等的。即韻圖的分等而居，是《切韻》以後音變分化的結果。現在，雖然我們都知道——「重紐」三四等字，後來的確是分化了。卻不能就用分化的現象，倒過來解釋《廣韻》別立小韻的原因。問題是，後期的演變有許多音韻分化，何獨在特定的幾個三等韻才產生「重紐」？

以高本漢用力之勤，多少細微差異都不放過。例如對於韻圖舌齒音字母的多重現象，能就切上字與等位的配合，大致分出，實在令人佩服。他似乎不應該會輕易忽略唇牙喉音的重出，即「重紐」的現象。

高本漢之所以忽略「重紐」，主要有兩個原因：

（一）由於他所謂「切韻音」（即中古漢語）的系統，乃建基於他對韻圖的解釋，由之推想出四等的區別，再機械式的一韻一韻按照等位，把音標填寫出來。他並未注意「等韻門法」的說明條例；雖然一再強調，了解韻表必得常常借著反切的光兒才成。而他用的韻圖是《切韻指南》、《切韻指掌圖》等併轉為攝的產物。姑不論圖之真偽，或甚至是否必然為晚出的作品；兼併的結果，泯滅了許多分類的界限，卻不容否認。

（二）他的反切並非來自《廣韻》原書，而是以抽樣的方式，錄自他心目中《康熙字典》的三千多常用字。同時，顯然的，他沒有看過陳澧的《切韻考》，所以不曉得有「切韻韻類」之分。

換言之，取材的偏差，使高本漢注目於三、四等韻時，除了表面上韻圖等位的不同之外，他只看聲類出現與否的分配，完全忽略切下字的類。也忽略了就整體音韻結構的參差而言，三、四等分韻獨具的複雜性。因此無法正面接觸隱藏在《廣韻》內部的矛盾。自然他所構擬的音系，就與《廣韻》的內容有相當的差距。

雖然如此，高本漢所建立的中古音系以及理論基礎，卻成為後來學者研究的出發點。我們勢必對於有關部分確實掌握，才能有效的了解、評價後起相關的討論。

二、高本漢的四等區劃及三四等韻的分類

首先，是關於四等的區別。高本漢根據反切上字、方言、對音的比較，分從聲母、介音、韻母三方面得出如下的結論：

（1）一、二、四等為單純聲母；三等是顎化聲母（-j-）。

（2）　一、二等無介音；三等有輔音性介音 -ǐ-；四等有元音性介音 -i-。

（3）　一等主要元音為後元音；二等為較一等前的後元音；三、四等為前
　　　元音，而四等較三等為高。

他的結論，主要是自方言、對音中歸納的結果；而三等聲母顎化則為重點所在。
理由是：

（1）　反切一、二、四等為一類；三等別為一類。

（2）　韻圖一等的字，於今官話都為硬音，而三等都變成顎化的塞擦音和
　　　擦音。

（3）　三、四等可同韻，故兩等的不同，須就聲母中找尋。

　　關於顎化的 -j-，後來學者均表反對；但又常常採用 "j" 這個符號，標示
介音的不同，往往產生混淆。至於聲母顎化的可能，雖有今日北平方言裡，聲
母由於受韻母細音的影響，改變發音部位和發音方法的事實；及反切上字的大
體分組，也支持這一說。但高本漢無法具體證明聲母附 "j" 的實質存在，所謂
"j" 只能作為權宜的辨識符號而已。對某些特別只與帶細音的韻母相配的聲
類，區別起見，不妨加個 "j" 號；但不必就如高氏說，認其實有。並且和以 "j"
表示半元音的意義，也完全不相干。因此在進行「重紐」的討論時，最好別混
為一談，以免徒增困擾。

　　其次，高本漢在「古代韻母的擬測」中說到，和一、二等相對的三、四等，
一攝裡往往有好幾韻。他認為這是件值得注意的事實，並依此將那些三、四等
韻分成三類，得到如下的結果：

　　α）有些韻在 j 化聲母後頭（三等）跟在純聲母（四等）的後
頭一樣的可以出現。可是有一種有一定規則的限制。只有一個喻母
（沒有口部或喉部輔音的聲母）在這些韻裡 j 化的跟純粹的兩樣都
見。其餘的見，知，泥，非幾系聲母一定是 j 化的，〔註13〕端系聲
母一定是純粹的。這些韻不管什麼樣的聲母都可以有的。α 類的韻
如下：

果攝的韻（麻_耶，馬_也，禡_夜）；

〔註13〕作者附注，「此中固然有少數字，在韻表裡，從三等變成四等，就是說，丟掉了 j。
　　　　這是切韻以後的演變，因為切韻對於 j 是絕對嚴格的分別出來的」。

止攝的 b 韻（脂夷，旨履，至利；脂追，旨軌，至位），c（支移，紙氏，
　　寘義；支爲，紙委，寘僞），d（之，止，志）韻；

蟹攝的 d 韻（祭例，祭歲）；

咸攝的 a 韻（鹽，琰，豔，葉）；

深攝的韻（侵，寢，沁，緝）；

山攝的 a 韻（仙延，獮演，線彥，薛列；仙緣，獮兗，線絹，薛悅）；

臻攝的 a 韻（眞，軫，震，質；諄，準，稕，術）；

梗攝的 a 韻（清征，靜整，勁，昔；清傾，靜頃）跟 b（蒸，拯，證，
　　職織；職域）韻；

宕攝的韻（陽良，養兩，漾亮，藥略；陽方，養往，漾放，藥縛）；

效攝的韻（宵，小，笑）；

流攝的韻（尤，有，宥）；

遇攝的韻（魚，語，御；虞，麌，遇）；

通攝的韻（東融，送仲，屋六，鍾；腫勇，用，燭）。

　　β）另外有些韻只有 j 化的聲母（三等）。〔註14〕這些韻在開
口類只有見系聲母；在合口類只有見非兩系聲母。所以完全沒有知
泥端三系聲母；開口也沒有非系聲母。β 類的韻是：

止攝的 a 韻（微衣，尾豈，未既；微歸，尾鬼，未費）。

蟹攝的 c 韻（廢刈、廢穢）。

咸攝的 b 韻（嚴、儼、釅、業）跟 d（凡，范、梵，乏）。

山攝的 b 韻（元言，阮偃，願建，月歇；元原，阮遠，願怨，月越）。

臻攝的 b 韻（欣，隱，焮，迄；文，吻，問，物）。

梗攝的 b 韻（庚京，梗景，映敬，陌戟；庚榮，梗永，映病）。

　　γ）第三類的韻只有純聲母（四等）。〔註15〕所以除去知系聲母
外，各系聲母都有。γ 類的韻是：

蟹攝的 a 韻（齊雞，薺，霽計；齊圭，霽桂）。

〔註14〕作者附注，「這些韻的字全在韻表的三等」。

〔註15〕作者附注，「這些韻裡的字全在韻表的四等」。

咸攝的 c 韻（添，忝，桥，帖）。

山攝的 c 韻（先前，銑典，霰甸，屑結；先玄，銑犬，霰眩，屑決）。

梗攝的 c 韻（青經，迥剄，徑，錫歷；青螢，迥熲，錫闃）。

效攝的 b 韻（蕭，篠，嘯）。

我們看見這裡有一個嚴格的而且一致的系統。假如切韻的韻系，跟反切老是把這三類的韻部那樣分開，這顯然是因爲它們中間眞有一種實在而且一致的區別在裡頭。〔註16〕

如果配合〈答馬伯樂論切韻音〉一文，〔註17〕我們可以更清楚的看出高本漢的用意。他說：〔註18〕

倘使我們現在用 k- 母代表一切的「牙」及「喉」母，用 ts̑- 代表一切的「舌上」與「正齒」母；用 ts- 代表一切的「舌頭」及「齒頭」母，用 p- 代表一切的「唇」母。而專限於山咸梗蟹臻五攝而論，我們就可以得以下的表：

甲種的韻：

仙鹽清祭眞諄：	kji-	ts̑i̯-	tsi̯-	pji-
	kji̯ʷ-	ts̑i̯ʷ-	tsi̯ʷ-	○

乙種的韻：

元嚴凡庚廢欣文：	kji-	○	○	○
	kji̯ʷ-	○	○	pji̯ʷ-

丙種的韻：

先添青齊：	ki-	○	tsi-	pi-
	kiʷ-	○	tsiʷ-	piʷ-

可見，當高氏觀察三、四等韻的分類時，僅強調聲母出現的情形，沒有多注意切下字的分配；並且在他構擬韻母的音值時，多半的時候只注意到韻圖各攝分等，與方言、對音的對應，而忽略了切下字所表現的類。以致於他所擬的音值，

〔註16〕《中國音韻學研究》，頁 471～472。

〔註17〕這篇論文由林語堂先生中譯，原譯篇名作〈答馬斯貝囉論切韻之音〉。後來，收入林語堂 1933《語言學叢論》一書，頁 162～192。以下引文，見頁 173～174。

〔註18〕引文中「甲、乙、丙」分別就是「α、β、γ」，及 "-i̯-" 與 "-i-" 意義也相同。只是由於譯者不同，所用音標符號、分類代號不同而已。

最後的結論是：γ 類韻都有一個元音性的 -i-，α、β 類韻則只有輔音性的
-i-；至於 α 與 β 兩類韻的區別，則在於主要元音的不同。

我們可以將高本漢三類三等韻的擬音作成下面的簡表。

		α 類		β 類		γ 類	
山 攝		仙 韻		元 韻		先 韻	
		kjǐɛn	kjǐwɛn	kjǐɒn	kjǐwɒn	kien	kiwen
蟹 攝		祭 韻		廢 韻		齊 韻	
		kjǐɛi	kjǐwɛi		pjǐwɒi	kiei	kiwei
咸 攝		鹽 韻		嚴 韻	凡 韻	添 韻	
		kjǐɛm		kjǐɒm	pjǐwɒm	kiem	
梗 攝		清 韻		庚 韻		青 韻	
		kjǐɛŋ	kjǐwɛŋ	kjǐɒŋ	kjǐwɒŋ	kieŋ	kiweŋ
效 攝		宵 韻				蕭 韻	
		kjǐɛu	kjǐwɛu			kieu	
臻 攝		眞 韻	諄 韻	欣 韻	文 韻		
		kjǐɛn	kjǐwɛn	kjǐən	kjǐuən		
止 攝		支 韻		微 韻			
		kjǐɛ	kjwiɛ	kjěi	kjwěi		
		脂 韻		之 韻			
		kji	kjwi	kji			

在〈答馬伯樂論切韻音〉的譯文末後，林語堂先生加了一段附錄，他認爲
「元音的區別大體是對的」，但是「理由尙不甚充分。我們還有更好的演譯的證
據，就是依切韻指掌圖所分派之各韻等第，而推定他的聲音」。因爲在《切韻指
掌圖》中，有的韻只可居三等，有的只可居四等，而有的可以三、四等兩居。
以 -a- 音攝爲例，則專居三等的必定是 -ja-（或 -jɐ-），所以不同於四等的 -je-；
專居四等的必定是 -je-，所以不同於三等的 -ja-；三、四等兩居的是 -jɛ- 或
-jæ-，在後頭有 n 時（jɛn）很可與三等之 jan 與四等之 jen 相混，所以兩居。
〔註 19〕

很巧的是，林語堂這種演繹分類的內容，與高本漢分 α、β、γ 三類不
謀而合。而高本漢但依聲母之有無分類，卻不足以表示各種韻類的特質。「重

〔註 19〕參看註 17。這段論述，請見譯文頁 188。

紐」眞是呼之欲出了。

最後一點，「重紐」牽涉到唇音聲母的分化。在高本漢的系統中，本來也可因唇音聲母與 α、β 兩類韻母之呼應——β 類與 α 類中的東、鍾、魚、虞……諸韻，與其餘 α 類的唇音聲母，有不同的變化——可以看出一點消息。他已經注意到，有些《切韻指掌圖》放在合口的三等唇音聲母字，《切韻指南》放在開口。以山攝三等爲例，《切韻指南》有兩組唇音聲母，一組是 f-，一組是 p-。〔註20〕

三等開口阮獮韻	明 並 滂 幫
	免 辯 鵬 弇 pjien
三等合口同韻	微 奉 敷 非
	晚 飯 疲 反 fuien

但《切韻指掌圖》在開口一個字都沒有，八個字都放在合口。

三等開口	○ ○ ○ ○ ○ ○ ○ ○
	微 奉 敷 非 明 並 滂 幫
三等合口	晚 飯 疲 反 免 辯 鵬 弇
	………… fuien ………… pjien

並且這不是一個孤例，還有很重要的臻、止兩攝，也是這樣的。同時他也注意到：〔註21〕

> 現在我們得注意這兩類字在廣韻是不同韻的（阮韻跟獮韻）。那麼我
> 們是否得要假定說：這兩韻間所有的區別，雖然細微得後來最早就
> 混淆了起來，而這種細微的區別竟夠使後來的唇音聲母變化分歧出
> 來呐？

我們可以看出，阮韻是純三等韻，而獮韻則屬「重紐」之一，從此很可以使高本漢警覺的。但他又認爲這不是個令人滿意的解決方法；而歸因於唇音聲母可由於聽感上的困難，形成開合口分配的不太一致。於是他推翻韻圖的格局，回到商克（Schaank）的老路上，認係三等合口的關係，使雙唇音變成唇齒音。竟忽略了 α 類韻中，從唇音聲母看，不僅有雙唇與唇齒的不同；而且這些唇音

〔註20〕《中國音韻學研究》譯本，頁38。

〔註21〕《中國音韻學研究》譯本，頁39。

聲母字對證安南譯音時，漢語維持雙唇的一類中，安南譯音分化成雙唇音與舌齒音。

安南譯音的現象，可能具有彰顯「重紐」的的意義。高本漢也看到了，他說：

可是安南譯音並不只拿雙唇音代表近古漢語的 p、p'、b'，安南話在這裡有幾個特別的現象：〔註22〕

近古漢語的 p 跟 b' 照例是用 b 音譯的，可是也有些個 t- 。──同樣 p' 也有時候拿 t'，t 來代表。這個 t'，t 只在開口三四等裡出現。這是在安南境內發生的一種變化。它在語音上的理由到現在還不明白。

於是，高本漢又錯過了發掘「重紐」的機會。

以上，無論如何，高氏草創之功不可沒，並且儘管我們現在大致肯定「重紐」為不同音。「不同音」的水平，應當擺在怎樣的語言時代，各家尚不一致，擬音也各自不同。則高氏以為在《切韻》的時代「重紐」為同音小韻，未始不可備為一說。

第三節　陸志韋、王靜如對三等韻顎介音的主張

一、結論部份

基於對高本漢之說──三等韻有輔音性介音 -i̯-、聲母顎化，四等韻有元音性介音 -i-、聲母不顎化的主張，有不能同意之處。陸志韋與王靜如共同提出了另一種分配顎介音的方式。認為純四等韻（即高本漢的 γ 類）原無顎介音，純三等韻（即 β 類）有 -i̯- 介音（舊說為 "ɪ"，王靜如為求統一及印刷方便而改。以下一併統一標音，不另外註明）；諸合韻三等（即 α 類）依聲紐之不同，而有 -i- 和 -i̯- 介音。特別在「重紐」的部分，得出如下的結論──《切韻》時「重紐」在某種方言中，必有不同讀音。而有：

甲組：韻圖列四等之唇牙喉音。介音是 -i-。

乙組：韻圖列三等之唇牙喉音。介音是 -i̯-。

其他：正齒照三系、齒頭精系及日紐有介音 -i-。

正齒照二系、舌上知系有介音 -i̯-。

〔註22〕《中國音韻學研究》譯本，頁 420～421。

其中，/-i-/ 與 /-i̯-/，和高本漢的元音性、輔音性無關。王靜如明確以 /-i̯-/ 爲舌位較後（back）、口不太閉（close），音彩較暗（nuauce inconnue）、較弱（faible）的顎介音；/-i-/ 則爲舌位較前、較閉、音彩明顯較強的顎介音。此外，「重紐」的牙喉音，乙組與純三等韻同具 -i̯- 介音，故韻圖列於三等。他們和純三等韻的不同在於主要元音之差異。甲組之所以列於四等，則由於相對當的純四等韻，唐末宋初已普遍發展出 -i- 介音；因爲同具 -i- 介音，故韻圖將「重紐」甲組補於純四等韻的空缺。〔註23〕

更仔細一點的分疏，「重紐」之意義可以根據聲紐之不同，而有四種略爲不同的說明：

（1）唇音所以重出，在於三等撮唇（如 pʷ-），四等平唇。因撮唇所以顎介音爲 -i̯-；因平唇則顎介音爲 -i-。

（2）牙音包括曉紐，以唇化與否爲分立的要點。三等唇化故顎介音爲 -i̯-；四等爲普通牙音，故顎介音爲 -i-。

（3）喻三爲匣之唇化，故顎介音爲 -i̯-；喻四則爲顎半元音 /j/。〔註24〕重出的意義和唇牙音不同，而與等韻圖舌齒音之重疊，同爲聲紐之異。

（4）影紐本爲元音，即以介音之 -i̯-、-i- 而分三、四等。

所以，陸王的主張，「重紐」之聲母亦有性質之不同；而其性質之不同，又必定與其顎介音之不同共同存在。

爲清楚起見，先將他們各韻擬音的結果，簡單列成下表：〔註25〕

		支		脂		真（諄）		仙		宵		鹽		侵	
唇音	三等	pʷi̯e	陂	pʷi̯	悲	pʷi̯ĕn	彬	pʷi̯en	變	pʷi̯eu	鑣	○		○	
	四等	pie	卑	pi	七	piĕn	賓	pien	便	pieu	飆	○		○	
牙音	三等	qi̯e	羈	qi̯	幾	qi̯ĕn	巾	qi̯en	甄	qi̯eu	趫	qʻi̯em	預	qʻi̯ĕm	顲
		qwi̯e	嬀	qwi̯	軌	qiwen	麜	qiwen	勬	○		○		○	

〔註23〕以上說明，概括自王靜如〈論開合口〉〈論古漢語之顎介音〉二文。基本上，陸王的體系是彼此借重發明的。所以這一節的討論，除引文標明出於何人以外，大體上王說便是陸說，反之亦然。

〔註24〕此 /j/ 爲眞正的半元音，不是高本漢三等聲母顎化所加的 -i̯-。

〔註25〕這裡用的是〈論開合口〉（頁 189）的寫法、加以類推的結果。〈論古漢語的顎介音〉（頁 79）有稍微不一樣的寫法。讀者可試比較其中異同。

	四等	kię	枳	k'i	棄	kiĕt	吉	k'ien	遣	kieu	蹻	k'iem	脥	kiĕm	坅
		kwię	槻	kwi	癸	kiwĕn	均	kiwen	絹	○		○		○	
曉	三等	xię	犧	xi	鶊	xiĕt	肸	xien	嗎	xiεu	嚻	xiem	險	xiĕm	歆
		xwię	摩	xwi	瀢	○		xiwet	昷	○		○		○	
母	四等	xię	詑	○		xiĕt	欯	○		○		xiem	厭	xiĕm	愔
		xwię	陸	xwi	血	xiwĕt	狘	xiwen	翾	○		○		○	
影	三等	ię	倚	i	懿	iĕn	醫	ien	焉	iεu	妖	iεm	淹	iĕm	音
		wię	委	○		iwĕn	贇	iwen	嬟	○		○		○	
母	四等	ie	縊	i	伊	iĕn	因	○		ieu	要	iem	厭	iĕm	愔
		wię	恚	○		○		iwen	娟	○		○		○	
喻	三等于	○		○		○		ien	馮	ɣuɑi	鴉	ɣem	炎	ɣiĕm	顃
		ɣwię	爲	ɣwi	帷	ɣiwĕn	筠	ɣiwen	員	○		○		○	
母	四等以	jię	移	ji	姨	jiĕn	寅	jien	延	jieu	遙	jiem	鹽	jiĕm	淫
		jwię	薩	jwi	惟	jiwĕn	勻	jiwen	沿	○		○		○	

這一套擬音有一個大前提——即排除高本漢四等有元音性 -i- 介音之可能性；並確認「重紐」於《切韻》中確實具有不同音讀。其中 pʷ 的 /w/ 爲撮唇的記號。/q/ 代表唇化的 /k/，亦即 /kʷ/（包括所有的牙音）。至若眞正表示合口的 -w- 介音，於支脂二系位於 -i- / -i̯- 之前；於眞（諄）等五系則位於 -i- / -i̯- 之後。除此之外，這一套擬音，基本上，還是根據高本漢原有的體系發展出來的。

乍看之下，他們的結果似乎是很圓滿的。尤其，以聲紐的性質不同、和顎介音的重新分配，區別「重紐」，的確是個很好的構想。由於聲母發音部位、發音方法有限，顎介音也僅是有限的幾個，實際應用起來容易掌握；也還不致於影響整個音韻系統的大局。比較起來，後來周法高先生以主要元音分別「重紐」，就很難控制得宜了。因爲元音的音色容易改動、很難分辨；發音的基礎稍有移動，整個系統都可能變相，於大局就不免顧此失彼。反觀，以聲紐及介音的不同區別「重紐」，對我們是更具啓發性的。當然，確實如何發音，就很難說了。我們不能起古人於地下，漢語的書寫系統先天上又不是良好的記音工具。所有我們爲中古音、上古音所標定的音值符號，只不過於音理大體不違背、方便說明討論而已。其是否與古代語音密切吻合，根本死無對證。基於這個理由，我以爲，他們的構想確實頗令人心動，然而不必就是定論。更嚴格一點說，他們這一套音標的來源和意義，實際上很難理解。我們若仔細查對二人一連串的論

著，將會發現所有撮脣音、脣化牙喉音及強弱顎介音的分配，全部是循環論證的結果。在認定「重紐」爲不同音的假設之上，疊加假設、聯想推理；基本概念容或有啓發性，終究缺乏印證。他們的結論，恐怕並不像王靜如先生說的「可見科學方法的見解，不分時地，終會是相同的」。〔註26〕

二、引證部份

底下，我先從撮脣音說起：

最初，高本漢爲了解釋脣音字在各種材料中，開合口顯得很不一致，但別的聲母卻沒有相同的困難，而推斷這種不一致是由於聽感的困難。也就是說，在脣音聲母之後，不容易聽出正確的開合或合口。那麼，假如脣音是噘著嘴說的，這種脣音後面的韻母免不了會有點合口的色彩，聽起來就有合口的性質。高本漢將這種脣音暫時寫成 p^w-。〔註27〕這就是王靜如先生所謂「乃音阻雙脣，而同時脣部趨前呈撮口勢」的撮口脣音。〔註28〕關於這一點，如果用來解釋古脣音開合混淆，似乎是個很合理的說明。至於事實如何，高本漢沒有說明，我們也不得而知。王靜如用撮口脣音解釋支、脂、眞、仙、臻五系重出脣音的不同，雖然引用了四方面的證據；只不過證明那些重出的脣音，韻圖置於四等的一類相當於開口，置於三等的一類近似合口而已。仍無法證實撮口脣音之存在性。倒是他的引證，在在指向「重紐」脣音字，確乎到現代還有一些可見的分別。我們可以看看王先生的引證（以脂、支二系爲例，餘援例類推）。

第一、從《說文》諧聲看，脂、支兩系重出的脣音字，三等的必與他韻合口字互諧；而四等字必與他韻開口字互諧。如下表：

	平	上	去
	p：悲	p：鄙	p：祕毖閟轡鉍泌柴費眦
脂三等	p'：丕伾秠駓	p'：嚭	p'：濞嚊淠癈
	b：邳岯魾頯鈹	b：否痞圮殍	b：備奰膞糒犕蟦鞴糒鞁
	m：眉湄楣瑂矀薇黴蘪麋	m：美嬜	m：郿媚魅蝞箅鬽

〔註26〕〈論古漢語之顎介音〉，頁 77。

〔註27〕《中國音韻學研究》譯本，頁 42。

〔註28〕〈論開合口〉，頁 183。

	平		上		去	
脂四等	p：○	上 p：匕姃秕比祉沘	去 p：庳卑庇瘅
	p'：紕	p'：○	p'：屁
	b：毗比琵捭膍蚍枇仳紕	b：牝	b：鼻比枇襣痺祉笓芘
	m：○	m：○	m：寐
支三等	平 p：陂詖羆碑	上 p：彼	去 p：賁佊詖坡跛
	p'：鈹帔鮍披帔	p'：破	p'：帔秛襬
	b：皮疲	b：被罷	b：髲被鞁旇
	m：糜縻麛醿麋	m：靡	m：縻
支四等	平 p：卑鵯椑箄裨鞞錍鞞頯蜱庳萆	上 p：俾鞞箄薜髀卑	去 p：臂
	p'：○	p'：諀疕庀	p'：譬
	b：陴裨脾郫斃埤鈚	b：婢庳	b：避
	m：彌橌麗采镾霓篘	m：渳弭瀰芈敉	m：○

因此，可以假定《切韻》脂、支韻開合口之排比如下：〔註29〕

脂 平	p	p'	b	m	上	p	p'	b	m	去	p	p'	b	m
開	○	○	毗	○		匕	○	牝	○		庳	○	鼻	寐
合	悲	丕	邳	眉		鄙	嚭	○	美		祕	濞	備	郿
支 開	卑	跛	陴	彌		俾	諀	婢	渳		臂	譬	避	○
合	陂	*鈹	*皮	糜		彼	○	被	靡		*賁	*帔	*髲	○

第二、日本古籍《古事記》、《武烈紀》及《萬葉集》等書，以「重紐」四等翻譯開口音；用純三等合口，或「重紐」三等字翻譯合口音。則「重紐」三等應屬合口性質。〔註30〕

甲（pi）—— 比（脂開四）毗（脂開四）姃（脂開四）毘（脂開四）辟（脂開四）避（支開四，陳合四）卑（支開四）婢（支開四，陳合四）鼻（脂開四）必（支開四）譬（支開四）弭（支開四，陳合四）賓（眞開四）嬪（眞開四）寐（脂開四）

〔註29〕〈論開合口〉，頁157～160。單就此表，也許還不易看出開合口的分際。不妨自行查對原文。

〔註30〕〈論開合口〉，頁162。其中，「陳」應指陳澧之《切韻考》。

<u>幫屬</u>：　乙（pï）──非（微合三）斐（微合三）悲（脂開三，陳合三）彼（支開三，陳合三）被（支開三，陳合三）肥（微合三）費（微合三）媚（脂開三，陳合三）縻（支開三，陳合三）飛（微合三）味（微合三）未（微合三）備（脂開三，陳合三）。

第三、現代東南漢語方言，於脂、支兩系字，多見其合口屬三等，開口屬四等。〔註31〕

<u>脂</u>四等：	比	譬	庇	琵	鼻	三等：	悲	美	丕
汕頭	p‘i	p‘i	p‘i	p‘i	p‘i		pui	mui	*p‘i
客家	pi	pit	pit	p‘i	pi		pui	mui	*p‘i
福州	pi	p‘i	p‘i	pi	pik		*p‘i	*mui	*p‘i

<u>支</u>四等：	避	臂	彌	碑			三等：	皮	被	縻
汕頭	pi	pi	mi	pi				puɛ, *p‘i	puɛ, *pi	muɛ
客家	pi	pi	ni	pi				*p‘i	*p‘i	*mi
福州	pie	pie	mi	pi				pui, *pi	pui, *pɛi	○

第四、元初八思巴（hPhags-pa）文所譯北方音，於脂、支二系字有三合、四開之跡。如下表：〔註32〕

<u>支</u>	四等		三等			
	避	彌	賁	彼	詖	陂
	pi	mi	bue	bue	pue	bue

<u>脂</u>	四等			三等	
	妣	比（？）	比	丕	備
	bi	*bue	bi	pue	pue

而且明末傳教士金尼閣《西儒耳目資》之拉丁記音，於<u>脂</u>、<u>支</u>二系三等鼻音仍存合口：

平：mui──眉嵋麋蘪湄楣枚梅莓祺靡醿峗玫侮郿縻瞢醾劀牀黁。

上：mui──美浼痗晦每嬍眯。

去：mui──昧沫韎痗瑂沴媚魅魑每晦眛媒簹。

〔註31〕〈論開合口〉，頁 163。並請參考張琨先生的《古漢語韻母系統與切韻》一書。星號爲筆者所加，指其並不合於「重紐」三等脣音爲合口之說。下同。

〔註32〕〈論開合口〉，頁164。下《西儒耳目資》之資料亦出自同頁。

　　上面引述的四項例證，果眞唇音字一開一合，何以韻書的反切老是開合不定？何以韻圖常把兩類字同時作開口或合口？何以現在大多數方言變成開口？陸王設想的合理解釋——所謂的合口是具撮唇音的假合口。因爲撮唇音有合口的性質，所以《說文》諧聲得諧合口、日本譯音得與純三等合口字並列；其餘二例，則顯然是撮唇易消失，變成平唇合口之故。

　　這樣的推論，只能說於音理爲可能，沒什麼必然的道理可言；並沒有那一個例字顯示「撮唇」的存在。可是他們又聯帶推想，這 p- 和 pʷ- 後面的介音斷不能是同一音色，p- 後面的介音是清楚的 -i-；pʷ- 後面的介音應比 -i- 來得寬而靠後，擬作 -i̯-。就音韻結構具選擇的特性看，聲母的性質不同，介音很可以是不同的。因此，如是的推想原無不可。然而，唇音是否具撮唇勢，也僅是一個未經證明的假設而已。如果撮唇本來不存在，那麼 /-i-/ 與 /-i̯-/ 的分配又從何而來？

　　不過，他們解釋雙唇音的分裂，而有雙唇變唇齒的兩個條件：

　　（1）撮唇而介音爲較後較弘的 -i̯-，非前細介音 -i-。

　　（2）介音之後隨有中元音之較細者，或後元音。〔註33〕

是比高本漢更能合理解釋，「重紐」三等的唇音字，何以不與純三等合口唇音字有相同的變化。尤其以元音決定唇音是否分化，似較爲多數學者所接受。

　　至於所謂唇化牙音（包括曉母），他們也作同樣的推理。可以見系聲母爲例，引述如下：

　　第一、同前日本古籍，見系字分甲系 ki；乙系 kï，而大體以支、脂牙音四等譯甲系，以支、之、微牙音三等字譯乙系。如下表所示：〔註34〕

〔註33〕〈論開合口〉，頁187。

〔註34〕〈論開合口〉，頁169。

　　　　　　　　甲系──支（支開四）伎（支開四）岐（支開四）
　　　　　　　　（ki）企（支開四）妓（支開四）枳（支開四）
　　　　　　　　　　　祇（支開四）吉（眞開四）弃（脂開四）
　　　　　　　　　　　棄（脂開四）祁（脂開三）耆（脂開三）
　　　　　　　　　　　蟻（支開三）儀（支開三）藝（支開三）
　　　　　　　　　　　嵯（支開三）。
　見屬
　　　　　　　　乙系──紀（支開三）奇（支開三）騎（支開三）
　　　　　　　　（kï）寄（支開三）綺（支開三）基（之開三）
　　　　　　　　　　　已（之開三）記（支開三）機（微開三）
　　　　　　　　　　　氣（微開三）幾（微開三）既（微開三）
　　　　　　　　　　　貴（微合三）歸（微合三）癸（脂合四）
　　　　　　　　　　　宜（支開三）義（支開三）擬（之開三）
　　　　　　　　　　　疑（之開三）

　　第二、高麗譯音於「重紐」三等無介音 -i-；而四等必有介音 -i-，殊少混
亂之跡。如：〔註35〕

		開		合	
支	三：kɯi	寄騎奇	kue	詭跪	
	四：ki	企技岐妓	kiu	規窺	
脂	三：kɯi	肌器	kue	櫃龜幾	
	四：ki	棄	kiu	癸葵	
仙	三：kən	愆虔件	kuən	權拳捲圈眷卷倦	
	四：kiən	遣	kiən	絹	
眞	三：kɯn	巾僅	kun	窘	
	四：kin	緊	kiun	均勻鈞	
鹽	三：kəm	儉	○		
	四：kiəm	鉗	○		

　　王先生認爲，必然是漢語本身的「重紐」牙音有介音之分別。而且是因爲
「重紐」三等的介音是 -i̯-、較後略開，因聽感上常覺介音若有若無，遂致消失。

────────────

〔註35〕〈論開合口〉，頁173。

有這樣的介音，則舌根音必非普通牙音，乃爲較後且唇化之牙音 q_i-。反之，譯音存有 -i- 介音的四等牙音，則爲普通牙音，介音較前且細，標音爲 ki-。因其介音較穩定、聽感較清晰，故這類字的介音皆得存留。

其實，我們只能說，兩項譯音於「重紐」字確具分別，並且日本古籍的分甲乙系，可能表示「重紐」三等字近似純三等韻；這些例字，確實可以反映漢語的兩類字也應該有所不同。此外，漢語本身的差異何在，亦不過合理的假設而已，同樣沒有必然的道理。固然他舉印歐古語爲證：〔註36〕

> 古印歐語中牙喉原具兩類。一爲普通之舌根音，二爲唇化牙喉音，
> 即所謂 labio-velar 是也。凡發此種牙喉音時，舌根抵後頸，較普通
> 牙音爲後，同時唇作撮勢，故稱唇化（labialized）。其音符爲 k^w-，
> $k^w h$-（或 k^w-，k^w'-）等。

問題是，古印歐語有唇化牙喉音，無以證明古漢語必確具唇化牙喉音。至少在他所舉的例子我們看不出來。然而他繼讀引證，並作相同的推理。

第三、汕頭、福州方言，仍可見「重紐」字音分立之跡。〔註37〕

支	開三		開四		合三	合四
	寄	騎	企	岐	詭	規
汕頭	kia / ki	k'ia / k'i	k'i	k'i	k'ui	kui
福州	kie	k'ie	k'ie	k'ie	k'ui	kie
脂	肌		棄		龜	癸
汕頭	ki		k'i		kui / ku	k'uɛ / k'ui
福州	ki		k'ɛi		kui	k'i / k'ui
仙	虔		遣		捲	絹
汕頭	k'ien		k'ien（？）		kuan	kin
福州	k'ieŋ		kieŋ		kuoŋ	kioŋ
眞	巾		緊		窘	均
汕頭	kɯn		kin		k'un	kɯn
福州	kyŋ		kiŋ		k'uŋ	kiŋ
鹽	檢		鉗			
汕頭	kiam		k'ĩ / k'iam			
福州	kieŋ		k'iŋ / k'ieŋ			

〔註36〕〈論開合口〉，頁152。

〔註37〕〈論開合口〉，頁174。

　　上列字例，王先生認爲大體是：合口三等多失介音 /i/，而四等多存介音
/i/，且反失其合口；開口三等多能保持其主元音，而四等則反以介音 /i/ 之同
化而主元音消失。他認爲這種現象可以作爲，四等介音 /i/ 較前、三等介音 /i̠/
較後之確證。又因爲四等介音較前，故其合口弱介音 -w- 易消失、主元音易被
同化。反之，三等介音較後，故易被合口同化、且主元音不易消失。而且三等
顎介音在後，牙音亦自以唇化音爲當。則所謂「唇化牙音之構擬，絕非僅求諸
理論而然也」。我們卻看不出理論之外，有何必然的具體事實。然而，他還有第
四個例證。

　　第四，在諧聲系統中，「重紐」四等字與照三系齒音互諧；三等則與端系
舌音互諧。〔註38〕

甲——　齒——紙（tɕiɛ̠ 支照三）　只（tɕiɛ̠ 支照三）　示（dziɛ̠ 支牀三）。
　　　　牙——衹（giɛ̠ 支開四）　枳（kiɛ̠ 支開四）　示（giɛ̠ 支開四）。
　　　　齒——支（tɕiɛ̠ 支照三）　止（tɕi 脂照三）　愍（ʑiwɐn 眞禪三）。
　　　　牙——伎（giɛ̠ 支開四）　企（kʻiɛ̠ 支開四）　均（kiwɐn 諄合四）。
　　　　齒——甄（tɕiɛn 眞照三）　柩（tɕiɛn 眞照三）　曦（dziwɐn 眞牀三）。
　　　　牙——甄（kiɛn 仙開四）　敇（kiɛn 眞開四）　譎（kiwɐt 眞合四）。
乙——　舌——自（tuəi 灰端）　替（tʻei 齊透）　債（duəi 灰定）。
　　　　牙——虧（gwiɛ̠ 支合三）　湶（gwi 脂合三）　嘳（kwi 脂合三）。
　　　　舌——涒（tʻuən 魂透）　咄（tuət 魂端）　單（tan 寒端）。
　　　　牙——窘（giwɐn 眞合三）　聅（ŋi̠ ɐt 眞開三）　權（giwɐn 仙合三）。
　　　　舌——兌（duai 泰定）。
　　　　牙——劌（ki̠ɛi 祭開三）。

根據這些資料，王先生認爲：〔註39〕

　　四等轉向舌面顎化，吾人可斷定其由顎化牙音而來，古代當爲普通
　　牙音。三等依余所擬，則當爲唇化牙音於元音 -i- 前，或介音 -i- 前
　　舌頭之象。其變化之原因不外 -i- 之同化作用，使唇化音變更發音
　　部位（place of articulation），入於近 -i- 音之位，遂成舌頭。此按之
　　音理，本極自然，且可舉一旁證。考之西歐，印歐古語亦具兩種牙

────────────────

〔註38〕〈論開合口〉，頁 175～176。

〔註39〕同上，頁 176。

音。而此種演變者（kʷ+i＞t），以希臘語爲最著，是吾假定中國

古代有唇化牙音，而合韻之三等牙音即爲唇化，絕非無根之論。

印歐古語是有這樣的音韻演變。但是對古漢語而言，則如前述，僅止於假設而已。我們承認，語言有一些共同的通則，但不同的語系除非有確實的例證，某一語言具有的特性，不可即認爲另一語言必然具有。再說，諧聲通轉的現象，就我們已知的古音常識，不過是發音部位相同或相近的字可以通轉互諧而已，並不表示互相諧聲的兩組字，有一組會改變發音部位（如 kʷ+i＞t）、另一組不會。如王先生說，很顯然只是推測而已。然而他又說，三等爲唇化，其介音較後；四等爲正顎，其介音較前。這種顎介音復與唇化關係密切。〔註40〕

此種介音上古果存在與否，今不能言，惟若有唇化牙音及撮口唇音，

則其所附之顎介音必屬"i̯"而非"i"。此爲音理之自然，即唇化

或撮口同化顎介音之當然結果也。

我們遂得出一個很令人沮喪的結論——因爲三等有 -i̯- 介音，所以三等牙音唇化，四等有 -i- 介音則爲普通牙音。又因爲三等爲唇化牙音，所以顎介音必然爲 -i̯-；四等爲普通牙音，所以顎介音爲 -i-。因此 /i̯/ 與 /i/ 介音之分配爲可能？這樣的結論，所有的根據，便是他們一開始承認，高本漢三等韻具輔音性介音 -i̯-，爲不易之論而已。

　　另外，還有個地方值得注意，就是他們又把「重紐」的結論，推廣到諸韻不重出的舌齒音及其他合韻三等、純三等韻裡。讓所有唇牙喉音字，依等位不同而三等有 -i̯-、四等有 -i-。其他舌齒音，則照三系和精系三等，也一概連上 -i-介音；照二系及知系三等，則一概聯上 -i̯- 介音。照他們說 /i̯/ 介音易致消失，對上引高麗譯音還說得過去，對整個漢語卻怎麼辦呢？舌齒音何以不產生「重紐」，何以不像唇牙喉音，後來眞的分裂成三等韻與四等韻？今國語三等字多具 /i/ 韻頭，有的且影響聲母變成顎化，而改變發音地位，可見韻頭的 /i/ 實際上只有強化，並未消失。〔註41〕所以，「重紐」本身或可作 /i̯/ 與 /i/ 之分配；至於否能推廣到其他三等韻，恐怕還得多加考慮、求證一番。

〔註40〕〈論開合口〉，頁 177。

〔註41〕參考董同龢先生《漢語音韻史》，頁 221～226；王力先生《漢語史稿》，頁 136～143。

　　以上，撮唇音、唇化牙音及強弱顎介音的分配，事無不可，只要可以區別「重紐」便好。我所不能同意的是——他們的推論並不合邏輯，且無法在整個漢語史裡得到具體有力的證明。倒是他們所列舉的各方面證據，對於「重紐」確具分別，可算是很強烈的輔助證明。否則在他們的體系裡，僅憑《廣韻》中小韻重出，而韻圖分列三、四等的內證，反駁高本漢的例外與後來演變的假設，就嫌太單薄了。所以那些例證，對我們之認識「重紐」實在是極重要的。至於如何解釋那些例證與「重紐」平行的現象，反而是次要的。

　　後來，王靜如先生在〈論古漢語之顎介音〉一文中，再增二例：

　　第一，安南譯音於「重紐」唇音字，三等仍為唇音之 b-，f-，m-；四等則為舌齒音之 t-，tʻ-，z-。以支、宵二系為例：〔註42〕

支系　乙組，即三等	bi（＜p-）：陂，碑，罷 (平)；彼，柀 (上)；賁，詖，貱，陂 (去)；（＜bʻ-）：皮，疲 (平)；被 (上去)。
	fi（＜pʻ-）：披，帔 (平上)；bi（＜p-ʻ）：鈹，帔，狓，旀。
	mi（＜m-）：糜 (平)；靡，蘼 (上)。
甲組，即四等	ti（＜p-）：卑，裨 (平)；俾，革 (上)；臂 (去)；（＜bʻ）：脾，陴，埤，裨，郫 (平)；婢，庳 (上)；避 (去)。
	tʻi（＜pʻ-）：庀，仳 (上)；譬 (去)。
	zi（＜m-）：彌，獼，采，瀰 (平)；渳 (上)。
宵系　乙組，即三等	bieu（＜p-）：鑣，蘪 (平)；表 (上)；（＜b-ʻ）：蔈，殍，莩 (上)。
	bieu（？＜pʻ-）：裱 (上)。
	mieu（＜m-）：苗，描，緢，貓，猫 (平)；廟 (去)。
甲組，即四等	tieu（＜pʻ-）：飆，摽，猋 (平)；標 (上)；（＜b-ʻ）：瓢 (平)。
	tʻieu（＜p）：標 (上)。
	zieu（＜m-）：蚵 (平)；眇，渺，藐 (上)；妙 (去)。

　　這個被高本漢忽略的例子，大量收集起來，既然有系統的與《廣韻》之「重紐」相呼應，自為不可忽視的強力外證。後來那格爾（Paul Nagel）和周法高先生也採用這個證據，作為區分三等韻類的重要根據。

　　第二，就「重紐」反切下字看，三等唇牙喉音除互相切作下字外，時與正齒照二互切；四等則時與正齒照三、精系三等及日紐互為切下字。而以舌上知系

〔註42〕〈論古漢語之顎介音〉，頁 66～67，及附錄二。原文附錄二收入本論文附表四。

字及來紐作爲連繫的中間字。〔註43〕

紙	見	溪	群	疑	曉	影	喻	幫	滂	並	明	照	穿	狀	審	禪	精	清	從	心	邪	日
甲組	k	k'	g'	ŋ	x	□	j	p	p'	b'	m	tɕ	tɕ'	dʑ'	ɕ	ʑ	ts	ts'	dz'	s	z	nʑ
	枳	企	○	○	○	○	配	俾	諀	婢	洀	紙	侈	舓	弛	是	紫	此	○	徙	○	爾
	紙	弭					爾	弭	婢	俾	婢	氏	氏	氏	是	紙	此	氏		氏		氏
	見	溪	群	疑	曉	影	喻	幫	滂	並	明	照	穿	狀	審		知	徹	澄	娘	○	來
乙組	k	k'	g'	ŋ	x	□	ɣ	p	p'	b'	m	tʂ	tʂ'	dʐ'	ʂ		ȶ	ȶ'	ȡ'	ɳ		l
	掎	綺	技	螘	瀫	倚	○	彼	破	被	靡	○	○	○	躧		○	撠	褫	豸	狔	○	邐
	倚	彼	倚	倚	倚	綺		委	靡	彼	彼				綺		隻	豸	爾	氏		紙

宵	見	溪	群	疑	曉	影	喻	幫	滂	並	明	照	穿	狀	審	禪	精	清	從	心	邪	日
甲組							j					tɕ	tɕ'	dʑ'	ɕ		ts	ts'	dz'	s		nʑ
	○	蹻	翹	○	○	要	遙	飆	漂	飄	蜱	昭	炤	詔	燒	○	焦	鍫	樵	宵	○	饒
		遙	遙			宵	昭	遙	昭	宵	遙	遙	招	昭	招		消	遙	焦	邀		招
乙組							ɣ											ȶ	ȶ'	ȡ'		l
	驕	嬌	喬	○	蹺	妖	鴞	鑣	○	○	苗	○	○	○	○		朝	超	鼂	○	○	燎
	喬	蹻	嬌		嬌	喬	嬌	嬌			瀌						遙	宵	遙			昭

這一點關係著「重紐」諸韻舌齒音的歸屬。後來，龍宇純先生即據以反駁董同龢先生的「重紐」分類。

此外，在他們一連串的論著裡，還有兩項說明，值得我們重視。

（一）王靜如先生在〈論開合口〉中，以喻三爲匣母之唇化、喻四爲半元音，其重出的意義，不同於其他唇牙喉音；而相當於等韻圖舌齒音之重疊，乃以等第分別聲紐之異。基於喻三與匣類隔之說大致可信，我們覺得把喻母字剔除「重紐」之別，可以掃除部分「重紐」的困擾。即便不然，喻三、喻四於《廣韻》不同類，韻圖雖爲一母，但以三、四等的不同，來表示二類本自有別。是否意味著其他「重紐」字也同其意義？

（二）陸志韋先生一再強調，《切韻》代表六朝漢語的整個局面，不代表任何一個方言。這種對《切韻》於時間、空間上具涵蓋性的認識，可以修正高本漢的體系。同時，也顯然《切韻》中有些細微的分別，在隋初方言裡恐怕已經不常見了。連帶著韻圖的格局，也就不是那麼必然的有實際語言的根據。則「重紐」三、四等的分別，也許只是書面的保留；於《切韻》僅是某些方言中才有的不同音讀，或甚至是比《切韻》更古的語音才有不同。這也是值得我們仔細思考的。

〔註43〕〈論古漢語之顎介音〉，頁72～73，及附錄一。這裡僅引述紙、宵兩韻爲例，原文附錄一收入本論文附表三。

第四節　董同龢、周法高的「重紐」研究

董周二位先生的意見，大致可以歸納成如下的結論：

I. 肯定「重紐」確實代表音韻地位不同的反切。

II. 經由韻書與韻圖的對照，將「重紐」劃分成 1、2 兩類（或 A、B 類）。以韻圖等位的不同爲界限，1 類韻圖置於四等，2 類韻圖置於三等地位，但不同於同韻的舌齒音。

III. 兩類的不同在於元音的音彩有別。

二人幾乎都是在周祖謨先生提出〈陳澧切韻考辨誤〉的同時，分頭進行研究所獲得的結果。他們的結論雖大體一致，但研究的途徑、所持的觀念和處理的方法，則有所不同；對於後來的影響，亦各有千秋。以下，針對他們的論著，分別作摘要性的比較說明。〔註44〕

一、董同龢先生的觀點

（一）首先，董先生把「重紐」的範圍集中在支、脂、眞、諄、仙、祭、宵 7 系 22 韻，〔註45〕針對諸韻唇牙喉音韻母的分類，他重新申說陳澧的舊案。從上古音韻系統的線索，董先生將陳澧的分類作適當的修正，指出諸韻唇牙喉音有當分而未分之處，而各韻的舌齒音應當只有一類韻母。再對照早期的《七音略》與《韻鏡》兩種韻圖，全面將「重紐」的界限類別廓清。以各韻唇牙喉音置於四等地位的爲 1 類，置於三等的爲 2 類。他們的等位雖然不同，但都在三等韻的範圍之內。

董先生將韻圖的措施，先核之於諧聲字群、古韻部居，證明韻圖的分類絲毫不爽，的確可以用來訂正韻書反切的混淆、解釋韻書的切語。然後，他認爲問題的重點，在於各韻的舌齒音，到底應該等同於 1、2 兩類唇牙喉音的哪一類？

至此，董先生回過頭來從反切系聯的結果，指出：舌齒音當與四等地位的

〔註44〕本節資料主要來源分別爲：董同龢先生的〈廣韻重紐試釋〉、《上古音韻表稿》、《漢語音韻學》；周法高先生的〈廣韻重紐的研究〉。

〔註45〕清韻也在討論之列，但沒有「重紐」出現，其他如幽、侵、鹽諸韻的問題，因董先生認爲，尚有部分糾葛未得滿意的解決，僅作事實說明，存而不論。故本文不做正面敘說。

唇牙喉音為一類，韻圖置於三等的唇牙喉音應該自成一類。理由是——多與舌齒音接觸的，就較近於舌齒音；極少跟舌齒音接近的，就較遠於舌齒音。而根據系聯的結果，四等唇牙喉音多用舌齒音為切下字，三等的唇牙喉音常侷限於本身範圍之內。同時各韻舌齒音用的切下字，也是唇牙喉音四等字較三等為多。因此韻圖中雖不把他們排在同一橫行，仍不失為一類。末了，再說到韻圖也提供了消息。他說：〔註46〕

> 凡支脂諸韻唇牙喉音有字置於四等的（除喻母），韻圖上都名為"廣通"。在"廣通"的範圍之內，除去現在討論的支脂真諄祭仙宵之外還有個清韻。清韻的情形最值得注意。原來他的唇牙喉音在開合口的關係之外就只有一類而這一類在韻圖上就完全排在四等，（三等的地位空著）。如果以為在四等的唇牙喉音不能與舌齒音同屬一類，清韻的韻母豈不是要毫無所謂的分作兩半截了嗎？

然後，他確定諸韻兩類韻母的分配情形應該是：

1 類——包括所有舌齒音，與韻圖置於四等的唇牙喉音；

2 類——包括韻圖置於三等的唇牙喉音。

（二）其次，關於兩類韻母的區別，雖然依高本漢的學說，可以有兩種考慮：即介音的元音性與輔音性，和主要元音的關而緊與開而鬆。董先生則認為，沒有什麼憑藉可以說明分別在介音；反而從上古音的知識，可以確定為主要元音的不同。因為，各韻的兩類都是分從上古不同的韻部演變來的。他又指出：〔註47〕

（1）就高本漢中國音韻學研究（Etudes Sur la Phonologie Chinoise），後附方音字典所錄的高麗譯音看，除宵韻外，各韻 1 與 2 兩類的牙喉音字還大致保持不同的讀法，並且舌齒音也是差不多全跟 1 類牙喉音一致的。

〔註46〕〈廣韻重紐試釋〉，頁 21～22；並可參考龍宇純先生的〈廣韻重紐音值試論〉，針對此一說法所提出的反面論述。

〔註47〕以下引文見〈廣韻重紐試釋〉，頁 22～23。董先生第（2）項有一個小注，「知系字也併入元韻，當係方言關係」。因與本文討論沒有直接的關係，姑且從略。至於第（1）項引高麗譯音部分，董先生的判讀，是舌齒音與「重紐」四等差不多一致。如果比較王靜如與張琨夫婦的看法，「差不多」似乎是很主觀的。比較實際的解讀，也許應該說，舌齒音與「重紐」兩類的讀音彼此參差。

（2）據黃粹伯慧琳一切經音義反切考，在唐朝中葉，仙韻牙喉音的 1 類字已併入先韻，2 類字則併入元韻；眞韻牙喉音 1 類字仍獨立，2 類字則併入文欣兩韻。

（3）在古今韻會擧要裡，支脂兩韻牙喉音的 1 類字多與齊韻字的音相同，2 類字則多與微韻字的音相同，如

　　　　棄企＝契（齊）：羈飢＝機（微）　規＝圭（齊）：危＝韋（微）

　　　　伊＝鷖（齊）：漪＝衣（微）　　　季＝桂（齊）：龜＝歸（微）

眞韻開口與仙韻的牙喉音的情形跟慧琳反切一致。宵韻唇牙喉音 1 類字大部分與蕭韻字同韻母，如縹字屬於所謂皎韻，翹字屬於所謂驍韻，腰字與么字音全同；至於 2 類字則完全獨立，不與蕭韻字混。

根據上述現象，董先生認爲可以歸納得出一致的傾向，即 1 類字的音應當較近於純四等韻，2 類字應當較近於高本漢的 β 類三等韻（如微元凡諸韻）。然而，他又說：〔註48〕

> 不過主要元音的分別究竟該是開與關的關係呢還是鬆與緊呢？以上三項材料又都難以回答。慧琳反切與韻會是沒有音值可以參考的。高麗譯音又到底是僅譯音，而非切韻方言血屬，因此也只有音類判分的價值，很難據以確定音值。我又覺得單憑一個方言去推斷古語的讀法事實上更不免危險。暫時，我只求在寫法上讓他們分開：使 1 類韻母儘可能的保持高本漢原來的寫法，僅在必要時取消他的一些 [ᵛ] 號；2 類韻母則一律加一個 [ᵛ] 號以資區別。至於這個 [ᵛ] 號所代表的是元音的開還是元音的鬆，又必待將來材料多了才能決定。

到底也是形式上的分別，他也承認並未解決眞正音值上的困擾。

對於各韻兩類韻母的寫法，他各擧了一些字例：

支韻

　　1. 陴 b'jie，氏 g'jie，縊 ʔjie，知 ṭie，斯 sie。

〔註48〕引文見〈廣韻重紐試釋〉，頁24。高本漢的 β 類三等韻，大致相當於與「純四等韻」相對的純三等韻，即微、廢、欣、文、元、嚴、凡等諸韻，韻圖全部置於三等地位者。

・43・

2. 皮 b'ǐĕ，奇 g'ǐĕ，倚 ʔǐĕ。

脂韻

　　1. 紕 p'i，棄 k'ji，伊 ʔi，至 tɕi，利 li。

　　2. 丕 p'ǐ，器 kǐ，懿 ʔǐ。

眞（諄）韻

　　1. 賓 pi̯en，趣 gi̯en，寅 ʔi̯en，陳 ḑ'i̯en，鄰 li̯en。

　　2. 彬 pǐĕn，墐 g'ǐĕn，齦 ʔǐĕn。〔註49〕

質（術）韻

　　1. 蜜 mi̯et，吉 ki̯et，一 ʔi̯et，質 tɕi̯et，悉 si̯et。

　　2. 密 mǐĕt，暨 kǐĕt，乙 ʔǐĕt。

仙韻

　　1. 緬 mi̯en，甄 ki̯en，延 ʔi̯en，戰 tɕi̯en，仙 si̯en。

　　2. 免 mǐĕn，愆 kǐĕn，焉 ʔǐĕn。

薛韻

　　1. 瞥 pi̯et，焆 ḑi̯et，抴 ʔi̯et，舌 dʑ'i̯et，列 li̯et。

　　2. 別 bǐĕt，傑 g'ǐĕt，娎 xǐĕt。

祭韻

　　1 敝 bi̯ɛi，曳 ʔi̯ɛi，制 tɕi̯ɛi，例 li̯ɛi。

　　2 憩 k'ǐɛi，緆 ʔǐɛi。

宵韻

　　1. 妙 mi̯ɛu，翹 g'i̯ɛu，腰 ʔi̯ɛu，趙 ḑ'i̯ɛu，消 si̯ɛu。

　　2. 廟 mǐɛu，喬 g'ǐɛu，妖 ʔǐɛu

（三）末了，他復就「重紐」古音來源所屬韻部，整個的觀察各個韻母演變的緣由。他列舉了支、脂、眞（諄）、質（術），及仙、宵、祭諸韻的大致情形如下：〔註50〕

（1）支韻兩類韻母的來源是上古的佳部與歌部。

（2）眞（諄）韻兩類韻母的來源是上古的眞部與文部。

（3）質（術）韻兩類韻母的來源是上古的脂部與微部入聲。

（4）脂韻字的來源比較複雜，分別來自之、幽、脂、微四部；但有些不規則的變化，卻無法解釋。

（5）至於仙、祭、宵韻的兩類韻母，從已經發表的上古音學說，雖然還看不出他們在來源方面有什麼不同；但就分析諧聲字的結果，卻可證明上古的（元、祭、宵）部的仙、祭、宵韻字，的確應當分兩類，他們的類別恰可以跟中古的情形相應。

我覺得這一部分是很重要的，雖然董先生在推理上有不合邏輯的地方，而且未充分利用那些分合的結果。〔註51〕但是他經由古韻分部及諧聲字群來考察「重紐」的分類，確實爲研究「重紐」極佳的途徑。由於韻書與韻圖的本身有許多缺陷，如果儘在這兩種材料裡頭打轉，等於置「重紐」現象於死角。倒不如推開一層、自來源端觀察下手來的清楚，同時能夠交代了歷史的流變。我以爲，這樣也許是「重紐」正確詮釋之道。

二、周法高「重紐」諸韻主要元音不同之分配

（一）周法高先生的〈廣韻重紐的研究〉，入手處是唐初玄應《一切經音義》之聲韻系聯。周先生根據系聯的結果，指出玄應《音義》的聲韻系統和《廣韻》極爲相近。尤其《廣韻》「重紐」切語下字分作兩類的幾韻：支、脂開口、紙韻開口、仙韻開合口之 A、B 類的字（A、B 兩類，同以下所舉 A、B 類；相當於董同龢先生的 1、2 類），在玄應的書裡，也大致有同樣的分別。經由這個發現，促使他重新考慮陳澧《切韻考》對韻部的分類，並對《廣韻》「重紐」作全面性的考察。他發現除了少部分「重紐」是後代增加字，不具可靠性與受重視的價值以外；在支、脂、眞、諄、祭、仙、宵、侵、鹽 9 系 30 韻的「重紐」，則確乎有如董先生所說的，是前有所承的、是沿襲《切韻》而來的；而且在《韻鏡》、《七音略》中很一致的分置三、四兩等。因此他依據韻圖對「重紐」處置的方法，作爲劃分韻類的標準，修正了陳澧《切韻考》的分類，得到與董先生類似的結論：〔註52〕

我們把這幾韻在韻圖唇，牙，喉音列在四等的那一類，叫做 A 類，

〔註51〕請參閱龍宇純先生的〈廣韻重紐音值試論〉。

〔註52〕引文見 1968 年版之〈廣韻重紐的研究〉，頁17。下同，不另外說明。

列在三等的，叫做 B 類。當切語下字分做三類的時候，我們也可以照韻圖，把他們合併成二類。

另外，對於 A B 兩類確實須要劃分的證據，除了玄應《音義》以外，周先生在同時代的記載為證下，又提到陸德明的《經典釋文》、《顏氏家訓・音辭篇》、大小徐《說文篆韻譜》、夏英公（夏竦）《古文四聲韻》，都顯示有著同樣的分類情形。還有第二個旁證，即現代方言。有些韻在某些方言中，表現出 A：B 類的分別；有時切語下字雖然不分類，也和根據韻圖排列所分的 A、B 兩類吻合。周先生認為現代方言的現象，可以證明韻圖的價值。

（二）同樣的，周先生也回頭依切語下字系聯的情形，歸納出 A、B 兩類韻母的特點：〔註53〕

第一，這些韻都屬於高本漢所謂的三四等韻中的 α 型；第二，這些重紐多出現於喉、牙、唇音諸紐下。尤其重要的是：我們因此可確定 A，B 兩類的定義。當切語下字分做二類（或者三類，按照各種標準合併成兩類）的時候，B 類的喉（影、喻以、喻云、曉），牙（見、溪、群、疑），唇（幫、滂、並、明）音，在韻圖（韻鏡七音略）列於三等。A 類就沒有這個限制，其喉，牙，唇音在韻圖上列於四等。還有一點，喻以紐在韻圖上老是列在四等，喻云紐老是列在三等，並且同在一行；A 類恰好沒有喻云紐，B 類沒有喻以紐，在這兩紐，也不再發現重紐，好像這兩紐自成一組重紐似的。另外，我們發現在影紐，重紐出現的次數最多；有幾韻，只在影紐下才出現重紐，如仙韻合口，侵、琰、豔韻等。

並且，周先生認為 A、B 兩類的區別在於主要的元音有不同。他的理由是：〔註54〕

─────────────

〔註53〕〈廣韻重紐的研究〉，頁 43。其中對於 B 類的定義，似乎有些後來重新排版的衍文，這裡是我重校的解讀。至於，所謂高本漢的 α 型，指有些韻在三等跟四等聲母的後頭均可出現，包括沒有「重紐」現象而韻圖認為是侷狹的東、鍾等韻。後文（頁 47）又說：「A 類，可以仍然屬於高氏的 α 型，新分的 B 屬 β 1 型，高氏原訂的 β 型諸韻屬 β 2 型。B 類在未分出前，高氏把她歸入 α 型的」。

〔註54〕兩段引文均出自〈廣韻重紐的研究〉，頁 49。關於 β 1：β 2，請參看前註。高本漢只有 β 型，周先生根據 A、B 分類，把新的 B 類屬 β 1 型，高本漢原訂的

如果採取介音的區別，可以拿喻以紐和喻云紐做標準，如 沿 iwɛn，員 jwen。但是在方言中也沒有什麼有利的根據，對上古音的構擬，也要多添一套介音，對於高氏構擬的 β_2 型諸韻，也勢必至於要改得和 β_1 型的介音一樣，憑空的增加了許多麻煩。

同時，他認爲，在音位是否節省的觀點立論，構擬《切韻》音系，從主要元音方面來區別「重紐」，在音位的數量上，比其他辦法不增加音位。所以，以元音區別 A、B 兩類是比較適宜的。然後，周先生爲音值的構擬立了兩條主要的原則：

第一，A 類和 B 類的音值必定極相近，所以韻書的作者把他們放在一韻，並且有時切語下字常常混淆。第二，有些方言當 A、B 類的某些字有不同的讀音時，B 類的字往往和同攝 β_2 型的韻類一樣讀法。那麼，B 類的音值一方面要和 A 類很接近，一方面又要和 β_2 型的韻接近。

（三）周先生據高本漢《中國音韻學研究》裡的「方言字彙」，並參考其他方言材料，假定 B 類的元音比 A 類要開。〔註55〕他的擬音結果如下：〔註56〕

支	開A	-ie̯	：衹 g'ie̯	；合A	-wie̯	：隳 xwie̯。
	開B	-iɛ̯	：奇 g'iɛ̯	；合B	-wiɛ̯	：麾 xwiɛ̯。
脂	開A	-i	：棄 k'I	；合A	-wi	：悸 g'wi。
	開B	-ɪ	：器 k'ɪ	；合B	-wɪ	：匱 g'wɪ。
眞	開A	-i̯ĕn，-i̯ĕt（入）	：一 ʔi̯ĕt。			
	開B	-i̯ĕn，-i̯ĕt（入）	：乙 ʔi̯ĕt。			
諄	合A	-i̯wĕn，-i̯wĕt（入）	：均 ki̯wĕn。			
眞	合B	-i̯wĕn	：麕 ki̯wĕn。			
仙	開A	-i̯ɛn，-i̯ɛt（入）	：延 i̯ɛn	；合A	-i̯wɛn，-i̯wɛt（入）	：絹 ki̯wɛn。
	開B	-i̯æn，-i̯æt（入）	：愆 ji̯æn	；合B	-i̯wæn，-i̯wæt（入）	：眷 ki̯wæn。

β 型則爲 $\beta2$ 型，指的是純三等諸韻。

〔註55〕周先生在〈論切韻音〉文中提到，根據韻圖四等的排列元音由開而關的原則，B 類的元音應該比 A 類的元音開。如閩南語支韻 B 類的騎 [kia]，蟻 [hia] 諸字，可作參考。

〔註56〕請參閱附表五，諸家重紐字擬音對照表。

宵 開 A -ịɛu   ：腰 ʔịɛu。

　 開 B -ịæu   ：夭 ʔịæu。

侵 開 A -ịĕm，-ịĕp（入）   ：揖 ʔịĕp。

　 開 B -ịəm，-ịəp（入）   ：邑 ʔịəp。

鹽 開 A -ịɛm，-ịɛp（入）   ：厭 ʔịɛm。

　 開 B -ịæm，-ịæp（入）   ：奄 ʔịæm。

三、二人論述思路同中有異

以上，我們可以看出董周二位先生有如下五點異同：

（一）董先生自始至終，都根據上古韻部來源立論。很顯然的，使他對於A、B兩類韻母的劃分有一個超乎韻書的標準。前面我已經特別表彰過，就這一點而言，董先生開啟的門路是很可貴的。而周先生雖然提出玄應《音義》爲重要旁證，同時列舉其他同時代的韻書，也顯示相同的紀錄，卻由諸韻書所表現的，無論如何都只是大體上一致的趨向，而不是很明確的。相形之下，周先生就似乎沒有一個很可靠的憑藉，可用來訂正《廣韻》（及《切韻》）與韻圖列圍的不一致。才會有如下的一段話：〔註57〕

> 眞韻合口的兩類，本來和A、B兩類的特點相合；但是假使管"恚，嬀，瞡，娷，諉"叫B類，就和韻圖排列的情形不合。B類在韻圖上照例把喉，牙，唇音列在三等，在這兒"恚嬀瞡"卻列在四等。小、笑韻的兩類雖然和重紐相應，和聲紐配合的情形，卻不合上述的標準；恰巧，切韻小韻切語下雖分兩類，分配的情形和廣韻卻大不相同，笑韻索性不分兩類，可見廣韻小、笑韻的分類有問題。此外廣韻眞韻開口、宵韻，切語下字成二類，切韻系聯成一類，應該根據廣韻來訂正。廣韻質韻開口、沁韻、緝韻，切語下字系聯成一類，切韻分二類，應該根據切韻來訂正。……。

明顯的看出他取捨之間的困難。尤其對韻書取捨的標準是，《切韻》若分兩類，就可以成爲《廣韻》的標準；《廣韻》若不分類，是《廣韻》的錯。反之《廣韻》若分兩類，而《切韻》不分，則是《切韻》的錯。這樣，實在沒有什麼道理。

〔註57〕〈廣韻重紐的研究〉，頁43。

視董先生參考古韻分部與諧聲字群的分合，來訂正部分糾葛，顯得不夠理直氣壯。

不過，周先生在提出玄應《音義》這個旁證的時候，附帶的對《切韻》（或者是《廣韻》）的語言背景，有一番考證和討論，不管他的結論我們是否同意，都提示了我們一個新觀念，在將韻書與韻圖對照比較之前，我們得先對兩者的關係重新作一番考慮。

此外，他又提出了周祖謨先生引用過的《顏氏家訓・音辭篇》並說：〔註58〕

> 又顏氏家訓音辭篇云：〝岐山當音爲奇，江南皆呼爲神祇之祇；江陵陷沒，此音被於關中〞。廣韻〝祇、岐〞都是巨支切但有 A 類一讀。王二〝渠羈反〞下有〝岐〞，云：〝山名又巨支反〞；〝巨支反〞下又有〝岐〞云：〝山名又渠羈反〞。可知顏氏〝奇、祇〞音讀有別。顏氏和陸法言同時，曾經參預切韻的修訂。

我覺得，這不僅是音讀有別的又一證據；更看出韻類的分合釐定，不論如何，都會有參預者本地方音的主觀影響。所以，我們討論「重紐」的區別，這個因素也應當考慮在內。那麼，就我們已知的知識來看，「重紐」問題的解決，應該不是機械式的給出不同的音標就算了。「重紐」的來源，可能是錯綜複雜的。

（二）周先生把「重紐」的範圍很肯定的擴展到侵、鹽二系，他利用的是相關兩攝的比較推理，和日譯吳音的分別。而他的論點受到後來學者的支持。看起來，董先生在態度上就不免太保守了些。但我們仍不可忽略董先生的理由：〔註59〕

> 這一層關係牽涉到，自六朝至唐宋間切韻以及其相關諸韻書的沿革問題。自然的就現時所能見的些微的材料決找不出什麼結果來。廣韻以後，許多韻書有把鹽嚴兩韻併了的更無庸提。至於仍分這兩韻的韻書或韻圖，也不過是完全承襲了廣韻的規劃，都不能給我們一些幫助。所以，當鹽韻實在範圍還不能確定的時候，任何分析他的內容和企圖也都不免徒勞，勉強做去只是添加煩擾而已。

〔註58〕同上，頁45。

〔註59〕〈廣韻重紐試釋〉，頁31～32。

這個提法，無疑是具有正確性的。而且在考慮「重紐」這個問題時，韻書與韻圖的沿革橫梗在中間，其困擾並不亞於各自語言背景不同的考慮。

（三）董先生在討論的過程中，忽略了喻母的問題。雖然在他處，他認為切韻的喻三是匣紐的細音，是曉紐相對的濁音。〔註60〕卻無法解釋喻三喻四在韻圖的地位互補，彼此在《切韻》時代均無「重紐」出現的情況。而周先生則特別指出喻母字的情況特殊。導致後來各家紛紛針對喻母提出有關「重紐」的新解，尤其龍宇純先生之能將 A、B 兩類的分配倒反，關鍵就全在這裡。

（四）在擬音上，兩位先生最大的不同，在於周法高先生不認為要採用形式上的區別。所以周先生大量利用高本漢的材料及有關的現代方言，替「重紐」諸韻的韻母擬出兩個不同的主要元音；並對高本漢原有的擬音有一番修正和更張。其中，周先生大量採用吳音的結果，促使他自己及後來諸家重新評估日譯吳音的價值。大概也因此啟發了張琨夫婦對於《切韻》音的重新詮譯。

然而周先生的擬音，多半還是純粹主觀審音的結果，對於古今流變絕少作交代。甚至到後來〈論上古音和切韻音〉時，還說到「至於上古音方面，那是另一回事了」。我覺得，如果不能解釋古今語音流變，所謂「重紐」其實也根本可以不予理會。而多用元音的區別，正如李方桂先生在其上古音系中提到的，對上古音的重構上麻煩增多，不如用介音區分來得單純。

（五）關於「重紐」諸韻的舌齒音，董先生很肯定的將其歸入 1 類，即與韻圖置四等的唇牙喉音為一類，周先生由其稍後的討論，可以看出也同意此一歸類。

然而我們覺得這種劃分，恐怕是值得商榷的。不僅因為後來龍宇純先生表示了相反的意見。主要的是董周二位先生均表示「重紐」四等唇牙喉音近於純四等韻，是否諸韻舌齒音也近於純四等韻？那麼韻圖為何不將舌齒音也置於四等韻？如果按韻圖的地位來看，是否表示同韻同等要分成兩套韻母？唇牙喉音是一套、舌齒音是一套。還是說，同是舌齒音三等字，卻有兩套韻母？——「重紐」諸韻的舌齒音是一套，其餘不具「重紐」的各韻另是一套？這些疑問，顯然使得韻圖的列圍變的不可理喻。就這種情形看，不論把舌齒音歸入哪一類，都可見「重紐」不止是單純幾個重出小韻的問題。基本上，還得先解決所謂三

〔註60〕相關論述，見董先生的《漢語音韻學》，頁 150～154。

等韻的內容才行。

第五節　幾位外籍學者對於「重紐」問題的貢獻

當國內學者熱烈進行「重紐」的討論時，有幾位外籍學者在其相關論著中，也接觸到這個問題，分別有一些大同小異的討論。這些資料後來間接直接見於國內學者的論文，其中有些確實頗具影響，均於本節作簡略的介紹。

一、日本學者對「重紐」的看法

在日本，很早就有學者注意到這個問題了。有坂秀世的〈評高本漢的拗音說（カールグレン氏の拗音說を評す）〉發表於 1937 到 1938 年間，[註61] 不同意高本漢之 α 類三等聲母"j"化的辦法。河野六郎 1939 發表〈朝鮮漢字音の特質〉，引述有坂的說法，而以朝鮮漢字音爲證。[註62] 二文皆設想「重紐」爲介音性質的差異，「重紐」四等可能有顎化的 -ị-、三等有非顎化的 -ï-。1957 藤堂明保的《中國語音韻論》一書，則綜合有坂與河野的說法，肯定「重紐」諸韻之字確實音讀有別。並且由於它們是同一韻內部的不同，所以恐怕不是主要元音的差異，而是介音的不同。並以「重紐」三等字的介音爲 -rj-，四等字爲 -j-。如：[註63]

支₃　/rje/　：支₄　/je/
脂₃　/rji/　：脂₄　/ji/
眞₃　/rjen/：眞₄　/jen/
仙₃　/rjɛn/：仙₄　/jɛn/

其中，-rj- 與 -j- 之間的關係，有如日語中舌音 /ï/ 與前舌音 /i/ 的對立，

〔註61〕該文後來收入《國語音韻史の研究》，頁 327～357。按所謂「拗音説」，當指高本漢 α 類三等聲母"j"化，亦即「顎化」之意。

〔註62〕原刊於《言語研究》之三。後來擴充成書，是爲 1968 之《朝鮮漢字音の研究》。按「朝鮮漢字音」，寬泛的說，可以相當於「高麗譯音」。

〔註63〕主要的討論，集中在《中國語音韻論》第五章「中古漢語的構擬」，以下擬音見該章，頁 190。又，藤堂很明確的以「重紐」諸韻爲：支、宵、祭、仙、薛、鹽、葉，脂、眞、質、諄、術、侵、緝，庚、陌、清、昔，尤、幽；亦即，入聲韻獨立、陰聲與陽聲則舉平以該上去。

為符號性的表示「重紐」兩類介音之「弱對強、鬆弛對緊張」的不同；而 r 則表示舌面前的「鬆弛」之音。藤堂認為這種音色上的區別，還保留在某些方言與對音之中。其證如下：〔註64〕

（一）越南漢音（即「安南譯音」）中，於《廣韻》「重紐」三等的唇音字，仍保持唇音；於《廣韻》「重紐」四等的唇音字，則轉向舌音化。

（二）朝鮮漢語（相當於「高麗譯音」）中，於《廣韻》「重紐」三等字，多失去介音；於《廣韻》「重紐」四等字，則保留 i 介音，或以 i 為主要元音。

（三）《中原音韻》的「齊微」韻中（包括中古音的齊、祭、微、脂、支），相當於《廣韻》「重紐」三等的唇音字，大體失去介音、轉成合口的 /wəj/；於《廣韻》「重紐」四等的唇音字，多保持介音、變讀為 /jəj/。並且這種變化，多少還殘存於現代的北京語中，如「悲」作 /pəj/ 相對於「比」作 /pjɪ/。〔註65〕

（四）元代蒙古字音的八思巴文字，大體上相當於《廣韻》「重紐」三等的字音，主要元音的舌位較低；「重紐」四等的主要元音舌位較高。如「羈 kɪ：企 ki；免 mɛn：面 men；巾 kɪn：緊 kin」，區別的情況與高麗譯音相似。

另外，藤堂表示日語本身尚有兩項有力的資料。一為日譯吳音，於《廣韻》「重紐」字，尚保有部分不同的讀法。二則最明顯的是，橋本進吉博士指出『萬葉假名』中，相當於《廣韻》「重紐」的字音也分成甲、乙兩類。甲類相當於「重紐」四等字，乙類相當於「重紐」三等字。而兩類字於奈良時代的日本語，則以前舌音 /i/（甲類）：中舌音 /ï/（乙類）為區別。他認為這種關係和高麗譯音、蒙古八思巴文所反映的情形相同，表示中古漢語於三等韻有兩種介音：一種是強的、緊張的前舌介音；一種是弱、鬆弛的的中舌介音，並且影響韻母全

〔註64〕以下各例均見於《中國語音韻論》，第五章「中古漢語的構擬」，頁 186～190。藤堂的 r，倘若連接到李方桂先生為上古漢語構擬的 r 介音（1971），意義非凡。但這一項超前同代學人的直觀，並未取得足夠的認同。

〔註65〕此一旁證似未為各家所引。但該書第四章「資料解說」之§6「中世韻書」第 B 項即為《中原音韻》。其中的 /wəj/、/jəj/，實即他對《中原音韻》的擬音；而「北京語」相當於現在的「國語」或「普通話」，/pəj/、/pjɪ/也是音位化的記音。

體的音色。他並以「重紐」諸韻的舌上音爲 /trj-/ 型、正齒音爲 /cri-/ 型。 可見他依照韻圖列等的方式，將舌齒音的介音性質，視同「重紐」三等的唇牙喉音。這一點，不同於董同龢、周法高兩位先生歸類的內容。

二、歐美學人蒲立本與那格爾對「重紐」的看法

與日本學者相似的，有蒲立本（E. G. Pulleyblank，或作浦立本）他也不同意董同龢先生重紐是元音有別的主張。因爲，重紐的區別如果在元音，有違韻書編輯的基本原則。他認爲「重紐」諸韻三等唇牙喉字之介音爲 i̯（＝ï），四等字介音爲 y，其餘舌齒音與無「重紐」之三等諸韻介音爲 i̯。〔註66〕不過，蒲立本似乎僅以爲象徵性的符號，方便區分「重紐」而已。

周法高先生批評蒲立本的擬音，認爲他忽略了全體三等韻的多重性質。我則以爲，把所有的三等韻再做更細的分類，也沒什麼必然的道理，除非我們已有任何具體的證據，否則可以不用把問題弄的更複雜。

另外，那格爾（Paul Nagel）1941〈論陳澧切韻考的貢獻及切韻擬音（Beiträge zur Rekonstruktion der 切韻 Ts'ieh-yün-Sprache auf Grund von 陳澧 Chén Li's 切韻考 Ts'ieh-yüun-k'au）〉一文，則由安南譯音，構擬漢語三等韻唇音聲母演變的通則。那格爾指出：〔註67〕

在韻圖中	中古音	現代官話	安南譯音
三等合口		f，f，f，w，	ph, ph, ph, v＝F 組
三等開口	pj，p'j，b'j，mj，		b, ph, b, m＝Px 組
四等開口			t, th, t, d [i]＝Py 組

他認爲，這種現象不能拿開合口來解釋；而必須假定這三組唇音字，在中

〔註66〕見周法高先生〈論上古音和切韻音〉，頁 108 所引。蒲立本原文爲 The Consonantal System of Old Chinese，載於 Asia Major, N.S. vol. IX：58-144, 206-265。蒲立本對重紐，其實，沒有足夠的討論。他主要是參考慧琳的反切及藤堂對「重紐」四等的看法，將顎部（palatal）的介音 y 分配給「重紐」四等（原文 70～71 頁）。此外，他不同意以主要元音區別「重紐」的理由，也不能不說是前有所承。

〔註67〕該文發表於 1941 Toung Pao （《通報》）, vol. XXXVI, No. 1：95-158。本論文所用資料來自周法高先生〈古音中的三等韻兼論古音的寫法〉一文所述。若與周先生及 Nagel 原意有所出入，錯誤應由筆者負責。又蒲立本 1962 將 Nagel 與董同龢並提，反對兩人以元音區別重紐的主張。

古漢語有不同的主要元音。因此他構擬出三套彼此對立的元音，即：

Px：ɛ、ä；Py：ĕ：ē；F：ə、ɐ。

其中，Px、Py 兩組相當於《廣韻》「重紐」的唇音字。這三套對立的元音，應用到全部三等韻時，「重紐」四等字的主要元音爲 ĕ（脂_A，眞_A，渣，侵_A），ē（支_A，祭_A，仙_A，宵_A，鹽_A）；「重紐」三等字的主要元音爲 ɛ（脂_B、眞_B，侵_B），ä（祭_B，支_B，仙_B，宵_B，鹽_B）；其餘三等韻爲 ə（微、欣、文），ɐ（廢，元，嚴，凡）。

這裡，我們認爲那格爾爲三等韻構擬的元音系統，基本上保留高本漢的架構；僅將高本漢不予區分的「重紐」諸韻分成兩類，分別標寫如上的不同主要元音。應該只是一種象徵性的符號假設。事實上，ĕ：ē 和 ɛ：ä 音值有何差異、如何發音？我們並不知道。雖然周先生認爲：〔註68〕

> 看 Nagel 的假定，似乎他也覺得 B 類的元音比 A 類要"開"一點，
> 這和我在廣韻重紐的研究的說法大致相同。

是否確實如此，並不重要。值得我們注意的是，我們已經可以看出，同樣的現象，各人的說法卻不一致。尤其是關於安南譯音的現象，到此爲止，已經被不少學者引用過，包括後來周先生亦拿來作爲三等韻分類的標準。然而這樣一個現象，何以有不盡相同的解釋，是否意味著理解的不同因人而異？這種差距，應當如何拿捏、取捨？

還有，那格爾並未告訴我們，爲什麼同是三等唇音字，在安南譯音中，會有一組轉變成爲舌音，而且偏偏就是「重紐」四等的字？這是我們亟想知道的。高本漢認爲是安南語本身起的變化，但原因不明。而王靜如先生則認爲，中古漢語本有兩套唇音聲母，其中一套由於強介音 i 的影響，形成摩擦的成分，而類化於齒音 ts- 轉向舌音 t- 的演變。前面我們說過，王先生的擬音只是一種合理的可能推測。不過，至少我們確實可以朝這個方向思考。也許安南譯音的現象不全是安南語本身的轉變，而是中古漢語本身已然具有的差異；並且隱然顯示，唇音與舌音之間可能曾經有過互相變化。雖然就現有的資料上，我們缺乏可以依循的線索。

〔註68〕〈古音中的三等韻兼論古音的寫法〉，頁 129。

第六節　龍宇純對「重紐」的闡釋及擬音

一、結論：「重紐」三等爲 j 介音、四等爲 ji 介音

1970 龍宇純先生於〈廣韻重紐音值試論，兼論幽韻及喻母音值〉（簡稱〈廣韻重紐音值試論〉）一文中，對「重紐」有所闡釋及擬音，得到如下的結論：

（1）分類：支、脂、眞、諄、祭、仙、宵、侵、鹽諸韻，兩類唇牙喉音應以韻圖等列爲據，分 A、B 兩類。

　　A 類：諸韻居韻圖三等地位的唇牙喉音。

　　B 類：諸韻居韻圖四等地位的唇牙喉音。

（2）擬音：兩類音值的不同在介音有別。

　　A 類：同於同韻舌齒音之一般型態，即聲母後接輔音性 /j/ 介音。

　　B 類：於 A 類 -j- 介音之後，更接元音性 -i- 介音，而爲 /ji/ 介音。

如脂韻主要元音爲 /e/，則開口三等爲 -je，四等爲 jie；合口三等爲 -jue，四等爲 -jiue。眞、諄韻主要元音及韻尾爲 /en/，則開口三等爲 -jen，四等爲 -jien-；合口三等爲 -juen，四等爲 -jiuen。餘同此。〔註 69〕

關於「重紐」的擬音，龍先生首先表示反對以主要元音區分「重紐」。理由是：〔註 70〕

> 由於得不到以介音爲區分的根據，便採取避免麻煩的措施，以元音
>
> 區別，顯屬一時權宜之計，並非根本否定介音不同的可能性。

他並認爲，董同龢先生「重紐」兩類字分別出於不同的上古韻部及該兩類字乃主要元音不同之說，不可從。龍先生說：〔註 71〕

> 且不說有無憑藉可定其不同在於介音，董師的元音不同，主張顯不
>
> 可從。兩類字也許完全出於上古不同韻部，並不能從而肯定中古兩
>
> 類不同仍在元音，因爲不同元音原可以演變爲相同。談中古音自當
>
> 以中古音的材料爲準。切韻既收入同韻，未必不因元音相同之故。

他又認爲，採取介音爲別的諸家之說，近乎音標遊戲，亦無任何可以憑信之

〔註 69〕〈廣韻重紐音值試論〉，頁 174。

〔註 70〕同上，頁 173。

〔註 71〕同上，頁 173。

處。至於，「重紐」四等字與同韻舌齒音爲同類，則根本便是錯誤的認知，皆不足取。〔註72〕

二、推論的根據與理路

現在，讓我們看看龍先生的擬音，有何理論或事實上的根據。他說：〔註73〕

> 我的意思，要決定究竟爲介音或元音之不同，必須先了解切韻分韻的標準。而最易發現者：在切韻裡，一韻之中可有開合之不同，亦可有等第洪細之不同。前者如支、脂、微、皆、佳、齊、山、刪、元、仙、先、麻、唐、陽、庚、耕、清、登、蒸（按以上舉平以該上去或上去入，蒸則以表其入聲之職）、泰、祭、夬、廢；後者如東、歌之有一等與三等，麻、庚之有二等與三等，可見切韻分韻與介音無關。又據學者之一致見解，凡以上所舉同韻之字，開合之異固在介音；洪細之異，無論爲一三，爲二三，亦在一無介音，一有介音而已；元音皆自相同。僅齊咍等韻一二旁寄字始有不同於齊咍等本韻之元音者。支脂諸韻四等之脣牙喉音既不得爲旁寄性質，則其與三等脣牙喉音不同在於介音，殆可謂明若觀火。

可見他認爲《切韻》分韻與介音無關。而一韻之中開合、等第、洪細之異，在介音之有無與不同。根據韻圖，則諸韻「重紐」分居三、四兩等，故其不同當在介音。至於 -j- 與 -ji- 的構擬，則基於他對中古音之韻分四等的形態有如下的看法：〔註74〕

> 簡而言之，我頗同意如下的意見：一等洪大，二等次大，兩者俱無介音（案合口 "u" 不計在內。又按同攝一等二等之不同在於元音，故切韻無一等二等合韻者。）；三四等並爲細音，而三等介音爲輔音性之 "j"，四等介音爲元音之 "i"。我之所以同意此等意見，主要在於四等俱全之反切上字大致一二四等者爲一類，三等者獨爲一類，顯示三等韻有其特異之處，學者面對反切上字四等

〔註72〕按細讀陸志韋、王靜如等人論文，可知事實不盡如此。

〔註73〕〈廣韻重紐音值試論〉，頁173～174。

〔註74〕同上，頁174。

者與一二等同類，而與三等異類，或以爲四等韻有介音"i"之說不可從，從而主張取消四等韻的"i"介音。陸志韋、李榮、浦立本並持此比立場。由後世三等韻與四等韻往往合流之現象看來，即知其不切實際。殊不知四等韻之反切上字所以與一二等同類。正因四等韻介音爲元音性之"i"之故。四等韻具介音雖同於三等，而不同於一二等。以其介音爲元音性之"i"，與一二等之爲純元音性質相同；而三等之介音爲輔音性之"j"，凡三等韻字讀音顎化，帶少許摩擦，與一二四等韻字音色上有所不同；故形成反切上字之一二四等爲一類，三等別爲一類。先確定一般三四等韻的介音類型，再看韻圖始終將支脂諸韻某一類唇牙喉音置於四等，即使三等有空位亦棄置不用，即可知此類字音質上除同於同韻其他字之外，必又有同於眞四等韻者，於是自然有介音"ji"的構想。説句笑話，這是個"不三不四"的韻類（案介音爲輔音性"j"，爲三等韻的特色，此等字自然屬之三等韻而不屬四等韻）。

龍先生是從反切上字一二四等成一類，三等自成一類的現象所作的推理，得到三等韻有輔音性的介音 -j-，四等韻有元音性的介音 -i- 之推論。而且他認爲，「重紐」四等字既爲三等韻字，而韻圖置於四等地位，當同時具有三、四等韻的特色，故有 -ji- 的構擬。

　　對於這三套介音是否合乎「重紐」擬音的理想，我們留待稍後再討論。這裡且先看看，除了上述推理以外，龍先生所提出的證據，爲《守溫韻學殘卷》的「四等重輕例」：〔註75〕

平聲

高（古豪反）	交（肴）	嬌（宵）	澆（蕭）
擔（都甘反）	鵮（咸）	霑（鹽）	跕（添）
觀（古桓反）	關（刪）	勬（宣）	涓（先）
丹（多寒反）	譠（山）	邅（仙）	顚（先）

〔註75〕同上，頁 174～175。龍先生自注，此爲據劉復《敦煌掇瑣》轉錄。又去聲「遍」下龍先生自注云：「原作『借奇正上聲』，五字不詳。遍下當注云霰，以遍字廣韻入線，故今作線，所據《廣韻》爲澤存堂詳本。

樓（落侯反）	○	流（尤）	鏐（幽）
呣（亡侯反）	○	謀（尤）	繆（幽）
裒（薄侯反）	○	浮（尤）	淲（幽）
齁（呼侯反）	○	休（尤）	烋（幽）

上聲

䓐（歌旱反）	簡（產）	蹇（獮）	璽（銑）
滿（莫伴反）	䜌（潸）	免（獮）	緬（獮）
埯（烏敢反）	黤（檻）	俺（琰）	魘（琰）
杲（古老反）	姣（巧）	矯（小）	皎（篠）

去聲

旰（古寒反）	諫（諫）	建（願）	見（霰）
但（徒旦反）	綻（襇）	纏（線）	殿（霰）
岸（五旰反）	鴈（諫）	彥（線）	硯（霰）
半（布判反）	扮（襇）	變（線）	遍（線）

入聲

勒（郎德反）	礊（麥）	力（職）	歷（錫）
北（布德反）	檗（麥）	逼（職）	壁（錫）
刻（苦德反）	緙（麥）	隙（陌）	喫（錫）
祴（古德反）	革（麥）	棘（職）	擊（錫）
鼺（奴德反）	搦（陌）	匿（職）	溺（錫）
忒（他德反）	坼（陌）	勑（職）	惕（錫）
特（徒德反）	宅（陌）	直（職）	狄（錫）
餩（烏德反）	蹍（陌）	憶（職）	益（昔）
黑（呼德反）	赫（陌）	赩（職）	赦（錫）
墨（呼德反）	麥（麥）	睯（職）	覓（錫）

以其列表，示一二三四等之重輕不同類型，順次各舉一字為例；並與《切韻》系韻書及韻圖相吻合。其中，上聲的「魘、俺」同屬三等琰韻、「緬、免」同屬三等獮韻（「選」為獮韻字），而「俺、免」表三等、「魘、緬」以表四等；平聲的「鏐、繆、淲、烋」並屬三等幽韻、入聲的「益」屬昔韻三等，而並以

表四等。他們並非聊以充數，因爲韻圖中「靡、緬、鏐、繆、淲、益」等六字均居四等。無異說明《四等重輕例》所列之字，必有足以表所居等第的資格。則此等字用表四等，而又不得爲眞四等。龍先生認爲即此一線索，可作介音 -ji- 之構擬。他說：〔註76〕

> 切韻既收入三等之琰、獮、昔，《四等重輕例》亦注明爲琰、獮、昔，則靡緬益三字音色上確然有同於一般三等韻者，應不難想像，是三字當有介音 "j" 之證；《四等重輕例》又以表四等，則三字音色上當有同於一般四等韻者，其理又不得不然，是三字除介音 "j" 之外，又當有介音 "i" 之證。故以支脂諸韻韻圖見於四等之字，其介音爲 "ji"，可謂鐵案如山，無可遷改。

然而，面對這個證據，要說「重紐」四等字同時具有眞正三等韻與四等韻的特色，是合理的；要認定其介音必爲 "ji"，卻沒有必然的道理。理由是 ── 同時具有三四等韻的特色，未必便是其介音必爲三四等介音的結合。雖然，龍先生稍後又舉了後世語音流變爲例。認爲「重紐」三等與純三等韻合流，「重紐」四等與純四等韻合流，則：〔註77〕

> 諸韻三等字之介音爲 "j"，與微文元等一般三等韻相同；四等字之介音爲 "ji"，音較三等之 "j" 爲長，感覺上近於眞四等之介音 "i"，遂能自然滿足三等與三等韻合流、四等與四等韻合流之現象，既知其然，又知其所以然。

似乎極其合理。但是，我們不禁要問「重紐」的兩類唇牙喉音，必然如此解釋嗎？尚有一大前題，即此「重紐」音值的不同，全建立在韻圖的基礎上，爲解釋韻圖的等列，倒也無可厚非。問題在於韻圖的開合四等，是否眞的具有實際意義？-j-、-ji-、-i-這三套介音是否適用於《廣韻》或《切韻》？

　　行文至此，我必須指出，李方桂先生的《上古音研究》裡，〔註78〕援用高本漢的中古音系，對於三四等韻也採取 -j-、-ji-、-i- 的方式區別。依據該文，

〔註76〕同上，頁135。

〔註77〕同上，頁176。

〔註78〕李先生的《上古音研究》原爲1968年夏天在台灣大學講學的演講稿。經過整理，首刊於1971《清華學報》，新九卷1，2期合刊，頁1～61。

李先生的 -j- 即高本漢的 -i̯-、-i- 即 -i-。-j- 為只在三等韻母出現的介音，在中古音系中，與合口介音 w 或 u 有同等的地位；-i- 為四等韻的介音，算作元音；-ji- 則為「重紐」四等字特具的介音。但李先生沒有說明 -ji- 的性質，僅作為分別「重紐」的標記而已。而龍先生則明說，-ji- 為較三等韻的 -j- 為長的介音，感覺上近於四等韻的 -i-。另外「重紐」合口四等，李先生的寫法是 -jwi- 或 -jui-。〔註79〕不論是 -jwi- 或 -jui-，這類形式擬音實在不容易理解。從發音的生理機制看，我們是否能在一個音節中介成分的發音時，舌頭先接近前顎，接著馬上拋棄這個地位，一直跑到後顎，舌頭高起；隨後又馬上拋棄這個地位，再返回前顎？事實上，我不得不質疑，包括陸志韋、王靜如的擬音，所有的 -ji-、-jui-、-jwi-、-i̯w-、-wi̯-、-iw-、-wi- 等介音拼合的方式，就介音所具有的特質而言，是否合理？若只是象徵性的用來區別「重紐」的符號，嚴格的說，同樣都只是操弄音標而已。關於這一點，喜用介音分別「重紐」的學者不在少數，我將在第三章有一節的篇幅，作更細緻的討論。

三、建設性的觀念

對於「重紐」的分類，龍先生提出的一些建設性的觀念，頗值得我們重視。前面我們已列出他所分的 A、B 類，與其他學者多少有些不同。尤其是諸韻舌齒音倒底該屬哪一類，論文中，龍先生力主尊重韻圖的態度，認為諸韻實有兩類唇牙喉音，不能加以否定。他表示：〔註80〕

> 然此說之建立點當只在於韻圖之分等而居，不在反切系聯。因此，
> 要確定何者與舌齒音同類，自亦當取決於韻圖。韻圖同列者，必有
> 其同列之故；韻圖異等者，亦必有其異等之理。研究中古音，韻書
> 反切自有其一定價值，一切以韻書為主的觀念卻是不切實際的。

這倒是很切實的，因為韻書之作非為示人讀音，或表現語音系統，故其反切缺乏嚴密的系統。僅由反切系聯入手，不僅諸韻舌齒音當歸入哪一類成為問題，甚至連諸韻是否具有兩類唇牙喉音都成問題。陳澧的《切韻考》不能夠精密，就是最好的例子。

〔註79〕《上古音研究》，頁 6～7「中古韻母」。

〔註80〕〈廣韻重紐音值試論〉，頁 168。

　　龍先生又提出，由反切系聯來看，沒有「重紐」的其他三等韻之唇牙喉音，亦可以自成一類，情形和諸韻重出三等唇牙喉音正同。則是否須認爲沒有「重紐」的三等韻，亦有兩類韻母？否則對於「重紐」三等唇牙喉音於反切系聯上自成一類，不得即視其與同韻舌齒音不同。同樣的「重紐」四等的唇牙喉音，雖反切系聯與同韻三等舌齒音爲一類，不得即謂其韻母同類。而此一現象仍必須另謀解釋之道，於是他提出了幾項原則：

　　（一）「研究韻類，並不能將各韻或各類孤立，只從某韻或某類本身鑽研；必須著眼於音韻結構，打通諸對應關係，如開合、四聲、陰陽等，作深入觀察，庶幾可以不爲某些偶然現象所累」。〔註81〕

　　一般所謂，「重紐」四等可用同韻舌齒音爲切下字，而必不用「重紐」三等爲切下字；「重紐」三等切下字自成一類，必無「重紐」四等及同韻舌齒音之說。龍先生指出，如果將諸韻舌齒音一併觀察，則有許多地方可以牽合成一類，其真正不系聯者，僅宵韻、眞諄韻之開口、震稕韻之合口、質術韻之合口、仙韻之開口，六者而已。

　　（二）「有關係而未表現出來，並不等於沒有表現出來即是無關係」。〔註82〕也就是說，凡三等韻之唇牙喉音與舌齒音同類，反切上並無必要將此種關係表現出來，但不可謂兩者本非一類。而「重紐」四等的唇牙喉音固與舌齒音於切下字同類，實則爲一特殊現象。即「重紐」諸韻舌齒音之用四等唇牙喉音爲切下字者，絕大多數集中在喻四字。龍先生開列了一個統計資料，得到的結果是：舌齒音用三等唇牙喉音者，計54次，其中9次爲喻三字。舌齒音用四等唇牙喉音者，計92次，其中81次爲喻四字。因此，如果剔除喻母字，則系聯的結果應該是相反的，即「重紐」三等唇牙喉音與舌齒音關係較密。

　　關於這一點，前面幾節，從陸志韋、王靜如到（董同龢、）周法高、李榮，都已經注意到喻母字之「重紐」，其意義有不同於其餘唇牙喉音之處。因爲就切上字看來，于、以二類絕不相混，在韻圖中顯然同於舌齒音之以等第負擔聲紐的不同。恰好與「重紐」之聲紐實同一類相反。所以不論于、以兩類音有什麼不同，我們討論「重紐」的時候，最好先剔除喻母字；否則不僅如龍先生所舉統計資料顯示之困擾，連「重紐」的意義都混淆了。

〔註81〕同上，頁168。

〔註82〕同上。

（三）諧聲字聲母系統的關係，可以解釋「重紐」四等唇牙喉音，何以多用舌齒音為切下字。

龍先生指出，諧聲字聲母系統大抵有三：牙喉音為一系，而喉音不包括喻四；唇音為一系；舌齒音（案此舌齒音特別指照三系）、及喉音中之喻四又為一系。故上列「重紐」三等韻，牙喉音必同時出現（案喉音不包括喻四），舌齒音及喉音之喻四又必同時出現。唇音的諧聲字雖不屬牙喉音系統，卻可以在無舌齒時與牙喉音同時出現，無形中便與牙喉音關係緊密。此等現象，有助於了解韻書中反切下字所以有某與某同類或不同類的趨勢。〔註83〕此所以「重紐」三等唇牙喉音往往自成一類；而「重紐」四等唇牙喉音字，因其中夾著喻母四等字，彷彿與舌齒音交往頻繁的現象。倘若剔除喻四字，則本不同類。

（四）基於以上反切系聯之不盡真確，龍先生一再重申：〔註84〕

倘使韻圖排列不必予以客觀尊重，豈非支脂諸韻「重紐」是否兩類不同韻母，亦皆無由肯定？……

在中古音研究上，此為必須樹立起之觀念。過去學者或不免以韻書為主，以韻圖為輔，其實錯誤。韻圖儘管係根據韻書編撰，脫胎於韻書。但韻圖是與韻書同時代的人，憑恃其日用語言將韻書改變成系統的表達方式，韻書本身則是不成系統的材料。後人遠離了韻書時代的語言，要想憑藉韻書獲知其時之語音系統，自是不盡可能。

那麼，按照韻圖等列相同者，當同一類。則「重紐」諸韻可得 A、B 兩類。A 類包括居三等的唇牙喉音和舌齒音；B 類則為四等的唇牙喉音。

就事論事，雖然韻圖的時代及其是否具實際的語音系統，並不如此肯定；原則上，韻圖確實應當予以客觀的同等重視。而且龍先生所提反切系聯及其統計的結果，掃除了部分從前學者研究「重紐」的迷障。對於「重紐」在韻書中的本質，確實具有澄清的作用。然而他亦自言「如有配合精密之韻圖，反切系聯實非絕對必須」。〔註85〕則我們的問題還在──韻圖是否足夠精密？尤其是

〔註83〕同上，頁172。

〔註84〕同上，頁177、168。

〔註85〕同上，頁168。

韻圖的眞實性當予以怎樣的評價，它眞的可以代表中古音的語音系統嗎？如果答案都不是百分之百的肯定，「重紐」的現象與矛盾性具在，固然不容否認。其中任何分類的結果，都可以一再翻案。

第七節　張琨夫婦主張「重紐」所在的三等韻有 a：b：c 三分之架構

一、擬音與結論

張琨夫婦對於「重紐」的討論，見於〈論中古音與切韻之關係〉一文〔註86〕及《古漢語韻母系統與切韻（The Proto-Chinese Final System and the Ch'ieh-yün）》一書。〔註87〕本節引以述評的內容，尤以後者爲主要出處。照例可以歸納出如下簡單的結論：

(一)　具有「重紐」現象的韻系：支、脂、眞、祭、仙、宵、侵、鹽諸韻系。〔註88〕

(二)　「重紐」分 A、B 兩類，與其相當的純三等韻則爲 C 類，其中——A 類指韻圖置於四等的唇牙喉音，和同韻三等的舌齒音。B 類指韻圖置於三等的唇牙喉音。〔註89〕

(三)　採用主要元音高：低及前：後的變化來區別兩組字音。依韻尾的不同，分成五組擬音如下：(陽聲韻舉平以賅上去。)

〔註86〕該文 1975 初刊於《書目季刊》8 卷 4 期：23-39，張賢豹譯。後收入 1977 瘂弦主編的《中國語言學論集》，頁 297～314。最後收入 1987 張琨著，張賢豹譯《漢語音韻史論文集》，頁 1～24。

〔註87〕該書原爲 1976 史語所單刊甲種之 26。1979 我書寫論文時尚無中譯本，凡有引述出處，皆請覆按原文。唯 1987 張賢豹中譯文收入《漢語音韻史論文集》，頁 59～277。我當初的翻譯也許生澀。欲求通暢，讀者不妨參閱張賢豹的翻譯。

〔註88〕張琨先生所根據的本子是王仁煦《補缺切韻》。

〔註89〕《古漢語韻母系統與切韻》，頁 32：In the Ch'ien-yun, "A"："B"："C" contrasts are limited to words with labial and velar（plain and labialized）initials; all other words are in the "A" category。在《切韻》中 A：B：C 的對比，只限於唇音與牙喉音（唇化非唇化的）聲母，其他的舌齒音都屬 A 類。

第一組： *-n ;   *-t

仙	"a"	*-jan	薛	"a"	*-jat
	"b"	*-jân		"b"	*-jât
元	"c"	（*-jəun）→*-jân	月	"c"	（*-jəut）→*-jât
先		*-jan	屑		*-jat
眞	"a"	*-jin		"a"	*-jit
	"b"	*-jən		"b"	*-jət
殷～文	"c"	（*-jun）→*-jən	迄～物	"c"	（*-jut）→*-jət
先		*in	屑		*it

第二組： *-d（→*-i-，或無韻尾）

祭	"a"	*-jad	＼	
	"b"	*-jâd	→	→*-jai
廢	"c"	（*-jud）→*-jâd	／	
脂	"a"	*-jid	＼	
	"b"	*-jəd	→	*-ji
微	"c"	（*-jud）→*-jəd	／	

第三組： *-m   *-p

鹽	"a"	*-jam	葉	"a"	*-jap
	"b"	*-jâm		"b"	*-jâp
嚴～凡	"c"	（*-jum）→*-jâm	業～乏	"c"	（*-jup）→*-jâp
侵	"a"	*-jim	緝	"a"	*-jip
	"b"	*-jəm		"b"	*-jəp

第四組： *-ŋ   *-k

清	"a"	（*-jiŋ）→*-jeŋ	昔	"a"	（*-jik）→*-jek
庚三	（b？）	（*-jraŋ）→*-jaŋ	陌三	（b？）	（*-jrak）→*-jak
蒸	"c"	（*-jəŋ）→*-jəŋ	職	"c"	（*-jək）→*-jək

第五組： *-g（→*-u；或無韻尾）

宵	"a"	（*-jaug）→*-jau
	"b"	（*-jâug）→*-jâu
幽	（b？）	（*-jeug）→*-jeu
尤	"c"	（*-jəug）→*-jou
支	"a"	（*-jig; *-jir）→*-ja
	"b"	（*-ja; *-jər）→*-jâ

關於這個擬音表，須要說明的地方，可條舉如下：

1、張琨先生的主要工作在古漢語（Proto-Chinese）的建構，他採用一種較我們所熟悉的上古漢語（Archaic-Chinese）更寬泛的元音配分。張先生構擬的上古漢語元音音位，可表示如下：

　　　　i　　　u
　　　　　　ə
　　　　a　　　â

特別的是，張先生試圖以對比的方式，表示漢語韻母，從上古《詩經》押韻到《切韻》韻目（根據他的意思，《詩經》押韻代表北方方言、《切韻》韻目代表南方方言），甚至到近代方言間的一種複向發展系統。〔註90〕所以，對於這套擬音，我們最好視之為籠統的古漢語，不要與一般學者為中古音所擬定的音標同等看待。這也是我不模倣張賢豹先生譯文中，所畫的表六之原因。

2、所謂 a：b：c 三分的現象，是就歷史的發展而言。上表所列各韻的合併方式循著兩種途徑：其中之一是《詩經》時代上古漢語的合併（如上表）："a"："b"／"c"；其二是存在於福州方言及日譯吳語的南方方言系統的合併："a"／"b"："c"。而《切韻》綜合這兩種類型演變的結果，乃產生了 a：b：c 三分的現象，但這種對比只限於唇牙喉音聲母之下。並且從張先生的諸多表格看來。《切韻》所保留的僅是書面記錄，我們所以能夠得到區分，是基於多方面的證據顯示，所作的推理結果。特別是從更早於《詩經》時代的諧聲系列及現代閩語和日譯吳語，所提供的實例而來。〔註91〕

3、擬音所分五組，乃為保留張先生原文討論的過程，以音節尾輔音的不同（*-n, *-t；*-d；*-m,*-p；*-ŋ, *-k；*-g；*-ø）表示不同類型的韻部。其中第一組加列純四等韻以備參考，表示張先生經由諧聲系列，可看出「重紐」A 類和純四等韻接近之意。其餘各組，則因原書無很明顯相當的純四等韻擬音，故未

〔註90〕《古漢語韻母系統與切韻》，頁 13～28，The Reconstruction of Proto-Chinese 及 Prefatory Remarks 兩節。

〔註91〕《古漢語韻母系統與切韻》，頁 33：The evidence on this three-way contrast is of many sorts, ranging from phometic elements, which go beyond the Archaic stage, to the modern Min dialects and Go-on, which provide clues to the early phonetic realization of these vowels。並請參閱第二章之「三等諸韻」，特別是頁 32～53；及第一章「引言」，頁 22～24。

列。又各組打括號及箭頭處，意在表示各類擬音演變的相關性。這是因爲張先生原文旨在說明古漢語演變的過程，先後順序上除了（1）原始漢語，（2）上古《詩經》，（3）《切韻》韻目，（4）現代方言，四個大階段以外，還有更細的段落；但各系的時間先後又非平行一致。所以我稍稍保留了一點彈性，以免過分肯定而失眞。詳細情形，請參閱原書各表格。另外，第二組的脂韻 b 類唇音字，另有來自 *-g 尾的，請參閱《古漢語韻母系統與切韻》頁 121、chart. 55、及頁 129～132 之「古漢語韻母來源」之列表。第四、五組有打問號的，則表示該韻是否納入「重紐」的範圍，張先生亦表存疑；而且，韻書與韻圖於諸韻均不具「重紐」現象。讀者可仔細推敲上引書第二章之「具有*-ŋ、*-k 韻尾諸韻」，特別是 chart. 42-47。第五組支韻 b 類有來自開尾韻的，亦不另列。請參閱第二章之「諸開尾韻」（頁 128）。

（四）張先生於古漢語亦依韻圖分爲四等，關於各等的形式對照，有如下的說明：

1、就聲母後之字音成分而言，中古漢語的四等有幾種形式的對照。即一二等沒有介音，三等有 *-j- 介音，四等有 *-i- 介音；一等有 ə、â、u 諸主要元音，二等以前 a 爲單一主要元音。在原始漢語／上古漢語的階段，二等還有個 *-r- 介音。二等的 *-r- 介音至遲到漢以前就消失了，甚至三、四等 *-j- : *-i- 的介音對比，最遲至第七世紀也已經消失了。

2、理論上，古漢語只有齒、唇和牙喉音聲母，但到了中古漢語則由於齒音與 *-j-，*-r- 介音的結合，衍生出顎音（palatal）與捲舌音（retroflex）二系。如原始漢語／上古漢語的 *tj- 演變成中古漢語的*-tšj，而*tr- 則演變成 *ṭ-。〔註92〕

二、構思的方向與舉證

《古漢語韻母系統與切韻》一書，應用諧聲系列，和不同時代、不同地域的韻文材料，加上域外對音與現代各種漢語方言的跡象，所構擬的漢語音韻演變過程。張先生希望能用來解釋《切韻》的分韻，以及涵括《詩經》時代與現代漢語的各種分別。在他的架構裡似乎做到了。其中有可以理解的；大部分則不易明白，何以會有如其所說的變化。並且，張先生所引用的方言材料涉及很

〔註92〕《古漢語韻母系統與切韻》，頁 29～31。

廣；筆者淺陋，對於各地方言所知有限，不敢輕下斷言。但張先生於某些理論，並未清楚說明出處和根據，也是造成該書不易理解之因，尤其他的元音分配，恐怕只適用在他自己的系統。

　　然而，這本書還是給了我們一些很有價值的啟示。至少，他提出的《切韻》三等韻猶有 a：b：c 三分的現象，可以提示我們漢語歷史音韻的構擬，還是問題重重。任何一家之言可能只解決小部分困難而已，不必就視為定論。大部分的問題對我們而言，某種大致的現象擺在眼前，可能的解釋不止一種，甚至多種；我們也許永遠無法證明，哪一種才是真正無誤的。「重紐」的現象，便是最好的例子。

　　底下，我們最好花些功夫，看看他對「重紐」的討論與舉證，和那些舉證所能提示我們的構思方向。有關舉證，如果前面的學者已經有相同且很有系統的討論，這裡就不再重複。並且我希望把重點放在——「重紐」所隱示的現象，包括他們早期的對立與後來的合併，這個觀念上。

（一）《切韻》的語言背景及其實質內容

　　張先生所提出的第一個論點是，《切韻》的系統是否為單一語言的具體反映？對於《切韻》的本質，張先生表示：[註93]

> ……我們認為他們的目的在統一詩歌文學的音律，建立一個合理而共同可行的標準。他們既不想記錄長安的方言，也不在繼承某一自然的音系；而是希望融合早期諸家韻書的分類，並超越他們，而將所有可能的分別作成系統的內容。……最明顯的是切韻中加入了南方音的系統。……而切韻的反切，某些字可能根據陸法言自己的方言作切，但我們可以推斷而知，他必然引用了或登錄了許多早期韻書或其他文獻資料裡的反切。

關於這方面的探討，陳寅恪先生的〈從史實論切韻〉一文以來，[註94] 討論的學者及論文已很多了。不論如何，大體都指向——《切韻》是對理想中標準的押韻範疇所做的規範，而不是實際語言的描寫。所以張先生強調，《切韻》不等

〔註93〕《古漢語韻母系統與切韻》，頁 1～5；及〈論中古音與切韻之關係〉，頁 275～280。

〔註94〕收入《陳寅恪先生論文集》，頁 1255～1280。

於中古漢語，《切韻》系統實際上是不存在的；但《切韻》的內容，是我們研究漢語史最佳的文獻資料。我們的工作，是對《切韻》的音韻類別給予恰當的解釋。換句話說，我們必須重視的，是《切韻》音韻類別的解釋，而不是音值的斤斤計較。稍後我們將可以了解前列擬音表，實際上是張先生針對「重紐」所在的三等韻類，從上古《詩》韻到現在漢語方言之間的分合，所設計出來的演變過程中，可見的分別之一端。

其後，張先生花了一節的篇幅來討論方言的差異。用以說明，何以我們不能貫穿《切韻》，把以《詩經》押韻為根據的上古系統，跟現代方言拉成一直線。理由是，由於《詩經》的地理背景只限於北方，而《切韻》則兼賅南北方音的音韻區別，兩者所涵蓋的時間性和空間的廣狹是不可同日而語的。張先生認為《詩經》大體表現出一種統一的音韻系統，代表當時黃河中游周民族的標準語。而由清代學者所歸納出來的《詩經》韻部，顯然的與周朝末年長江中下游楚民族的《楚辭》不同，並且與「漢賦」也有明顯的方言差異。顯示在中國的歷史上，同一時代有不同的方言語系；不同的時代，同一方言會發生變遷。尤其歷來政治上的改朝換代，所導致的方言改動，更使不同朝代有不同的標準語。

張先生指出漢亡就是一個很大的改變。如漢朝的標準語裡，《詩經》中的 *-（j）âg：*-（j）ug 的界限已經消失了；但漢以後的標準語，基本上維持*-（j）âg：*-（j）ug 的區分。〔註95〕而中國歷史上第一次最大的政治文化中心的轉移，是第四世紀的晉室南遷，中國北方淪於四夷的統治；南方則在東晉治下，長達近三個世紀之久；東晉的語言由於跟南方吳語的接觸，產生了融合變化。使此一時期的音韻系統，既不同於先秦兩漢，也不同於後來的唐朝，顯示了一種從漢到唐非連續、不自然的中斷轉變。但純粹的北地方言、未經南朝的改變，則可以從南北朝詩人詩文押韻的不同型態，看出有顯然可見的分野。而《切韻》的編纂正當南北朝的末期，遂使該書的內容囊括了此一累積數世紀的南北方

〔註95〕 《古漢語韻母系統與切韻》，頁 7：One such shift followed the dissolution of the Han Dynasty. In the standard language of the Han Dynasty （206 B.C.-207 A.D.）, the *-（j）âg：*-（j）ug contrasts which we find in the Shih-ching had been lost: .... After the Han Dynasty, the dialect on which the standard language was based kept the *-（j）âg：*-（j）ug categories apart.

音。例如：一方面《切韻》裡仙：元，薛：月的排比方式，代表中古南方音系，在現代的南方方言還保留著，如福州話和吳語。另一方面，《切韻》東三：鍾，屋三：燭的對立方式，不僅保留了《詩經》押韻的分別；東三、屋三來自上古不同的韻部，只有近代來自北方系的方言中，如溫州方言、日譯漢音尚保有兩韻的分別。而這種區別到了漢朝，已在大部分的中國消失了。這些都足以粉碎《切韻》代表單一方言與地域的理想。〔註96〕

以上，有關《切韻》的語言背景及其實質內容，即使張先生沒有列舉各方面的有力證據，我們也應該要建立如上的觀念，才能對書中所表現的音韻架構有同情的了解。因為，原則上，張先生的兩個大前題確實是具有說服力的。

（二）複向發展的漢語音韻系統

經由方言的差異的討論，張先生進一步指出，漢語的發展是分歧的，無法簡單的一概而論。不同的時代、不同的地域，方言的差異程度各自不同，在文學的表現也有不同。他由此而構擬了複向發展的漢語音韻系統。所謂複向發展的漢語音韻系統，最主要的是《詩經》型態與非《詩經》型態對於《切韻》三等韻 a：b：c 三類，有不同的合併方式。例如：〔註97〕

《詩經》型態的合併——眞 a：眞 b／殷 c；仙 a：仙 b／元 c

非《詩經》型態的合併——眞 a／眞 b：殷 c；仙 a／仙 b：元 c

這種現象，由於今日國語的前身，大體源於北方音系，我們看到的是《詩經》

〔註96〕《古漢語韻母系統與切韻》，頁 5～13 之「方言變體，元部」。尤其是下列文字：

The Ch'ieh-yün, then, gives us the "southern" Ancient Chinese contrasts for the 仙：元，薛：月 categories, contrasts which are preserved today only in Min dialects, for example , Foochow, and in the sino-xenic dialect whose categories are of southern Ancient Chinese origin, Go-on.　These diatinctions had already been lost in the Shih-ching dialect by the twelfth century B.C.　A brief glance at the Ch'ieh-yün's treatment of the 東三：鍾，屋三：燭 categories should, however, dispel any notion that the Ch'ieh-yün represents any one dialect or dialect area.　Not only are these distinctions present in the Shih-ching, there are even double sources for the 東三 and 屋三 categories.　By the Han Dynasty, however, the 東三：鍾，屋三：燭 contrasts had been lost in most parts of China."

〔註97〕張先生以具有舌根聲母、*-n 尾的三等韻爲例，構擬了相形複雜的分併過程。請看《古漢語韻母系統與切韻》，頁 40 圖表 9 及頁 47 圖表 14。

型的合併發展完整的情況；至於非《詩經》型態的合併，則今日閩方言和吳語尚存有遺跡。

　　不論是《詩經》型態或非《詩經》型態，我推想張先生的意思是在更早的時期，如前上古時期（pre-Archaic）或《切韻》稍前的中古南方音，在三等韻本當有 a：b：c 三分的現象。儘管後來經由兩種不同的方式合併，在《切韻》中我們仍可以看到這種三分法的遺跡，那就是「重紐」了。他說：〔註98〕

　　　　舉例而言，《切韻》時代真 a（*-jin） 跟真 b（*-jən） 合併成真韻；
　　　　仙 a（*-jan） 跟仙 b（*-jân） 合併成仙韻。具有唇音韻尾的兩類合
　　　　併的很早而且很徹底，留下來的痕跡只有侵 a, b（*-jim，*-jəm） 跟
　　　　鹽 a, b（*jam，*-jâm） 的分別。

我們還可以補充一句：〔註99〕

　　　　在《切韻》中 a：b：c 的對比，只限於唇化與非唇化的唇牙喉音聲
　　　　母下才有。

這兩段話，也可以做成如下解讀：

　　《切韻》的三等韻類可以分成兩組，一組有「重紐」現象，一組無「重紐」現象，兩組之間各韻大致上可由韻尾看出彼此是相對當的。無「重紐」現象的即 c 類純三等韻。而「重紐」諸韻雖合併為一韻，但在唇牙喉音聲母之下，尚由不同反切的重出小韻表示 a、b 類的不同。顯示《切韻》以「重紐」來表示早期的對立。同時也就是何以《切韻》以後，那些以北方音為主的韻書，將《切韻》的「重紐」三等字合併入純三等韻；四等字則併同純四等韻的原因。

　　此一現象，前面諸學者或多或少，都間接直接有所指陳。所不同的，是張先生認為這是屬於《詩經》型合併的範疇。張先生並因此對這種 a：b：c 三分的現象，就 $\begin{matrix} i & & u \\ & \mathrm{\scriptsize ə} & \\ a & & \hat{a} \end{matrix}$ 的元音分配，利用主要元音高低前後的不同，擬

〔註98〕〈論中古音與切韻之關係〉，頁272。

〔註99〕《古漢語韻母系統與切韻》，頁32，這段話前面已經引過了。關於唇化與非唇化的
　　　　意義，當與李方桂、王靜如二位先生在唇牙喉音聲母上加 -W- 為記的意思相同或
　　　　相近。

測了一種原始語的區別，並設計出相當複雜的表格，以說明歷史音韻演化的過程。乍看之下，張先生的解釋似乎是極其圓滿合理的，對整個漢語史都照顧到了。至少，在他的系統裡講起來頭頭是道。而且我必須承認，果真古漢語有 a：b：c 三分的情況，也許便是「重紐」現象的最佳詮釋之道。然而何以《切韻》a：b：c 三分的現象，僅局限於諸韻唇牙喉音？這一點或可根據「不同的時代、不同的地方，方言差異的程度各有不同」，認為是各系聲母的合併速度不是並行的，而三等唇牙喉音是合併尚不完整的遺跡。但是，我們不禁要問，何以古漢語 a：b：c 三分的情形，只限於後來納入《切韻》三等韻的字音？這一點張先生並未加以說明。問題是，我們發現，他是因為《切韻》有「重紐」的現象，才有原始漢語 a：b：c 三分的構擬。他說：〔註100〕

> 在某些具有 *-j- 介音和唇齒韻尾的韻部，有各別反切拼音的「重紐」，在韻圖中分置三、四等。安南譯音對應四等 a 類的唇音變讀齒音；其餘則保持唇塞音聲母。所有仙韻的字，在《詩經》都有 -a- 元音，並與其他具 -a- 元音的字互相押韻。仙ᵃ、仙ᵇ 是否只有一個主要元音？為什麼安南譯音中仙 ᵃ 類的字會讀齒音聲母？……解決之道，在於重新構擬前上古或古漢語（pre-Archaic or proto-chinese）的系統。假設原始只有一種語言，以後分裂成所謂古吳語、古閩語，甚至更多的方言，可能是錯誤的。漢語的多重方言，在孤立和弱小的族群中顯然有複雜的語音。由於科技的進步與人口的成長，語言的接觸頻繁，會使各種方言受到統一於標準語的衝擊和影響。所謂正統的古漢語是什麼呢？無論如何，不是單一的歷史語言，我們必須假設一種對比的系統，以便能以簡潔而且合乎語言真實的方式，說明關於漢語的歷史文獻記錄。

我們可以同意，古漢語具有一種對比的系統。但關於「重紐」的現象，真正是怎麼一回事，依舊是莫知所以。他自己也說，想在上古找到「重紐」的來源卻失敗了。〔註101〕他所用以說明早期 a：b：c 三分的多方面證據，包括後來「a：

〔註100〕《古漢語韻母系統與切韻》，頁 13～15。

〔註101〕《古漢語韻母系統與切韻》，頁 46：The attempt to find Archaic antecedents for the Ch'ung-niu doulets is , however, doomed to failure.

b／c」和「a／b：c」的合併方式，還是只能用來說明，「重紐」具有不同的反切，必然代表某種意義。「重紐」的意義，可能是我們不確知的某一時代或某一方言區域，它們確實具有不同的讀音。

（三）相關例證

以下，舉 *-n，*-t 韻尾的例子，大略看一下張先生的例證：

1、諧聲系列的例證：〔註102〕

（1）a 類的主諧字不用於 b、c 兩類，但常用於純四等韻。例如：

    A. 前上古期的 *-jan

        主諧字　　　　　　：連　前　戔　肙　睘

        三等仙ᵃ（*-jan）：連　煎　錢　捐　翾

        四等先 （*-ian）：蓮　前　淺　涓　獧

    B. 前上古期的 *-jin

        主諧字　　　　　　：眞　粦　臤　因

        三等眞ᵃ（*-jin）：眞　鄰　緊　因

        四等先 （*in）　：顛　憐　堅　咽

    C. 前上古期的 *-jat

        主諧字　　　　　　：屵

        三等薛ᵃ（*-jat）：屵　孼　蠥　孽

        四等屑 （*-iat）：屵　辥　嶭

    D. 前上古期的 *-jit

        主諧字　　　　　　：比

        三等質ᵃ（*-jit）：比　坒

        四等屑 （*-it）　：捵

        三等脂ᵃ（*-jid）：比　蚍

        四等齊 （*-id）　：篦

（2）c 類的主諧字有些從不用於 a、b 兩類中。如：

    A. 前上古期的 *-jəun：元 ᶜ　　　；主諧字：原　亘　袁

    B. 前上古期的 *-jun：殷, 元 ᶜ ；主諧字：殷　雩　云　熏

〔註102〕《古漢語韻母系統與切韻》，頁36～38。

C. 前上古期的 *-jəut：<u>月</u> ^c　　　；主諧字：厥 粵 日

D. 前上古期的 *-jut：<u>迄</u>, <u>物</u> ^c　　；主諧字：乞 鬱

（3）b 類高元音的主諧字，有些從不用於 a、c 兩類，但低元音的 b 類
　　字，不用於 a、c 類的較少。例如：

A. 前上古期的 *-jân：<u>仙</u> ^b　　　；主諧字：衍

B. 前上古期的 *-jât：<u>薛</u> ^b　　　；主諧字：孑 別

C. 前上古期的 *-jət：<u>眞</u> ^b　　　；主諧字：辰 屯

D. 前上古期的 *-jət：<u>質</u> ^b　　　；主諧字：聿

（4）另有些 b 類高元音，及大部分 b 類低元音的主諧字，同時用於 c 類
　　字。例如：

A. 低元音 *-n 韻尾

　　主諧字　　　　　　　　　　　　　　：建

　　三等<u>仙</u>^b（*-jân）　　　　　　　：鍵 驥

　　三等<u>元</u>^c（*-jəun→*-jiun→*-jân）：建 健 鍵

B. 低元音 *-t 韻尾

　　主諧字　　　　　　　　　　　　　　：曷

　　三等<u>薛</u>^b（*-jât）　　　　　　　：竭

　　三等<u>月</u>^c（*-jəut→*-jut→*-jât）：歇 謁

C. 高元音 *-n 韻尾

　　主諧字　　　　　　　　　　　　　　：堇

　　三等<u>眞</u>^b（*-jən）　　　　　　　：堇 勤

　　三等<u>殷</u>, <u>文</u>^c（*-jun→*-jən）　　：謹

D. 高元音 *-t 韻尾

　　主諧字　　　　　　　　　　　　　　：出

　　三等<u>質</u>^b（*-jət）　　　　　　　：出 絀

　　三等<u>迄</u>, <u>物</u>^c（*-jut→*-jət）　　：蚰 屆

2、高麗譯音有與諧聲字群相似的情形。

　　a 類的字不論高低元音的牙喉音字，和低元音的脣化牙喉音字，均有與純
四等韻的同音異義字出現。以下，是原書表 10-13 所列高麗譯音與諧聲字群的

對照表。〔註103〕

表 10、高麗譯音：三等韻牙喉音、低元音、*-n，*-t 韻尾

(1) 三等仙ª類　　　　　　　三等仙ᵇ類
　　純四等仙韻　　　　　　　純三等元韻
　　kiən：(a) 甄 遣 繾 譴　　kən：(b) 件 虔 乾 愆 褰 騫
　　　　　 (4) 肩 堅 見 繭 牽　　　　　(c) 建 健
　　iən：缺 a 類例字　　　　　ən：(b) 焉 諺 讞
　　　　 (4) 煙 硯 燕 宴 研　　　　　 (c) 言 偃 蝘 齴
　　hiən：(a) 缺例字　　　　　hən：缺 b 類例字
　　　　　(4) 堅 絃 顯 現　　　　　 (c) 軒 掀 獻 憲

(2) 三等薛ª類　　　　　　　三等薛ᵇ類
　　純四等屑韻　　　　　　　純四等月韻
　　kiəl：(a) 缺例字　　　　　kəl：(b) 桀 傑　　　kal：(b) 竭
　　　　　(4) 結 潔　　　　　　　　　　　　　　　　 (c) 羯
　　iəl：缺 a 類例字　　　　　əl：缺例字　　　　al：缺 b 類例字
　　　　 (4) 噎　　　　　　　　　　　　　　　　　　　(c) 謁
　　hiəl：(a) 孑　　　　　　　həl：缺 b 類例字
　　　　 缺純四等例字　　　　　　(c) 歇

表 11、高麗譯音：三等韻牙喉音、高元音、*-n，*-t 韻尾

(1) 三等眞ª類　　　　　　　三等眞ᵇ類
　　　　　　　　　　　　　　 純三等殷韻

　　kin：(a) 緊　　　　　　　kɯn：(b) 僅 覲
　　　　　　　　　　　　　　　　　(c) 斤 近 芹 靳 筋 勤 槿 謹
　　　　　　　　　　　　　　　　　　 巹
　　in：(a) 因 姻 茵 氤 湮 禋 印　　ɯn：(b) 銀
　　　　　　　　　　　　　　　　　(c) 殷 慇 隱 癮
　　　　　　　　　　　　　　huɯn：(b) 釁
　　　　　　　　　　　　　　　　　(c) 欣 昕
　　　　　　　　　　　　　　[c 類低元音：掀（元）]

〔註103〕以下各表均照原書引錄，僅將部分英文譯成中文。其中（a）、（b）、（c）、（4）分
　　　　別表示「重紐」三等 a 類、b 類及純三等韻、純四等韻。

（2）三等質 [a] 類　　　　　　　　三等質 [b] 類

　　　　　　　　　　　　　　　　純三等迄韻

kil：（a）吉 拮 桔 蛣 鶷　　　kuɪl：　（c）乞

il：（a）一　　　　　　　　　uɪl：　（b）乙

hil：（a）詰　　　　　　　　huɪl：　（c）屹 迄

表 12、高麗譯音：三等韻唇化牙喉音、低元音、*-n，*-t 韻尾

（1）三等仙 [a] 類　　　　　三等仙 [b] 類

　　純四等先韻　　　　　　純三等元韻

　　kiən：（a）狷 絹　　　　kuən：（b）卷 拳 捲 圈 眷 權

　　　　　（4）犬 畎 蠲　　　　　　（c）桊 勬

　　iən：（a）缺例字　　　　uən：（b）員 圓 圜

　　　　　（4）淵　　　　　　　　（c）元 原 源 袁 遠 苑 爰 垣

　　hiən：（a）缺例字　　　huən：（b）缺例字

　　　　　（4）玄 泫 絃 懸　　　　（c）萱

（2）三等薛 [a] 類　　　　　三等薛 [b] 類

　　純四等屑韻　　　　　　純三等月韻

　　kiəl：（a）缺　　　　　kuəl：（b）缺例字

　　　　　（4）決 訣 駃 闋　　　　（c）厥 蕨 鱖 闕

　　hiəl：（a）缺例字　　　uəl：（b）缺例字　　　ual：（b）　缺例字

　　　　　（4）血 穴　　　　　　（c）月 越　　　（c）日

表 13、高麗譯音：三等韻唇化牙喉音、高元音、*-n，*-t 韻尾

（1）三等眞 [a] 類　　　　　三等眞 [b] 類

　　　　　　　　　　　　　純三等文韻

　　kiun：（a）勻 均　　　　kun：（b）窘

　　　　　　　　　　　　　　　（c）軍 君 郡 涒 裙 群

　　　　　　　　　　　　un：（b）隕 殞 韻

　　　　　　　　　　　　　　　（c）運 云 雲 耘

　　　　　　　　　　　　hun：（b）缺例字

　　　　　　　　　　　　　　　（c）葷 暈 訓 勳 薰 燻

（2）三等質ª類　　　　　　三等質ᵇ類
　　　　　　　　　　　　　純三等物韻

kiul：（a）橘　　　　　kul：（b）缺例字
　　　　　　　　　　　　　　（c）屈 倔 掘 崛 窟
　　　　　　　　　　　　ul：（b）缺例字
　　　　　　　　　　　　　　（c）蔚 熨 鬱

　　3、在中國南部方言中，閩語和吳語尚存 a、b 兩類合併，而與 c 類對立的痕跡。例如以下之表 14-16 爲非詩經方言「重紐」諸韻類的語音發展和擬音對照表。

表 14、非詩經型的發展：三等牙喉音 *-n 韻尾〔註104〕

1			3	切韻	4
a	b	c	d	韻目	閩語
kjan →	kjan →	kjan →	kjan	仙a	kjeŋ
kjaun →	kjân* →	kjân →	kjan	仙b	kjeŋ
kjuən →	kjəun →	kjəun→	kjəun	元c	kioŋ
kjəun →	kjəun →	kjəun→	kjəun	元c	kioŋ
kjin →	kjin →	kjin →	kjin	眞a	kiŋ
kjən →	kjən* →	kjən →	kjin	眞b	kiŋ
kjun →	kjun →	kjun →	kjun	殷c	kyŋ

說明：「-*」表示在 c 階段 kjân 類字音少數併入 kjəun 類字音，及 kjən 類少數併入 kjun 類。

表 15、福州閩語對應日譯吳音：三等牙喉音、低元音、*-n、*-t 韻尾

韻目	字例	福州	日譯吳音	韻目	字例	福州	日譯吳音
仙ᵇ	乾	kieŋ	gen	元ᶜ	建	kioŋ	kon
仙ᵇ	虔	kieŋ	ken	元ᶜ	謇	kioŋ	kon
仙ᵇ	遣	krieŋ	ken	元ᶜ	键	kioŋ	

〔註104〕爲了排版方便，取消原書的斜線與虛線。斜線表示的發展，予以補實；虛線部分，改爲表下文字説明。

仙[b]	譴	khieŋ	ken	元[c]	腱	keoŋ	kon
仙[b]	愆	khieŋ	ken	元[c]	健	kioŋ	gon
仙[b]	騫	khieŋ	ken	元[c]	鍵	kioŋ	gon
仙[b]	諺	ŋieŋ	gen	元[c]	言	ŋioŋ	gon
				元[c]	憲	hioŋ	kon
				元[c]	獻	hioŋ	kon
薛[b]	傑	kieh	ketši	月[c]	歇	hiok	kotši

表 16、福州、廈門閩語對應日譯吳音：三等牙喉音、高元音、*-n、*-t 韻尾

韻目	字例	福州	廈門	日譯吳音	韻目	字例	福州	廈門	日譯吳音
眞[a]	緊	kiŋ	kin	kin	殷[c]	斤	kyŋ	kun	kon
眞[b]	僅	kiŋ	kin	gin	殷[c]	筋	kyŋ	kun	kon
眞[a]	因	iŋ	in	in	殷[c]	勤	khyŋ	khun	gon
眞[a]	姻	iŋ	in	in	殷[c]	芹	khyŋ	khun	gon
眞[a]	茵	iŋ	in	in	殷[c]	欣	hyŋ	him	kon
眞[a]	印	iŋ	in	in	殷[c]	忻	hyŋ	him	kom
眞[b]	垠	ŋiŋ		gin	殷[c]	殷	yŋ	un	on
					殷[c]	慇	yŋ	un	on
					殷[c]	隱	yŋ	un	on
					殷[c]	齦	ŋyŋ	gun	gon
					殷[c]	圻	ŋyŋ	gun	gon
質[a]	吉	keik	kiat	kitši	迄[c]	乞	khøyk	khit	kotši
質[b]	乙	ʔeik	ʔit		迄[c]	吃	ŋeik	gut	

　　應該留意，這一項恰與王靜如先生所見不同。張琨先生認為這表示「重紐」兩類的合併；王先生則從此看出「重紐」兩類可以區別。這種現象多少反映出，除非我們大量審查某一方言的全面系統，否則只是一二字例的取捨由心，其結果的差異竟足以完全相左。

　　綜合張琨夫婦的引證和推理，重點在於他們對漢語史的主張，不同於近代一般學者的看法。終於有人敢於全面推翻高本漢的體系，而不僅在一二擬音上斟酌。眞理是愈辯愈明的，張琨夫婦所建立的體系，雖不必即是古漢語的眞象。

他們的貢獻，在於告訴我們，這一門學問尚有值得再三探索之處，「重紐」即爲其中之一。即使「重紐」的現象，不一定就如他們所說的，擬音也不必一定以他們爲準。

第八節　「重紐」與古漢語的綜合討論及其它

本節主要參考資料分別是：周法高先生的〈古音中的三等韻兼論古音的寫法〉、〈三等韻重唇音反切上字研究〉、〈論切韻音〉、〈論上古音〉、〈論上古音與切韻音〉及杜其容先生的〈三等韻牙喉音反切上字分析〉。

周法高先生發表〈廣韻重紐的研究〉之後，陸續又對此一問題，發表了若干意見。他先把研究的範圍，從「重紐」諸韻擴大到整個三等韻，並且逐漸考慮到《切韻》音系與上古音之間，「重紐」的地位問題。最後的結論，見於〈論上古音與切韻音〉一文中歸納成的一個簡表：

轉攝 等類	外 轉						內 轉					
	果攝	蟹攝	效攝	咸攝	山攝	宕梗攝	遇攝	止 攝	流攝	深攝	臻攝	曾攝	通攝
A 類	麻三	祭A	宵A	鹽A	仙A	清		支A脂A之	幽A	侵A	眞A諄	蒸A	
B 類		祭B	宵B	鹽B	仙B	庚三		支B脂B	幽B	侵B	眞B	蒸B	
C₁ 類	戈三	廢		嚴凡	元	陽		微			欣、文		
C₂ 類							魚虞		尤				東三鍾

其中三等韻 A、B、C₁、C₂ 四類的分配，源自〈古音中的三等韻兼論古音的寫法〉一文。周先生說：〔註105〕

現在一共有三個標準幫助我們判斷（三等韻中的三類）：

I. 韻圖中的唇牙喉音三四等的排列：（A）四等，（B）三等，（C）三等。

II. 聲母的分配情形：（A）p-, k-, ts-（包括 t-, tś-, ts-）；（B）p-, k-；（C）p-, k-。

III. 唇音字在安南音中的現象：（A）t-；（B）p-；（C）f-。

根據這三個標準，我們把三等韻分成下列幾項：

〔註105〕這一段在周先生〈論切韻音〉一文中註11，重複引用，略有修改和增飾。這裡用的是〈論切韻音〉中的文字。

甲、支A，脂A，眞A，侵A，祭A，仙A，宵A，清，鹽A──四等；
　　p-, k-, ts-；安南t。合於IA，IIA，IIIA的標準，定爲A類。

乙、支B，脂B，眞B，侵B，祭B，仙B，宵B，鹽B，庚三──三等；
　　p-, k-；安南p。合於IB，IIB，IIIB的標準，定爲B類。

丙、微，欣，文，廢，元，嚴，凡──三等；p-，k-，南安f。合於IC，
　　IIC，IIIC的標準，定爲C類。

丁、東三，鍾，虞，陽，尤──三等；p-、k-、ts-；安南f。合於IC、IIA、
　　IIIC的標準。

戊、幽──四等；p-，k-；安南p；合於IA、IIB、IIIB的標準。

己、蒸──三等；p-，k-，ts-；安南p。合於IB、IIA、IIIB的標準。

庚、之、魚、麻三──三等；p-、k-、ts-；無脣音。合於IB（或IC），IIA
　　的標準。

辛、戈三──三等；k-；無脣音。合於IB、IIB或IC，IIC的標準。

以上八項加以修正和簡化，則得到上表的四類。其中，「甲、乙、丙、丁」
分別相當於後來的A、B、C₁、C₂四類，比較沒有問題。至於「戊、己、庚、
辛」四項的分配，則經過多次修改；而我們覺得無論他所據以修正的原則爲何，
總是無法對他自己所立的三個標準，有很圓滿的交代。例如他在〈論上古音與
切韻音〉一文中提到（102）：

> 把蒸韻的喉牙脣音歸入B類（切韻音擬作 ieng，上古具有 i 介音），
> 舌齒音歸入A類（切韻音擬作A類，上古具有 ji 介音）。因爲蒸韻
> 的脣音在安南音中爲p，應爲B類；在反切上字方面也應屬B類。
> 可是B類通常是沒有舌齒音字的。所以蒸韻的舌齒音應歸A類，縱
> 使在反切下字系聯上看不出區別來。

這裡，很顯然的，我們接觸到一個困擾──同一個韻，同樣的等位，我們有必
要如此割裂嗎？如果我們回思龍宇純先生的〈廣韻重紐音值試論〉，就不能不對
這種分配方式重新考慮。那麼關於三等韻，我們應當如何適當的予以分類？除
了周先生列舉的三項標準以外，還有切語系聯、諧聲現象、上古韻部及其他各
種方言等。我們的困難是，標準愈多愈嚴，則三等韻勢必破碎繁瑣不堪；否則
如高本漢等之不分別「重紐」，則不免抹煞區分。而取捨之間，又莫衷一是。即

如周先生的結論，便不無矛盾疑問處。僅此一點，我們固然欣見「重紐」突破了孤立的地位，顯示了多方面研究的可能。但不可否認的，複雜的三等韻更形複雜了。

其次，是切語系聯所顯示的現象應該如何解讀。關於切語上字系聯的結果，綜合周先生與杜其容先生的論文，可得知如下結論──「重紐」諸韻唇牙喉音 A、B 兩類字，除共同以 C 類字（即普通三等韻字）為切上字外，二者判然有別，不互用為反切上字。而 C 類三等韻字，有以「重紐」B 類為切上字者，絕不以 A 類字為切上字；但「重紐」A 類字有以純四等韻為切上字者，而 B 類則否。〔註106〕這個結論既然是經由實際統計所得，就使我們遭遇第二個困擾──就我們目前對反切結構的認識，A、B 兩類字既不互用為反切上字，則所謂「重紐」在韻書中乃可與一般性重紐同等看待，自然分立小韻。而韻圖的分等安排，基於照系字兩類三等聲母之分屬二、三等；喻母的于三等、以四等的例子，我們是否可以說「重紐」諸小韻，亦因聲母的差異，雖同為三等韻字，而分置三四等呢？否則除了輕重唇的分裂以外，從上古到中古以來，何以唇牙喉音一直都那麼穩定，唯獨舌齒音卻變化複雜？可能唇牙喉音也同樣起伏變化，只是到了韻圖的時代已經看不出來了。至少這個現象所啟示的，從聲母上追尋「重紐」的可能分別，可行性應該是極高的。雖然這種 A、B 分類的傾向，由於有共同的 C 類字，並不是完全嚴格；正可以顯示根據音位的觀點看，A、B 兩類不必一定寫作兩種聲母。因為他們之間是否具有辨義作用，視時地之不同而異。目前，除了王靜如先生"唇化"說的假設外，我們找不到聲母顯然有別的具體例證，但我們仍將嘗試從舊有反切材料上，作不同方式的分析，並根據我們現在所知道的漢語沿革，尋求可能的跡象，或者可以有新的發現。

還有，前面幾節的討論，諸學者一致指出，「重紐」三等接近純三等韻、「重紐」四等接近純四等韻的現象，亦由反切上字系聯顯示出來。這個現象不禁使我們回到高本漢的老問題上，即韻圖是否當真具有四等的分別？我們對於韻圖分等的意義了解夠徹底嗎？「重紐」所顯示的，三、四等的界限的確是模糊了。實際上，不僅是韻圖的架構有問題，我們還是要強調，關於韻書的結構、內容，

〔註106〕杜先生的結論於 A、B 兩類的內容，恰與周先生的顛倒。為了方便一起討論，我們配合周先生的分類，仍將之還原。即所謂 A 類指「重紐」四等字，B 類指「重紐」三等字。

及韻書與韻圖之間的對應關係，向來都是問題重重。

至於切語下字的系聯，本來周先生將諸韻舌齒音歸入「重紐」A 類，他所根據的就是切下字系聯的結果。後來又說：〔註107〕

> 我們知道中古三等韻的 B 類出現於 p、k 系聲母後，這是從韻圖的排列可以知道的（B 類在三等，A 類在四等）。在反切下字的系聯上，假使一韻的反切下字也分成 A、B 兩類，和韻圖的分法相應時，照_莊系照反切下字的系聯的結果，往往屬 B 類。我在<u>廣韻重紐的研究</u>中曾經列成表二（pp. 17-26），在表二中，一韻中的反切下字分屬 A、B 兩類的約十二韻，B 類除經常出現於 p，k 系外，出現於 tṣ（照_莊）系者有：支開、紙開、質開、仙合、線合、薛合、侵、寢、沁、輯等十韻；出現於 t（知）系者（尤其是來紐），有仙合、線開、線合、沁、輯等六韻；有好幾韻根本沒有 tṣ 系聲母。在表二中把 tṣ 系屬 A 類的只有至合、質開、仙開三韻。眞韻的 tṣ 系獨立成臻韻，但是在玄應音義的反切裡卻屬 B 類。可以看出 tṣ 系屬 B 類的百分比相當大。

周先生本人認為，此為關係上古聲母的現象，即<u>精</u>系字和<u>照章</u>系為一組，<u>知</u>系字和<u>照莊</u>系為一組。我們不禁要問，反切系聯既然屬於《切韻》以來韻書的內容，上述的系聯結果是否表示，「重紐」諸韻舌齒音的歸類有待考慮？將其全部歸同四等的唇牙喉音為一組，固然有欠周密；全部歸同三等的唇牙喉音為一組，也同樣不完全正確。反倒是陸、王二人參考諧聲現象，將舌齒音亦分成兩組的主張，值得我們深思。

我們知道，舌齒音之間的互相變化，雖複雜而不易明白，但畢竟有關資料都是顯然可見的。對於我們，舌齒音不致於造成「重紐」的困惑。「重紐」反而集中於看似平穩的唇牙喉音。如果我們會同切語上字系聯的結果來看，更加強了我們對於唇牙喉音的內容重新考慮的信念——唇牙喉音本身是否曾經有過如舌齒音一樣的變化，只是到中古音的時候已不可見了？又或者，唇牙喉音與舌齒音之間，眞的涇渭分明，不可互相變化嗎？

〔註107〕見〈古音中的三等韻兼論古音的寫法〉，第四節，該節未收入周先生的《中國語言學論文集》中，但重見於〈論上古音與切韻音〉一文中。

　　另外尚有致疑之處，即周先生反對以介音區別「重紐」，尤其是對於陸、王二人的結論多所批駁。如：〔註101〕

> 退一步說即便承認 A、B 類的唇牙喉音有 i 和 ɪ 介音的區別，也不能肯定知系在中古一定屬 B 類作 ɪ 介音。因為反切系聯並不能給我們有力的證明。即使如此，我們更不能一點證據都沒有，便假定所有的三等韻，一韻中隨聲母而有兩種介音的區別。

前面我們已指出陸、王二人的結論，實際上是一種尚待充分證明的假設。因此我們同意周先生的「不能肯定」。然而周先生之認為「重紐」在於主要元音的差別，同樣的不能肯定。並且他反對切韻的時代，「重紐」有介音 i 和 ɪ 的區別，卻在上古音的三等韻中構擬了三套介音——「重紐」A 類具 ji 介音、「重紐」B 類具 i 介音、C 類三等字具 j 介音。〔註102〕他又在〈論上古音與切韻音〉中指出，介音 /j/ 相當於國際音標的 [j]，英文 yet 中的 y；/ji/ 相當於國際音標的 [i]，英文 eat 中的元音，/i/ 相當於國際音標的 [ɪ]，英文 it 中的元音。我們懷疑周先生對於介音的定義到底是什麼？而且不論這三套介音是否能成立，果真上古音有三套介音，我們就要問，這三套介音何以到了中古卻只剩下 /j/ 而已？「重紐」的上古區別是如何演變成切韻時代的元音不同？周先生並無任何說明，可見這三套介音，只是為解說上古音的方便罷了。在此我們不反對介音在漢語史居重要地位。成分雖微，卻足可導致聲韻調的全面改觀，不論中古音或上古音，介音都很值得我們細細推敲。我所堅持的，是要有嚴格的原則；不論正面或反面的意見，要拿出強而有力的證據來。

　　綜合本節各項問題，我們勢必遭遇到一個共同的難關。那就是我們一旦追溯「重紐」的淵源時，不論如何都要碰到一大段歷史的空白，介於《詩經》押韻與《切韻》音系間的兩漢六朝，這段期間的語言有什麼起伏變化，我們若無法適當的求證說明，則對於「重紐」的真象，實際上也不可能有任何更肯定的結果。何況目前我們所已知的漢語史，尤其是上古漢語，我們不能解決的問題又那麼多。

〔註101〕同上註。

〔註102〕參看〈論上古音〉，頁 128～129。

第三章　我對「重紐」現象所持的看法

　　經由各學者對於「重紐」的討論，無疑的就整個漢語史而言，「重紐」的現象造成我們重建中古漢語音韻系統的極大障礙，正反兩面的意見皆然。前面大多作了詳細的介紹。對於學者們所提出來的解決方案，也有簡單的比較和批評。我們看到多數學者均主張「重紐」具有不同的音韻結構。除了聲調與韻尾之外，聲母、介音、主要元音的差異，都曾經被用來標記「重紐」區別的所在。除了《廣韻》與《韻鏡》、《七音略》等原始資料外，所有可能用來支持「重紐」的旁證，如諧聲字、古韻部居、方言、對音等，幾乎都已被學者們列舉了。每一項均被認為強而有力的指出——「重紐」不應當是無意義的重出，它們應該具有某些音值上的差異。然而學者們的推理和結論，卻沒有完全一致的看法。此外，還有部分學者對「重紐」不予區分，他們的理由也未必可以輕易忽略。面對這些意見，我以為可以分從兩個層次來了解：一個是對「重紐」現象，我們應該有怎樣的認識。另一個是，形式上的區別以什麼為最佳方案。如果我們缺乏對「重紐」正確的體認，就缺乏適當的原則，用以衡量第二個重點，也就無法提出其他可能的解釋。因此，以下我將依次說明。

第一節　支持「重紐」現象之佐證的再檢討

　　所謂「重紐」正確的體認，其實前面兩章反反覆覆做的也就是這個工作。

透過前賢的引導，我們已然看見這個論題的眾相。現在我們要掃除枝蔓，抽繹幾個眞正直接的問題，重新客觀的予以認識。第一步便是有關「重紐」現象的再檢討。

綜合學者們的各項意見，支持「重紐」的證據可以分成以下幾個重點：

（1）內部證據。主要是《廣韻》與《韻鏡》、《七音略》的紀錄資料。

　　（a）「重紐」在《廣韻》中有不同的反切。他們的切語用字，大體都不相類屬。

　　（b）《廣韻》重出小韻在韻圖中分居不同的等位。一組出現在三等，一組出現在四等，分配相當規則一致，而且和切語系聯的結果大體對當。〔註1〕

（2）外部證據：

　　（c）唐以來的一些音義之書，於「重紐」字大體有不同的反切。這些音義之書除了第二章所提到過的以外，最近董忠司先生〈顏師古所作音切之研究〉一文，亦有相同的結果。〔註2〕

　　（d）後期韻書對於「重紐」小韻，大體分屬不同的韻部。

　　（e）「重紐」小韻分別來自不同的上古韻部。

　　（f）諧聲字也支持「重紐」有不同的諧聲來源。

　　（g）近代某些方言於「重紐」小韻，還多少保有不同的音讀。

　　（h）從域外方言所反映出來的現象，顯示「重紐」字有某些重要差異。

對於這些證據，（1）類內部證據，經由學者多方考據求證所顯示的現象，我們不能認為是偶然的錯誤，或傳抄的疏忽。主要是在（a）、（b）兩項材料裡，「重紐」呈大量集中的現象；不僅有相當一致的對應，而且能得到（c）項材料

〔註1〕以下我們指稱「重紐」時，不再重複《廣韻》二字，但暫時我們把「重紐」意義的討論，限於《廣韻》所代表的語言時代。

〔註2〕參看附表2。相當於《廣韻》支脂眞諄祭仙宵侵鹽諸韻系的唇牙喉音下，顏師古《漢書·注》亦分立兩組反切。董忠司先生分其為內、外兩類。「內類」為喻母以外之三等喉牙唇音，「外類」為喻母以外之四等喉牙唇音，舌齒音與喻來日三母字音。兩類切下字分用不混，三等喉牙唇音不用舌齒音字為切下字，而用日母字；四等喉牙唇音用舌齒、半舌、半齒之用為切下字，而不用莊知二系。二類互為切上字者略無所見，但可用純三等韻字為切上字。

的支持。我們覺得，少數人一時的錯誤疏忽，不可能歷經幾百年的時間、那麼多人經手，仍然未被發現糾正，而且都那麼巧合的集中一處。所以「重紐」必然具有被共同認可的意義。基於我們對韻書韻圖已有的了解，我們認為其意義是——它們應當曾經有不同的音讀。但是讀音的不同何在，如何分辨？我們的問題是，編製韻書、韻圖的人，和音義之書的作者，從未透露一點消息；至少現在的文獻中找不到。而我們無法從漢字的記錄，得到比音類更具體的結果。必得轉從外部證據的幫助，推測這個隱藏的含義。

（2）類的外證，（c）項前已提及其基本性質同於內部證據。但是音義之書不是韻書，對於其中各別單位的反切，實際上還須透過（a）、（b）兩項材料，才能得到整體了解。則（a）、（b）兩項材料的音韻系統若不能確立，（c）項也只能是單純的標注字音。

（d）項可以指示「重紐」後期分裂的可能方向。然而語言經由時空變遷所造成的分併變化，本是自然現象。只有當「重紐」在（a）、（b）兩項的真實意義已經確立之後，兩者才具有有機的關係；否則後期韻書的分裂，未必就直接承續《廣韻》的對立。退一步說，即使他們之間是直接相關的，漢字既無法適當記音，我們的結果還是停留在音類有別。

（e）項要比（d）項更不具必然的效果。前面我們已指出《廣韻》多數的韻部，都分別來自不同的上古韻部，不獨「重紐」諸韻為然。而且龍宇純先生也指出，早期的不同，變到《廣韻》的時代，很可以是相同的。章太炎和黃侃的說法，未必不具有部分真實性。

（f）項指《說文》諧聲的系統中，「重紐」三等字專與純三等字諧聲，「重紐」四等字專與純四等字相諧。但是這種早期的對立，正如上述（e）項，與《廣韻》的時代沒有必然的關係。並且同樣不能幫助我們決定「重紐」音值有何不同。何況我們目前對諧聲字的認識，是否足夠完全且必然無誤？

（g）項可分成兩方面說明：一為官話系統中，「重紐」四等的字，讀同純四等字。一為某些東南方音，對於「重紐」小韻，還多少保有不同的音讀。但同樣一組方言的現象，各人卻有大為不同的解釋。如：王靜如先生以為是介音不同；周法高先生以為主要元音開、閉的差異；甚至張琨夫婦認為東南方音所表示的是「重紐」字後期的合併。我在第二章第七節已指出，如果僅就一二字

例的取捨由心，而不是大量審查某一方面的全面系統，其結果必然是危險的。不過，學者之間所以會有那麼大的差異，恐怕主要是他們對於同一方言有各自不同的建構，對音值的辨識有各自不同的方向，自然在解說上也就各自為政。即使他們的看法能夠一致，不論是官話系統或東南方音，仍如上述（d）項一般，無法對我們提供比音類更具體的義意。再說，就算我們已掌握到各種方言的確實差異；問題是，漢語有那麼多不同的方言，到底哪一種方言才直接繼承《廣韻》的系統，或者有哪一種方言可能完全保留《廣韻》時代的語音系統？也許東南漢語方言不都是直接來自《廣韻》，《廣韻》的所有內容，東南漢語方言不必都有；東南漢語方言的內容，《廣韻》也未必都能涵蓋。張琨夫婦正是這樣告訴我們的。

至於（h）項，表面上他們有音標記錄，時代上和《廣韻》最接近，保守性較漢語方言強，應該是較具體可以採信的證據了。然而，我們不可忽略對音本身的限制，域外對音不一定是《廣韻》時代的血屬。而且，當一個民族的語音被介紹到另一個民族時，由於遷就該民族自己的發音習慣，會產生曲改音讀的現象；有時甚至改的都認不出來了，甚至連相近的音值都求不到。所以，這些材料也僅能證成「重紐」的現象有別而已。例如最完整而明顯的安南譯音，相對於「重紐」唇音聲母的字，有兩組不同的反映，即一組是唇音、一組是舌音。我們到底無法肯定他們的不同，就是漢語的不同；而且各種對音的材料，並未都表現出平行的現象。

以上，是對於學者們所引述的外證，我們重新給予以估量的結果。附帶的，我們也應該檢討一下，對於「重紐」不予區分的理由。就第二章所提到的，可分成兩部分說明：

章太炎、黃侃一致主張存在於《廣韻》中的「重紐」，在其語言時代是無意義的。其所以會有不同的反切，則主要由於：〔註3〕

廣韻所包兼有古今方國之音，非並時同地得有聲勢二百六種也。

切韻所承聲類、韻集諸書，犖嶽不齊，未定一統故也。

切韻裒集舊切，于音同而切語用字有異，仍其異而不改，而合為一

〔註3〕以下四則引述，皆已見於第二章第一節，這裡不再一一註明出處。

韻，所以表其同音。

至若《韻鏡》、《七音略》於《廣韻》對當處有一致的處理，則基於他們對等韻圖應用主觀演繹的方法，規定其作用在表明古今音變的規模，而有古本韻、今變韻之說。

> 韻圖之例，凡自本部古本韻變來者，例置四等，自他部古本韻變來者，例置三等。

我們可以同意「重紐」現象，很可能是存古的殘餘記錄。但是，最好不要都歸因於古今方國之異。畢竟這是一個過於寬泛、缺乏實證的說法。究竟哪些是因襲舊韻，哪些是兼採方音？何以因襲舊韻與兼採方音，偏偏集中在少數幾個韻的三等字上？他們並不能給我們具體的答覆。至於他們在理論與處理方法的互相矛盾，第二章我們已經說明過了，這裡就不再重提。

至若高本漢之於「重紐」無疑是忽略了。第二章我已指出他沒有從事整個《廣韻》切語系聯的工作，未正面接觸「重紐」，所以認為「重紐」是同音小韻。而對於韻圖，他看到的只是《切韻指南》、《切韻指掌圖》，已然泯滅了《廣韻》的分界。因為基本文獻資料的缺失，便驟認「重紐」四等字是由於後來的變化，失掉三等的特徵之後變入四等。高本漢的說法，若依後來學者的批評，幾乎是兩面不討好。但在他自己的體系中倒沒有什麼大錯，因為他的中古音系是孤立的；若不透過整個漢語史的觀察，「重紐」之是否具有意義也就不重要了。

反面的意見已如上述，這一方面他們的出發點各異，終結的立場僅能視為一種理想。因為都缺乏具體的說明，和大量可以支持的例證。即使我們不重複指稱他們的錯誤和疏忽，無論如何，均不足與正面的意見抗衡。然而支持「重紐」的例證，經過檢討，不用說不能指示「重紐」音值區別的所在。其中除域外對音由於關係較密切，可作「重紐」現象的必要條件——因他們的確顯示了某些差異，而這些差異根據漢語原有的差異而來。其餘便只是能用來證成該現象的充分條件而已。我們都知道，充分條件不具必然的關係，我們只能在確定「重紐」具有不同音讀之後，充分條件才有意義。嚴格的說，不能反過來，認為有了外部的事實，就足以說明「重紐」的現象。本質上，是學者們先預設「重紐」必然應該有的區別，這些外部的事實，才成為「重紐」不為無意義的證明；雖然我們不必即說，所有這些外部事實，都屬不必要、沒有意義。到此為止，

我們至少應該承認，「重紐」的關鍵還在《廣韻》與《韻鏡》、《七音略》上。這不僅是程序問題，而且是態度與原則的正確與否的問題。所以針對這兩項原始素材，予以客觀的了解，恰當的說明，才是我們最基本的工作。

第二節 「重紐」與傳統語音分析的觀念

這一節我們希望對傳統語音分析的觀念，借韻書反切與韻圖結構有所探討，以便接近「重紐」這個現象。

對於《切韻》系韻書和韻圖的種種，不知已費去前人多少論辯。如果我們回顧近代學人的成績，大體上可以歸納成四個方向：

（一）版本考據的工作：最主要的是對於敦煌韻書殘卷，考訂其系統：比較其異同。這個工作證明《廣韻》基本上承襲陸法言《切韻》系統的真象，我們一向以《廣韻》為研究的對象，還是走的正途。此所以本論文雖以《廣韻》為題，而時時即作《切韻》論。另外久流日本的《韻鏡》重回中國，使我們重新認識《韻鏡》、《七音略》的價值。而《守溫韻學殘卷》成了溝通兩種材料的關鍵。

（二）《切韻》音值的構擬：從高本漢參考韻圖的格式，構擬了一套中古音的音值以來，學者屢有修正與新解。「重紐」的論題便是其中之大者。

（三）探討《切韻》的語言背景：從主張《切韻》代表第六、七世紀的長安方言及以《切韻》包容古今方國之音的兩種極端主張，經過長期的討論逐漸調和折衷，得出較為接近事實的結論。即《切韻》的音系是嚴整的，以雅言和讀書音做依據，代表第六、七世紀文學語言的語音系統。〔註4〕

（四）等韻源流、內容及門法的探討：主要是述源。並試圖以音理解釋韻圖的結構。

就這些主流方向看起來，多數偏重對韻書的探討，對韻圖下的功夫淺。並且，我們儘管自始便將韻書作為音韻學研究的主要素材、以韻圖為輔；但對音

〔註4〕參考陳新雄先生〈六十年來之聲韻學〉，收入《六十年來之國學》一書：張琨先生〈論中古音與切韻之關係〉、周法高先生〈二十世紀中國語言學〉，均收入幼獅編《中國語言學論集》一書：另外，有關單篇論文不一一列舉。

理的探討，卻以韻圖爲多，於韻書反倒缺乏。這實在是個很矛盾的現象，結果造成「重紐」的討論，幾乎淪爲以甲證乙，以乙證甲的循環論證。

　　造成這種現象的主要原因，在於缺乏對古人語音分析觀念的了解。我們儘管知道反切是根據雙聲疊韻的原理而來，理想上正常的情況，須切上字與被切字的聲母同一發音部位和方法；切下字與被切字的韻母同一開合、洪細，並將被切字的聲調也視爲韻母的一部份。但是，爲什麼要採用兩個字拼切一個字音的方法，而以聲母韻母爲劃分字音的基本單位？這種方式如何能表達完整獨特的語音系統？對於韻圖，我們知道橫列聲紐、縱分韻類，縱橫交錯處便是一個個字音。並且由於開合、四等的劃分，表示已經能夠把韻母再行分析，甚至我們在構擬音值的時候，爲開合等第作了極精密的區分。然而今人如何區分，未必就是製圖時開合分圖、韻分四等的意義。我們的了解是倒過頭來的，把反切的作用、韻圖的原理，填到我們理想的法則中；沒有考慮到古人創作之初，是否曾經預設什麼作用，或爲結構先下某種定義。因此一碰到「重紐」的現象與理想的法則抵觸時，始而依違難決。終則強爲之別。

　　我們不妨先從韻書看起。反切本爲標記字音之用，從讀若、直音改良而來；個別的反切放在音義之書中，是孤立的，功能並不超過讀若、直音。何以放在韻書中，作用就會有很大的不同呢？其實韻書所以能超越詩文押韻的需要，而進入語言學的領域，就在於將反切之法廣泛的應用於審音，以之類聚同音字群。就《廣韻》而論，一個反切代表一個字音，也表徵被切字及其同音字群的字音。儘管，我們現在說《廣韻》的內容缺乏時代與地域的規範；但是，不論其中的反切是抄自舊有音義之書，或是編製者的新創；不論是根據雅言、讀書音，或是各地方言土語而來，並不妨害各地方的人，就其方音拼讀他所欲知的第三個字音。韻書的反切，基本上，不違背「字音不同，有不同的反切用字」這個起碼的原則。因此一個反切相對於另一個反切，表示兩個不同的字音，而字音是辨義的。僅此而論，「重紐」的兩組反切，同時收錄在韻書中，必然提供相對的辨義作用。我們就不能認爲它們是無意義的。當然我們不排除零星疏漏的可能性，如韻末增加字。但「重紐」業經過濾，不能以例外視之。這是第一點。

　　其次，反切的方法以聲母、韻母作爲分割字音的基本單位時，反切用字就分別代表字音中不同的音位；切上字、切下字則規定音位出現的地位。並且當兩個字拼切一個字音的同時，也做到了音位相配的工作。於是漢語獨具的音位系統，

不創符號，不加說明，便一目瞭然了。固然《廣韻》的反切用字繁瑣而不一致，這是技術性的問題，並不是完全不能克服的難關，等韻圖即可視爲以簡馭繁的聲韻簡表。或如陳澧以來的反切系聯，亦可視爲簡化統一反切用字的理想。系聯反切讓我們看到的是，系聯的結果——並非每個切上字的類任意和切下字的類配合起來，都可以組成一個漢字的字音；因爲漢語聲母、韻母的配合，是嚴格而不可替代的。從這個角度看「重紐」的兩組反切，它們用字不同，表示相對上這兩個字音具有不可互相取代的聲、韻組合。固不待陳澧指出「若有兩切語、聲同韻必不同，韻同聲必不同」，我們已可認定「重紐」的反切，必然由於它們具有某些差異，才將兩組反切同時收錄。到此爲止，「重紐」現象之是否存在，其實並不重要。我們的問題在於，以漢字拼切漢字，本身沒有確定的音值，更不能爲我們指示音值的差異何在。然而這是漢字本身的欠缺，不是反切於音理有所違背。基本上，反切已很忠實的達成任務了。這是第二點。〔註5〕

這裡需要強調，「重紐」是後設的名詞。如同第一章我們所指出的，所謂「重紐」集中於部分三等韻的唇牙喉音之下；切語上字呈彼此分用的趨勢，切語下字亦然；而其中一組近純三等韻，餘一組近純四等韻……。所有我們指陳該現象的特徵，都是將《廣韻》反切對照《韻鏡》、《七音略》的結果。甚至我們之所以能劃清兩類唇牙喉音小韻的界限及內容，也是參考了韻圖的格局。就《廣韻》整體的反切，實無以見其爲特殊；即使經由切語系聯，初亦不謂有小韻重出，「重紐」根本是不存在的東西。然而我們對《廣韻》的了解，自始便不曾脫離韻圖的格局。陸志韋先生批評陳澧《切韻考》，謂「其於宋人等呼之學深致不滿，而實在在入其彀中。」〔註6〕並非過甚之詞。並且自高本漢以韻圖作爲研究《廣韻》的重要依據以來，學人之治《廣韻》者，莫不有意援引韻圖的架構，作爲擬測中古音系的起點。以至分攝討論到按等位以訂音。表面上雖是《廣韻》二百零六韻，骨架則全是韻圖的格局。甚至上古音系的構擬，也由韻圖的格局支撐起來，大有主客互易之勢。面對這個情況，我們看到以《廣韻》反切系聯的結果，套用韻圖的格局，確實相當一致，顯然他們的音類分別

〔註5〕參考董同龢先生《聲母韻母的觀念和現代語音分析的理論》一文，收入《董同龢先生語言學論文選集》，頁341～351。及方師鐸先生《中華新韻庚東兩韻中「ㄨㄥ」「ㄧㄨㄥ」兩韻母的糾葛》之八《反切是超音值的》。

〔註6〕〈證廣韻五十一聲類〉，頁12。

應該是相同的。更不用說我們今天看到的韻圖，都沿用《廣韻》的韻目，且收錄的字音與《廣韻》小韻代表字大體一致。我們有理由相信，韻圖的表格確實提供我們執簡馭繁的途徑，足以正確掌握《廣韻》的反切的內涵。因此研究中古音，我們自不能輕言否認此一對照的結果。這是第三點。

不過，一旦互相對照，我們便應該再仔細審查韻圖，以確定兩者之間有其內部的一致性，而不僅是外觀的吻合。而我們從來不曾予韻圖獨立的尊重，一向忽略了在宗教神化的背後，韻圖的創制者具有什麼語音分析與表達的意圖。倘若我們不去探尋其觀念架構的本源，韻圖又始終只能附儷於《廣韻》的解釋，「重紐」的現象仍然只有單方面的意義。關於這一點，雖然由於材料的缺乏，韻圖的理論淵源與傳承，未易能明。我們仍可依其結構及表現字音的方式得其梗概。

韻圖與韻書最大的不同，在於韻圖把韻書的聲母與韻母再析分出「等、呼」的成分來。我們可以這麼說，韻圖歸併聲類韻類的結果，固然簡化了反切用字，但因減少了單位，需要的說明就較多。這些該作的說明，就是開合口與四等的劃分，代替反切上下字的配合。高本漢說：〔註7〕

> 母跟韻並不是聲母與韻母的意思，因為他們不能就把一個字的讀音
> 全部表示出來，必須看這個字在表裡的地位，才可以看出它整個的
> 音。

就是這個意思。韻圖裡每個字音由固定的地位連鎖起來，離開圖表就沒有意義。則我們對於韻圖內涵的了解，關鍵全在兩呼四等的涵義上；一定有某些語音上的認知，支持這種分類的原則。近代學者的各種說法，可以幫助我們的了解：

（一）江永《音學辨微》認為「一等洪大，二等次大，三四皆細，而四尤細」。但是，又說「辨等之法，須於字母辨之」。陳澧則認為，「等之云者，當主乎韻，不主乎聲」。〔註8〕

（二）董同龢先生在《漢語音韻學》裡說道：〔註9〕

（2）有些字在韻書裡是一個韻，而在此分列兩等，可知等的區分就

〔註7〕《中國音韻學研究》譯本，頁15～16。

〔註8〕陳澧《東塾集》卷三〈等韻通序〉。

〔註9〕《漢語音韻學》，第六章〈等韻圖〉，頁120。

是韻母的區分，不僅是韻的區分；（3）　各類列出的四個字既屬一個大韻類，聲母、聲調又都一樣，那麼它們的差異，即所謂"一等""二等""三等""四等"的不同，就只有在介音或主要元音的微細的方面；（4）"高""觀"……　既同屬"一等"，"交""開"……既同屬"二等"，"嬌""勬"……既同屬"三等"，"澆""涓"……既同屬"四等"，他們在介音與主要元音的微細方面，又應當有相同或相似之處。

（三）王力先生在《漢語音韻》裡講「等呼」時說：〔註10〕

同一個聲母、同一個聲調，在同一個韻圖內可以有四等，如"官關勬涓"、"岸鴈彥硯"等，可見等的差別，不在聲母，也不在聲調，而是在韻母的不同。所謂韻母的不同，是不是指韻頭的不同呢？從前有人這樣設想過，所以他們拿"四呼"來比較"四等"，以為每呼有兩等。這樣我們就講不出一等和二等的分別，三等和四等的分別來。……。因此我們得出初步的結論：在某些韻圖中，四等的分別，不在乎韻頭的不同，而在乎主要元音的不同。

但是，並不是所有的韻圖的"等"，都表示著不同的韻部。例如《七音略》第一圖，平聲一等有公空等字，二等有崇等字，三等有弓窮等字，四等有嵩融等字，而所有這些字都是屬於東韻的。那麼為什麼分為四個等呢？這有兩個原因：第一，由於韻頭的不同，即以東韻而論，一等是「uŋ」，三等是「iuŋ」，第二，由於聲母的不同，莊初床山四母的字照例必須排在四等，精系字必須排在一四等（有韻頭 -i- 的必須排在四等），余母字也必須排在四等。

……。並不是所有的聲母都具備四等，……。在《七音略》和《韻鏡》中，三十六字母不分為三十六行，而是分為二十三行：重唇與輕唇同行，舌頭與舌上同行，齒頭與正齒同行。如上所述，舌頭音（端系）只有一四等，舌上音（知系）只有二三等，正好互相補足；齒頭音（精系）只有一四等，正齒音（照系）只有二三等，也正好

〔註10〕《漢語音韻》，第六章〈等韻〉，頁114～116。又見於中華書局1991重印二版，頁93～95。

互相補足。輕唇音只有三等，而且只出現於合口呼，輕唇音出現的地方，正好沒有重唇音，（因爲這些輕唇音是由重唇音變來的），所以正好互相補足。這樣歸併爲 23 行，並不單純爲了節省篇幅，更重要的是表現了舌頭與舌上之間，重唇與輕唇之間的密切關係，即歷史上的聯系。

（四）羅常培先生的〈《通志・七音略》研究〉則謂：〔註11〕

如以今語釋之，則一二等皆爲無 [i] 介音：故其音 "大"，三四等皆有 [i] 介音，故其音 "細"。同屬 "大" 音，而一等之元音較二等之元音略後略低，故有 "洪大" 與 "次大" 之別。如歌之與麻、咍之與皆、泰之與佳、豪之與肴、寒之與刪、覃之與咸、談之與銜，皆以元音之後 [ɑ] 與前 [a] 而異等。同屬 "細音"，而三等之元音較四等之元音略後略低，故有 "細" 與 "尤細" 之別，如祭之與齊、宵之與蕭、仙之與先、鹽之與添，皆以元音之低 [æ] 高 [e] 而異等。然則四等之洪細指發元音時，口腔共鳴間隙之大小言也。惟同在三等韻中，而正齒音之二三等以聲母之剛柔分（二等爲舌尖後音，三等爲舌面前音）；喻母及唇音、牙音之三四等，以聲母有無附顎作用分（三等有 j，四等無 j）；復以正齒與齒頭不能並列一行，而降精清從心邪於四等，此並由等韻立法未善，而使後人滋惑者也。

以上，學者們指出同等的字音具有某些相同或相似的性質；而等的不同，除介音與主要元音的不同之外。在韻圖的結構上還負擔聲母的不同。至於開口呼與合口呼，雖然討論得不多，似乎普遍有一個默契，認爲開合口之分，即指韻母有無圓唇成分的分別。〔註12〕則兩呼、四等所照顧的成分同爲介音與主要元音的性質。但切下字的系聯，儘量求分的結果，一韻之內最多只能得出四類；而從明清等韻圖併兩呼四等爲四呼，以至於今國語的開齊合撮四呼，均指韻頭介音的有無及性質之不同；並且就現有的方言材料，從韻頭介音的有無及性質之

〔註11〕該文收入《羅常培語言學論文選集》，頁 109。

〔註12〕董同龢先生《漢語音韻學》，頁 157，謂「韻圖上的開與合，和近代現代音廣義的開與合大致是一樣的。關於這一點，現在只要從幾個攝中取開口與合口不同，而聲母相同的字爲例，略舉幾個方言的讀法，就可以證實了。其餘不煩再舉」。

不同,我們找不出有兩呼、四等的分別。那麼問題就來了,如果兩呼四等果然真實存在過,如果韻圖的作者已經知道把韻母的成分進一步再分析,何以表現的方法只把開合口獨立分圖,卻使"等"在聲與韻之間夾纏不清?

這裡不免要拿《廣韻》來作個試驗。《廣韻》把眾多的反切,再分成二百零六個大類,舉平以該上去入,也有六十一類,這六十一類就《韻鏡》、《七音略》的安排看來,分類歸併的標準實不一致。如寒、桓兩韻分屬《韻鏡》二十三、二十四兩圖,是開合口的不同;相對的,刪、先、仙雖區分開合兩個圖,〔註13〕卻不各分成兩韻;又如豪、肴、宵、蕭四韻分居四等,而東韻則又一韻而分屬一、三等。就寒、桓與豪、肴、宵、蕭諸韻看,不可謂韻書的作者,不知道韻母成分的可以再分析;但從刪、先、仙及東韻看來,則韻書又把可以分韻的差異混在一起。而且如果寒、桓依韻圖開合口的不同而分韻,《廣韻》的界限卻顯得不清楚,在《切韻》則根本不分兩韻。為什麼會有這種不一致的現象呢?

合理的解釋可認為,《切韻》(或《廣韻》)的作者群對於整個韻母具有的微細差異,不甚措意。因為韻頭在發音的地位上,不像韻腹、韻尾能夠清晰的分辨出來。另一方面,韻頭的不同,既然不影響詩文押韻,儘可不予再區分。但韻圖就不同了,它是講發音的,韻頭的有無與性質的不同,具有重要的辨義作用,勢必得儘量區分出來。而反切之法固能以不同的切下字,分別一韻中不同的韻母,卻不能表示所以不同的特徵。除了憑聽覺分辨聲音的不同外,古人不像我們現在有音標,又有元音表作輔助工具;圓唇與否尚可因發音的唇形不同看出來,所以還能開合口分圖。〔註14〕至於元音的前後高低,是舌頭的調節作用,外表既看不出任何徵象,自然無法明確的再區分,只能屬於整個韻母的不同,而將每韻下再予分等,儘量把同一性質的韻母放在相同的等上。這個可從切下字系聯的結果得到佐證。根據系聯,每韻切下字系聯儘量求分最多可有四類,同類的字韻圖有相同的等位,一致而不亂,平上去入相承的數韻,等位與韻類也具有相應的關係。顯然各等的韻母確實具有相同的特徵。另外,我們說

〔註13〕按《韻鏡》刪、先收在外轉第二十三開、第二十四合兩圖,仙則分見外轉第二十一開、二十二合、二十三開、二十四合四圖。

〔註14〕唇音聲母的字,受聲母發音部位的影響,不易看出韻母是否圓唇,所以韻圖在碰到唇音字時,往往不能確定是開口還是合口,便是這個道理。

韻圖的結構上，等位同時也用來表示聲母的不同，未必是有意造成等在聲與韻之間夾纏不清。由於並非聲母與韻母任意相配，都能得出一個字音；故聲母的不同，即是字音的不同，未嘗不可作為區分韻母的標準，使專與某些聲母相配的韻母都排在同一等位。就算韻圖在設計上不把三十六字母壓縮成二十三行，「等」在意義上的雙重性質，還是不可避免。除非像注音符號發音表一樣，把所有不同的韻母都標寫出來，而不只是歸併成四大類。

此時再回過頭來看「重紐」，韻圖上呈現同紐、同韻、同呼而分居三、四等。就韻圖看，「等」的不同表示韻母的性質有所不同，或者嚴格一點是字音的不同。縱然韻書與韻圖的作者對這兩組字音的理解不同，它們實有差異則是一致的。這是第四點。

有如反切的困難，韻圖也不能為我們指示諸「重紐」字音，具體的音值有何不同。雖然韻圖是講發音的，甚至我們稱之為「發音練習表」也無不可。只是一旦脫離練習的現場，我們看到的韻表與文字紀錄，只能是一堆僵化的殘骸。如同考古學家面對北京人的頭骨，依現在人類的頭部及面部肌肉的構造，塑造出遠古人類依稀彷彿的形象。我們也只能利用現代方言的知識，對韻圖的音韻結構，模擬種種可能的假設；如果我們在假設之上再加任何假設，其失真的程度就無法估計。所以對韻圖所表現的「重紐」現象，基於前面的討論，我們不能認其無意義。至於意義的所在以及何以形成此一現象的原因，卻無任何具體的指示。我們只有經由相關資料的類比，儘可能指陳該兩組字音的內涵，期能有更深入的了解。

第三節　「重紐」與三等韻及純四等韻

本節主要討論「重紐」類型的問題。講類型必先分類，但分類的意義不在於「重紐」諸韻的舌齒音，應該歸入同韻兩組唇牙喉音的哪一組？我們的目的是希望經由類比的觀察，能儘量指陳「重紐」字的內涵與特質，並適當的說明《廣韻》與《韻鏡》、《七音略》處置它們的理由。雖然，分類最初的根據在於《韻鏡》、《七音略》的分等而居。但我們今天所接觸到的各種徵象，又不僅限於韻圖的格局，有些且已逸出唇牙喉音與三等韻的範圍。這些只要有助於陳述「重紐」的特質，我都儘可能的予以說明。

首先，誠如前面所強調的——《廣韻》有一個反切，韻圖就給予一個等位，不同的反切有不同的等位，代表不同的字音——基於這種形式上普遍的共同認識，單就韻書或韻圖，我們都得認爲「重紐」表示不同音的小韻。但是對於他們的了解，不能就此滿足。尤其當韻圖的設計，具有系統化排比同音字群（即同音小韻）的意識時。我們更不能無視於字音間的連鎖關係。而當我們對照兩種材料，將「重紐」小韻都挑出來，劃分成兩組，首先會遭遇到的困擾，即它們在韻圖的地位，正處於最複雜的三等韻，並且雖然同屬三等韻，其中一組卻置於四等的地位。

本來三等韻所以複雜的原因，在於韻圖的設計固定只有四等，字音的安排卻逸出四等的範圍，而有三等韻字向二等、四等借位的辦法，而且幾乎全集中在三等韻字。如齒音聲母由於多類重疊，使<u>莊</u>系三等字擠向二等、<u>精</u>系三等字擠向四等，或如<u>喻母以</u>類字被排入四等的情形。這些，經過與《廣韻》切語對照之後，大都能印證「門法」的條例，明顯的看出借位的理由；我們也不難在按圖尋字時，予以適當的還原。唯獨「重紐」諸韻向四等借位的唇牙喉音，我們卻不能援例說明。〔註15〕而且，自從陳澧由切上字系聯得到《廣韻》四十聲類以來，陸續還有人經由各種方法，想要求得更精確的數目；即使最多的五十一聲類，也得不出兩套三等的唇牙喉音聲母。我們就不能說該兩組唇牙喉音，實際上也是聲母的不同。〔註16〕那麼如果排在四等的一組，是由於韻母不同於同韻的三等字，爲什麼又說它們也是三等字？我們找不出明顯的理由，可以使韻圖變更原有的格局。若對照切下字系聯的結果，兩組唇牙喉音確實都與同韻舌齒音有關，何以其中一組要排到四等？是什麼原因使韻圖變更反切的關係，以遷就圖中的地位。這些疑點擺在眼前，混淆了韻圖既成的系統；而我們又不能就此打散這套字音系統，否則將變的一無所據。我們唯有根據該兩組字音所接觸的各種徵象，比較其中接近的程度與差異的距離。此時，學者們曾經有過的反複推敲，提出各種內證外證，就

〔註15〕事實上，指示「重紐」現象之「門法」，如《四聲等字》、《切韻指掌圖》均載「辨通廣侷狹例」；《門法玉鑰匙》及《直指玉鑰匙門法》，亦分別有「通廣門」和「侷狹門」。關於等韻門法，第一章曾有簡單的說明。若詳細解說，請參考董同龢先生〈等韻門法通釋〉及謝雲飛先生〈韻圖歸字與等韻門法〉二文。

〔註16〕輕唇音在《廣韻》中可分而不必定分，且「重紐」三等唇音字。後來並不變入輕唇，自不在考慮之列。

能給我們莫大的助益了。

　　由於韻圖中的「重紐」表面上分居三、四等，但經由切上字系聯不出兩套聲母的類，我們姑且認為他們的確是聲母同而韻母不同，就先從韻母方面進行觀察比較。最初董同龢、周法高二位先生認為「重紐」諸韻舌齒音字的韻母實同於同韻四等的唇牙喉音字，理由是「重紐」四等字，多與同韻舌齒音互為切下字。以後學者均沿用此一結論，唯龍宇純先生獨持異議。龍先生站在韻圖的立場說話，以韻圖置於三等的唇牙喉音與舌齒音為一類，四等的唇牙喉音自成一類。並且指出如果將喻母字剔出「重紐」的範圍，就不存在「重紐」四等字多與同韻舌齒音互為切下字的現象。龍先生的說法，於事於理都是很充分的。就韻圖的結構而言，如果採董、周二先生的分法，勢必認為同置三等地位的字音，依聲母的不同，而有兩套韻母。雖然我們不妨認為同一個韻母，出現於唇牙喉音與舌齒音之後會略有不同；但是這種不同，必須限於同一音位的變形。否則不僅切下字系聯所得的韻類將毫無意義，所有三等韻也將無從了解；若類推到一、二、四等韻，則無異全盤推翻韻圖的字音系統，「重紐」也就不再具有討論的意義。所以，我們最好不要將「重紐」諸韻置於三等的字音切割成兩段。至於「重紐」四等字，雖亦屬三等韻的範圍，其韻母的性質，表面上既無法從韻圖看出任何端倪，暫時可存而不論。

　　然後，可以再看看兩組唇牙喉音小韻切下字的關係，及其與舌齒音小韻切下字接觸的實際情形。單就唇牙喉音看，兩組小韻的切下字大體分用不混，偶然有舌上或來紐字作為連繫兩組的中間字。就全韻觀察，三等的唇牙喉音除互相作切下字以外，時與正齒莊系字互切；四等的唇牙喉音除互相作切下字外，時以正齒章系字和齒頭及日紐作切下字。〔註17〕切下字分用，說明兩組唇牙喉音確實可能有不同的性質。不過「重紐」是特殊現象，我們缺乏相對現象的反證，所以只是可以採信而已。何況就全韻觀之，他們所謂切下字各自分用的現象，就不是絕對的。至於分別與舌齒音接觸的現象，王靜如先生推想，可能表示兩組唇牙喉音字之介音有強弱之分；因為正齒音之莊系與章系及齒頭音聲母後的介音，亦有強弱之分。王先生並且以此推想，解釋上古舌齒音通諧的現象。

────────────────

〔註17〕參考附表三，此說王靜如先生首先提出以後，周法高、張琨二先生先後有相同的發現；近人董忠司先生研究顏注《漢書》的反切，亦有相似的結論。

〔註18〕如何解釋是一回事；事實上，一韻之內唇牙喉音之切下字，免不了會和其餘舌齒音接觸，否則即可能有本字作切的怪現象。似乎不宜以簡單的反切理論，來解釋複雜的反切事實。我們只能說，兩組唇牙喉音之與舌齒音接觸，亦呈分界的現象，與他們本身切下字分用不混是一致的。否則若依韻圖的格局為準，我們最好還是尊重韻圖的安排，畢竟重出的部分僅限於唇牙喉音。

至若切上字，則周法高、杜其容二位先生之結論，一致而不容懷疑——上字亦呈分用之勢，偶然以普通三等韻字為連繫的中間字，故可以系聯成一類。此一現象，可認為與切下字之分用是一致的；卻使所謂「重紐」是同紐而韻母不同之說，變的有可能是聲母、韻母都不同。這個矛盾，我們暫且放到後面再繼續討論。

接著，我們可以看看又音又切的情形。又音的現象，黃侃先生已經指出「重紐」小韻中不乏一些兩收字；黃先生並認為，兩收字可以證明「重紐」之兩組切語可以合併為一類。〔註19〕如宵韻有四等"飆"、三等"鑣"二類韻母，鑣類有"趫"作"起囂"切，"喬"下有"趫"字又"去遙"切；而飆類有"蹻"作"去遙"切，但"蹻"下無"趫"字。黃先生認為，此「又"去遙"切」者，即"起囂"切之音也。則可證"飆、鑣"為同類。又其證鹽韻之"懕、淹"二類，謂"懕"作"一鹽"切、"淹"作"央炎"切，但"炎"作"于廉"切、"廉"作"力鹽"切；則「淹、炎、廉」復與「鹽」同類，故知「懕」與「淹」為同類。〔註20〕黃先生依此，將「重紐」之兩切語合併為一者，達20餘類。嚴格的說，後一例不是又音的關係。值得我們注意的是，單就鹽韻本身看，"鹽"作"余廉"切，（喻母以類字）"炎"作"于廉"切（喻母于類字），以聲紐不同分居三、四等，是其韻本相同，則"懕"作"一鹽"切、"淹"作"央炎"

〔註18〕周法高先生亦有近似之推理，說見〈論上古音與切韻音〉一文。

〔註19〕參考附表1-2，「重紐」小韻兩收字表，錄自周法高先生〈廣韻重紐的研究〉。至於近人所引黃侃的言論，由於黃先生本人著述不多，有些話可能引自授課筆記，我們無原書可查。類似的理論，在《黃侃論學雜著》一書中略有所見，尤其是該書頁152。

〔註20〕如果我們回思董同龢先生〈廣韻重紐試釋〉一文，當不忘董先生於鹽韻之是否確具「重紐」，亦採懷疑態度，但看法有所不同。他著重於《廣韻》鹽、嚴二韻系之實際界限無法劃清，有礙鹽韻內容的分析。

切，「厭、淹」的關係爲什麼不能類推，以爲是韻同紐不同呢？至於前者，一字兩收，二音兼存，而沒有辨義作用，我們不能視同破音別義的「破音字」，則他們確實可以是同音反切。然而猶有可考慮者，那些兩收字是否即代表讀音與語音的不同？讀音語音，不同於破音字，在字義上並無不同，只是在此一場合音甲，彼一場合音乙。正如今日的字典，在「柏」下兼收「ㄅㄛˊ」與「ㄅㄞˇ」兩音；在「色」下兼收「ㄙㄜˋ」與「ㄕㄞˇ」兩音的情形一樣。有人把「ㄅㄛˊ（柏）油」說成「ㄅㄞˇ油」；把「顏 ㄙㄜˋ（色）」說成「顏 ㄕㄞˇ」，各行其是，並無一定標準。而兩種不同的發音，在社會上同樣流行，同時存在，看不出有甲音取代乙音，或乙音取代甲音的跡象。則一字兩收、二音兼存，與陸法言編《切韻》之調和「古今通塞、南北是非」的意思正相符合。這類兩收字雖無辨義作用，但確實又有不同的發音。〔註 21〕雖然我們今天對待《廣韻》的又音又切，以其去正切體例之嚴謹甚遠，對其性質尚未有嚴加考校者，似乎不宜輕下斷語；但讀音與語音之別，自有其悠久的歷史與來源，並非今國語才有的現象。則黃先生所舉又音又切的例子，可能即爲兼存語音與讀音之意。則兩收字之又音又切，實有不同之音讀，未必如黃先生說可以合併爲一類。並且，相同的字在不同的小韻中出現，若做此認爲那些小韻的反切都是同音反切的話，則《廣韻》的切語及其內容將變的不可解；整個四聲分韻的系統，就根本毫無意義了。

　　關於又音的另一現象，是李榮先生的《切韻音系》所提出的。他說：〔註 22〕

支脂祭眞仙宵六部幫滂並明見溪群疑曉影十母的重紐字，韻圖分別列在“三等”和“四等”，從又音上可以看出“三等”和“四等”的不同。韻圖上列“三等”的重紐字又音是純三等韻（子類），韻圖上列四等的重紐字又音是純四等韻（齊蕭添先青五部）。

李先生舉了三個字例：<u>薛韻</u>「重紐」三等，“蹶”爲“紀劣”反、又“居月”反，屬純三等韻；<u>仙韻</u>「重紐」四等，“編”爲“卑連”反、又“布千”反，

<hr />

〔註 21〕參考方師鐸先生著《中華新韻「庚」「東」兩韻中「ㄨㄥ」「一ㄨㄥ」兩韻母的糾葛》，頁 54～58〈「庚青」、「東鍾」何以互補〉；及《常用字免錯手冊》，頁 25～30之專論：〈讀音語音何去何從〉二文。

〔註 22〕下引文字已見於第二章第一節之「三」。

屬純四等<u>先</u>韻；<u>薛</u>韻「重紐」四等，"缺"爲"傾雪"反、又"苦穴"反，屬純四等韻。後來我又觀察「重紐」其餘諸韻，也發現類似的情形。可再舉<u>支</u>韻爲例，如「重紐」三等 "奇"爲"渠羈"切，同音字"弜"又"其丈"切，屬<u>養</u>韻三等（李先生所謂三等丑類）；"犧"爲"許羈"切，同音字"絙"又"火元"切，屬純三等<u>元</u>韻；「重紐」四等"卑"爲"府移"切，同音字 "鞞"又"薄迷"切，屬純四等<u>齊</u>韻；"彌"爲"武移"切，同音字"瞇"又"莫結"切，屬純四等<u>屑</u>韻。可見這種現象確乎是存在的，又音反而支持「重紐」有別。前面我們說，又音的性質與體例，到現在尚未有一致肯定的認識；每一又切可能自有其來歷，不必自成系統，也不必與正切同一系統。所以並非每個「重紐」小韻，都有又音又切出現；即使有又音又切，也不必然盡如上述都能呈現「重紐」三、四等有別。但上述現象，亦未可輕易忽視，因爲這種現象，可以得到幾項旁證的支持：

（一）諧聲系統的現象。這一點張琨先生在《古漢語韻母系統與切韻》一書，說的最清楚明白了。在第二章第七節，我曾經以*-n，*-t 韻尾的例子，詳細介紹過。這裡簡單歸納成兩點。

  1. 「重紐」四等字多見與純四等韻字有共同的主諧字。

  2. 「重紐」三等字多見與純三等韻字有共同的主諧字。

從段玉裁利用諧聲偏旁歸納古字的韻部起，諧聲字的聲韻系統一直是我們研究古音與中古音的重要依據。既然「重紐」字的諧聲關係，顯示「重紐」四等字與純四等韻字有相同的諧聲偏旁，「重紐」三等字則與純三等韻字有相同的諧聲偏旁。則又音可能即爲諧聲系統的部分遺留。

（二）高麗譯音有與諧聲字群相似的情形。這一點王靜如、董同龢、張琨三位先生都先後提到過，甚至高本漢的《中國音韻學研究》第四卷之「方言字彙」也呈現相同的現象。即：

  1. 王靜如先生指出，「重紐」四等字與純四等韻字於高麗譯音同具 i 介音，「重紐」三等字的高麗譯音大多均無 i 介音。而董同龢先生則在證明「重紐」四等字與同韻舌齒音字爲一類時，指出高麗譯音於兩類字同具 i 介音；董先生所舉的 "1" 類牙喉音，包括純四等韻字。而二位先生的譯音均來自高本漢的「方言字彙」。〔註23〕

〔註23〕參考附表二。及王靜如先生〈論開合口〉，頁 172～173；董同龢先生〈廣韻重紐試

2. 張琨先生指稱「重紐」四等字，高麗譯音中有與純四等韻的同音異
　義字出現。意思是說，有些「重紐」四等字與純四等韻字的發音是
　相同的。在他所列舉的對照表中，我們還可以看到有些「重紐」三
　等字與純三等韻字也有相同的發音。而兩者大別之，相當於「重紐」
　兩類字爲有 -i- 與無 -i- 之別，正可與董、王二位先生的發現相印
　證。〔註24〕

高麗譯音的時代，較爲接近《廣韻》的時代，而顯示與又音一致的現象；
可見又音具有相當的眞實性，他們可能正是古音不同，後來表現爲方言的差異。

（三）《守溫韻學殘卷》的「四等輕重例」，對照《韻鏡》、《七音略》，可以
　　見出「重紐」三等與純三等韻字同列三等；「重紐」四等與純四等韻
　　字具列四等。〔註25〕

除非我們能找到具體的證據，「四等輕重例」抄襲《韻鏡》、《七音略》；否
則，即使「四等輕重例」不是韻圖的前身，至少得認其爲同時代並行的產物。
則我們是否可以這麼說──《殘卷》的作者根本即視「重紐」三等字爲一般三
等韻；「重紐」四等字爲一般四等韻，並不是韻圖所謂的借位辦法？表示在《殘
卷》的時代與地域方言，「重紐」諸小韻分別有不同的音讀；不同的所在，恰如
一般三等韻與四等韻的差異。

（四）後代韻書對「重紐」小韻的歸併方向，也有相同的表現。即「重紐」
　　三等字多與其它三等韻字合流，四等字多與純四等韻字合流。

這一點董同龢先生曾舉出部分例字，如：據《古今韻會舉要》，支、脂兩韻
四等牙喉音字，多與純四等齊韻字的發音相同；而三等的字則多與純三等微韻
字的發音相同。〔註26〕也就是說，後世語音流變，也支持又音的趨勢。

從諧聲字到末期韻書，時間雖然很長，「重紐」小韻之分別與其它三等韻及
純四等韻接觸的現象，居然能一脈相承，這種現象不僅不容忽視。這種現象，
是否意味著韻圖的分等而居，正表示「重紐」小韻分別各與三等韻及純四等韻，

釋〉，頁 22～23。
〔註24〕參考附表二。及張先生書第二章的圖表 10-13。
〔註25〕參考龍宇純先生〈廣韻重紐音值試論〉，頁 174～176。
〔註26〕詳見〈廣韻重紐試釋〉，頁 23。

具有相同的音韻結構？而韻圖爲了表示這種關係，才將它們分別放置在三等與四等？但由於《廣韻》的正切不具這種現象，所以「門法」又特別指稱他們本來是三等韻字？其實，所謂韻類，本來只限於同韻內切下字的系聯，我們根本不可能從切下字的系聯看出甲韻之某一韻類，同於乙韻之某一韻類。也是由於韻書體例的限制，上述關係，我們只能就正切用字之不同，參考加注的第二個反切，得其大概。無論如何，種種跡象都顯示，《廣韻》與《韻鏡》、《七音略》對「重紐」諸韻的處置，確實有音韻的理由。

最後我們還可自域外對音與近代方言中尋求啓示。第一節我們已經指出，這些旁證大致於「重紐」字尚有不同的讀音；但沒有哪一項旁證，我們有完整的認識；也沒有哪兩項資料表示完全相同的差異，甚至連分併的方向也各自不同。它們所能表達的，僅限於最原始的認識——《廣韻》的「重紐」字，確實可能有發音上的差異。其中，高麗譯音已如前述，相對於《廣韻》「重紐」牙喉音的字，高麗譯音於「三等」字無 -i- 介音、「四等」字則有 -i- 介音，應該是很強烈的暗示。但是唇音字卻付之闕如，而且無從分辨「重紐」三等與其它三等韻、「重紐」四等與純四等韻有沒有分別。不完全符合韻書反切與韻圖的現象。若安南譯音，則現成的材料限於唇音的部分，一般研究多未提及牙喉音是否於「重紐」字有不同的音讀。我曾經檢查黎光蓮的《漢越字音研究》於牙喉音方面，也找不到有與唇音字平行的現象。由於安南譯音的「重紐」唇音字，很一致的「四等」轉變成舌音、「三等」保持雙唇不變，我們倒可以回頭再看看「重紐」小韻，能否從聲母方面找到一些說明。

對於切上字而言，既然《廣韻》切語可以系聯，則切上字勢不能超越同一聲母音位的範圍；所以不能期望突然有個牙喉音字，卻拿舌齒音字作切上字。而屬於唇牙喉音的切上字，我們又得不出兩套三等的聲母。似乎沒有任何理由，把安南譯音的現象和漢語聯想在一起。但是，我們不要忘了，單看「重紐」小韻的反切，它們的切上字大體上也分用不混；因此，至少往這方面考慮，並非完全不可能。我們還可以提出兩個顯然支持這種構想的現象：

（一）近代各種方言，於唇、牙、喉音聲母，常見互相變化。

本來牙音與喉音之分，即爲古人發音部位的誤解。眞正由喉音發聲是很困難的；若使部位稍爲趨前即成舌根音，就與所謂的「牙音」同一發音部位，它

們之間互相變化，止是發音部位的前移或後挪而已。而口腔後部發出的輔音，出氣時加上鼻化是很自然的；或者發音時，喉頭略一放鬆，即容易變成零聲母。所以疑母字今國語全變零聲母，影母與喻母于類字大部分方言中也都沒有聲母，喻母以類字則幾乎所有方言都是零聲母。至於幫系唇音字，在各地方言除分裂成唇齒音"f-／v-"之外，也有讀舌根音"x-"及喉音"h-"的。雖然表面看來，唇音與口腔後部的發音，部位相差那麼遠，似乎不太可能互相變化。其實所謂唇音字只是強調出氣時塞爆的部位而已，唇音聲母很可能是雙唇爆裂，繼之以舌根音或喉音的"ph-"。所以國語可以轉變成"f-"；而閩南語則把"p-"失落了，只剩下"h-"的音。這些方言上的差異，很可以暗示，《廣韻》或較更早的時代，唇、牙、喉音聲母可能有兩套。至少它們的發音部位起先可能不很穩定，後來才漸趨一致。而只有「重紐」部分尚留有殘跡。

　　（二）從《說文》諧聲的時代，就已存在牙喉音與舌齒音的互相變化。

　　《說文》諧聲本有為數不少的牙喉音與舌齒音通諧，最初高本漢認為是由於牙喉音顎化的結果。後來學者多數認為，不能完全用顎化來解釋。如陸志韋先生在《古音說略》中，列出《說文》諧聲喉牙通舌齒約一百三十"聲"的資料。〔註27〕並說：

> 喉牙音的顎化是漢語的普通現象，然而把所有的例子分析一下，就
> 發現顎化的解釋不能完全滿意。沒有介音的喉牙音也跟著古齒音通
> 轉，不但轉照三等，也轉知等，也轉端等。喉牙轉齒的各"聲"裡，
> 有些又同時轉唇，那斷乎不是顎化。〔註28〕

他所舉的例子，除非古喉牙音本來有兩套，否則即無從解釋。這種現象保持到《廣韻》的時代，或即王靜如先生所指出的，「重紐」兩組牙喉音，很明顯的"四等"與齒音諧聲；"三等"與舌音諧聲。而今國語則 k-、kʻ-、x-與 tɕ-、tɕʻ-、ɕ-、ts-、tsʻ-、s-互補、共容並存，且 k-、kʻ-、x-之變讀 tɕ-、tɕʻ-、ɕ-與 ts-、tsʻ-、s-，不限於三等字。

　　當然上古不同的聲母發音，變到《廣韻》的時代，很可以是相同的；即使

〔註27〕頁 289～295「上古聲母的問題」。其中喉牙通舌齒的資料，收入本論文附表六。

〔註28〕同上，頁 296。

有所不同，也可能因為聲、韻、調的互相影響，聲母的不同，變成其他成分的不同。近代各種方言的現象，也可以是後期的演變，未必皆同時並存。由於韻圖的設計，普遍多以等第負擔同母而不同紐的聲母，我們為什麼不能將「重紐」的現象也依此類推，認其為聲母的不同？如此有一個好處，即韻圖的設計縱有缺陷，系統的本身還是完整一致的。雖然果真古有兩套唇牙喉音聲母，它們以什麼形態出現，我們現有的知識是無從知道的。但像複聲母、唇化音、撮唇勢，都不失為可供參考的構想。

綜合以上的討論，針對《廣韻》有不同的反切用字，韻圖則分居三、四等，關於「重紐」字的音韻結構之差異，我們可以再扼要的敘述如下：

不論它們的來源是什麼，到《廣韻》與《韻鏡》、《七音略》的時代，大略可以分從聲母與韻母兩個方向考慮，兩者分別都有理可說，兩者同時並存也未嘗不可。就《廣韻》而言，每韻下小韻的構成，可以有三種組合的方式，即兩小韻聲母不同，韻母相同；若有兩小韻聲母實相同，則為韻同而韻母不同；另一個組合的方式，則為兩小韻聲母不同，韻母也不同。三者並可存在，不獨「重紐」諸韻為然。韻圖的每個單位，也可以如此衡量。如果考慮設計上各種巧為彌縫的安排，三等韻字多因聲母的不同，而有借位的現象，「重紐」小韻果真依此類推，認其表示三等韻有兩套唇牙喉聲紐，並無礙其系統的完整一致。否則因其分居三等與四等，可認為韻圖的製作者，因它們有其共通性，而又分別各具三等與四等的韻母性質，故作此安排，但諸韻在音值上，略不同於三等韻與純四等韻，亦不與整體系統衝突。

不過，儘管我們可以說明，所謂異於平常的處理方式，實際上不與理論相違背；我們仍然無法不考慮，此一特殊現象，他們在音韻結構上有何異於平常之處？何以偏集中在部分三等韻的唇牙喉音中？前面我們已嘗試各種可能的推測，大勢歸趨，似乎都與《廣韻》的內容缺乏時間、地域的規範有關。第二節時，我們已經指出：「古今通塞，南北是非」的協調，沒有什麼必然的理由只出現在少數幾韻的唇牙喉音。而且「重紐」所顯示的模稜兩可，其實正是無法協調的現象，那麼它們還應該另有原因。然而要為「重紐」找尋直接的來源，註定是失敗的，因為湮沒的史實，這或許是無法解決的問題，我們也不想作更多無根的猜疑。

第四節　理想的「重紐」音值構擬

上一節，經由類比的觀察，「重紐」的兩類字確實各具不同的跡象，變化的過程亦各異其趣。我們相信，此一現象最合乎邏輯的解釋，是認其有不同的音韻結構；而且這種差異，至少在《切韻》作者群的觀念中是存在的。因為「重紐」小韻的反切實表不同音讀，我們能在形式之上，得到語音分析理論的根據。這是我們演繹推理的結論。然而當我們循各種跡象，想要尋求致異的音讀所在時，卻有種種可能的解釋，沒有哪一項可以證明其必然為真。尤其我們看到近代多數學者，紛紛為「重紐」構擬的音值，終屬可以成立的假設而已，原無顯然可以證明的根據。主要的原因，在「重紐」原屬於中古音的範圍，而彼時分析音韻的反切，只能告訴我們此一音節不同彼一音節；細微的音素差異，則不是反切所能告訴我們的；即使有韻圖幫助理解，等位究竟是個含糊的名詞。對此，我以為最好保留對音值過於肯定的構擬，而止於分別類型與音類特徵的描述。所以本論文將不對「重紐」字音一一標定音值。

由於多數學者都將擬音作為最終極的目標，同時為了研討古音時便於引述，確實須要有一套具體可資辨識的符號，分別標誌「重紐」字音。我們也不妨就各家假想的解釋和擬音中，找尋一種最適合吾人採用的設計方案。本節所討論的即為將「重紐」的擬音視為理想的概念，而不當作實際的音值時，檢討學者們的各種擬音；從實際應用上的得失及設計上的難易，衡量它們適用的範圍與限制。是否有一種「普遍統一的符號和說明」，可以將「重紐」解釋得清楚些。

一、以主要元音區分「重紐」有實際上的困難

首先，我必須說，蒲立本反對以元音區分「重紐」，以其違背韻書編輯的基本原則，絕對有理論上的正當性。不過，我們現在的立場稍微不同。我們想在韻書的實用功能之上，考慮嚴格意義的「重紐」音韻結構及其音值。

就傳統的觀念而言，以主要元音區分「重紐」，可能比較容易了解。因為對於一字一音節的漢字，以主要元音為中心的韻母，才是成音節的發音成份；加以詩文押韻的需要，我們對字音的認識，自來還都是偏重韻母的，我們對語音的感受，始終是元音占優勢。所以果真能由主要元音，規定一種共同的符號，確實很可以將「重紐」的音類有別解釋的更具體清楚。但是論心理建設時固然如此，一

且需要實際上的設計與應用，我們馬上就會遭遇到不少困難。尤其所謂「普遍統一的元音符號和說明」之設計，幾乎是不可能的。我們的理由有如下幾點：

1. 我們辨識元音有三個幅度，即舌位的高低、前後，及圓唇與不圓唇之分。這三個幅度共同構成元音圖的基礎。比方國際音標，有語音學上所謂的八個「標準元音」：〔註29〕

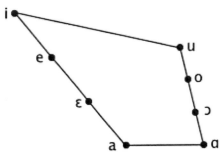

固定在八個點上，拿這八個點作定位的標準，可以描繪出一個梯形平面，分布在這個平面上的許多元音，都可視其與標準元音的位置關係，說明其發音的地位。其中符號之間高與低、前與後、鬆與緊的性質，似乎是很有根據的；其實元音圖所表示的舌位高低、前後，只是大致的規劃，發音的地位是相對比較出來的。所以各種語音系統中，主要元音的數目，雖然固定只是那麼幾個，同一個符號的實際發音，不同語言、甚至個人的發音卻可以很不一樣。即此一點已不符我們的前定標準。

2. 當我們描寫一個完全陌生的方音系統時，如何分割音節，區分音位，必須全憑聽覺與語音的知識測試。元音、輔音的差異還算相當清楚，分別聲、韻母也許比較容易。但對於韻母的再分析就很難說了，一個韻母可能不止包含一個音素，如何適當的再劃分音段，與分別有辨義作用的音素，其中誤差幾乎不可免，而且每個人的結果與誤差的程度，可能都不一樣。這種情形，在近代各種方音系統的描寫上，表現得最為清楚了。就如本論文前引之若干方言材料，同樣是福州方言，王靜如、周法高與張琨三位先生，便各有不同的認識，結果導致對「重紐」完全不同的看法和擬音。對於現存的活語言尚且如此，幾百年前的語言，我們憑一些紙上材料與現代方言的歸納比較，以擬測其語音系統，更不用希望有統一的結果。而只要稍一不同，整個語音系統可能就完全變樣。

3. 目前我們已有的中古音韻母系統，直接或間接均來自高本漢的體系。而

〔註29〕國際音標的八個標準元音，可參考趙元任先生《語言問題》，頁19～22。

這一套韻母系統，我們與其說是中古音的音值系統，倒不如說是《廣韻》韻類之推理音值。又由於《廣韻》是超越時間與地域的韻書，韻目多達三百個。擬測音值時，既要照顧大同，也不能忽略小異，漢語固定有的幾個主要元音，勢必不敷分配，學者們多採取機械式排列組合的辦法，大量構擬結合韻母，結果是形成龐大繁瑣的韻母系統。面對那樣的體系，我們不能不懷疑，一個真實的語音系統，怎麼能夠那麼擾人？大部分的音標，我們簡直無法發音；能夠勉強拼讀出來的，又未必都能讀清楚細微的差異。理解那樣的音標，已是相當大的困擾。此時我們再為「重紐」的關係，改動主要元音的分配，也許勉強符合「重紐」範圍以內的解釋，很可能卻破壞了原有的音系基礎。何況將使本已繁瑣不堪的韻母系統，增加許多不必要的負擔，理解起來勢必更困難，根本談不上有什麼好處了。

　　因此，我以為拿主要元音區別「重紐」，若只是象徵性的作用，原無不可。但設計上將極其費事，實際運用的理解也會很困難。

　　我們不妨看看，主張「重紐」讀音不同在於主要元音者，本國學者有董同龢、周法高兩位先生，國外則有那格爾氏。其中董先生僅於其「重紐」2 類（韻圖置於三等的唇牙喉音），主要元音上加 "ⵦ" 號，作為象徵性分別之用。而周先生則於重紐 A、B 兩類分別擬定不同的主要元音，以為是發音時相對之「開：關」或「鬆：緊」的差異。那格爾氏則據周先生引稱，主要元音配列的方式，和他本人相當接近。然而，如董先生的 "ⵦ" 號，他本人已然無法確定，該記號實際上代表哪些發音的意義。或如周先生與那格爾氏的 ē：ɛ；ä：æ；ě：ě；ɛ：ɛ̌ 之對照，[註30] 倒底有什麼具體的證據，能說前者一定比後者略開？而開與關要達到什麼程度，才能分辨出來，才具有意義，則又更難以掌握了。結果亦只是象徵性的作用。並且「重紐」諸韻這樣一更動，勢必牽連相鄰各韻也要適當更動。個人的體系也許可以不成問題，欲使人人的符號與說明均能一致，就很難辦了。另外張琨先生的「古漢語韻母系統」，對於「重紐」諸韻設計從整個韻母發音地位變化的對立，由動態的演變過程中看出差異。雖然韻母不止是主要元音，且動態的語音變化，與靜態的音值標訂，在意義上是大為不同的。形式上的區分，若將張先生的系統與董周二先生的結論互相參照，同樣止

────────────

〔註30〕上四組音標見《古音中的三等韻兼論古音的寫法》，頁 134。

於象徵性的標識作用；而符號之不同及其說明，則又因人而異。可見主要元音的分配及解釋，是很難要求有一致性的結果。

二、多用介音則得失互見

　　介音是介於聲母與韻母間的過渡成分，專指漢語字音的韻頭而言。範圍雖然非常狹小，卻足以影響聲母的發音部位和方法，也會改變主要元音的音色。因為介音都是舌位高的半元音，當他們存在時，整個音節的發音都會變得遷就它。不僅理論如此，漢語史上到處可見的顎化的影響，如今國語的舌根音 k-、k-、x- 一旦碰到細音時，就變成舌尖音的 tɕ、tɕ'-、ɕ-。又如反切上字，一二四等字是一套，三等字另有一套，一般人也認為是受到介音的影響。我們可以說，漢語語音歷史上的變化，除去改朝換代，不同的方言在不同的時代，取得標準語的地位，造成基礎語言的變動之外；語音本身由繁趨簡，由難趨易的變化，介音一直扮演著重要的角色。所以當我們碰到「重紐」這個既成的現象，又找不到具體可資憑藉的致變之因，將其認為因介音之故，變化於無形，應是極其合理的假設。並且這個假設，又可以得到韻圖等位的支持。可以符合一般人對"等"的理解，的確是此一假設的優點。

　　不過我們最好看看，採用介音區別「重紐」的學者們，他們所設計的那些介音的形態。配合韻圖的開合四等，若根本認為四等韻本無 -i- 介音，如李榮、王靜如、陸志韋先生的主張，只是三等韻因「重紐」而有兩套不同的介音，情況還算比較單純。而 -i- ：-r- 或 -i- ：-j- 的對立，如果加上合口的 -u- 介音，就可同時存在四種不同的介音組合。若襲高本漢的三等韻弱 -i- 介音，四等韻強 -i- 介音；或以三等韻為具有輔音介音 -j-，四等韻為具有元音性介音 -i-，再加上「重紐」四等另有一個 -ji- 介音，已經有三套不同的介音形態，再配合 -u- 的合口介音，則可同時存在的六種介音組合。光是視覺的辨認，恐因組合的形態近似，而生混淆。如果我們再拿半元音的性質來衡量諸設計方案，則根本於音理有違，而無法理解了。我們知道半元音的形成，有三個條件：（1）佔時極短，（2）不能獨立成音節，（3）舌位極高。〔註31〕單就（1）、（2）兩個條件而言，由半元音組成的介音只是一種發音的勢態，馬上得轉到後面的主要元

〔註31〕見方師鐸先生《中華新韻庚、東兩韻中「ㄨㄥ」、「一ㄨㄥ」兩韻母的糾葛》之十〈半元音與高元音的區別〉，頁40。

音上，才眞正發出聲音來；就因這種發音的勢態，導致聲母輔音和韻母的主要元音，都要配合它有所改變，才形成不同的字音而有辨義的作用。如果一個介音由兩個以上的半元音組合而成，如何在瞬間調整發音方式，而不致覺得繞口？如果我們的口腔根本無法形成那種發音方式，再複雜的考慮，我們都無法認其眞有。至於考慮第（3）個條件，限制就又更大了。即使諸設計方案，於區分「重紐」諸韻勉強可行，若置於整個中古音的間架裡，具有諸介音的各韻，雖不見得必定配高前元音，至少配低元音是很不合理的。那麼整個韻母系統，又得大幅度的調整，此時由於《廣韻》內涵的龐雜，勢必無法面面俱到，則徒增困擾而已。並且由於介音的存在，影響聲母與韻母配合的選擇條件，我們是否還得給「重紐」四等字，擬一套新的聲母？

　　所以，結論是：介音的存在的確不容忽視。但是，除非我們對介音的性質，能有更好的解釋；否則人類發音的生理基礎俱在，介音自有其條件、限制，實不能隨意將半元音的排列組合，都認爲是合理的。並且還應該注意，我們現在所能看到的介音對聲、韻母的影響，都是經過變化後，介音消失或變質的狀態。可見，因介音而造成字音的對立，介音本身的對立勢必無法長久存在；結果仍然導致聲母及整個韻母的變化。所謂介音的對立，多數可能並非眞實語音的存在。

三、聲母可能是最中庸的選擇

　　正式採用聲母來辨別「重紐」的學者，雖然幾乎沒有；而各家考據構思的過程中，無不隱隱顯示聲母的考慮確屬可能。前面我們討論「重紐」小韻的類型時，已經很清楚的指陳過了。這裡再扼要簡述，並補充說明如下：

（一）《廣韻》於「重紐」諸小韻，反切上字大略分用不混。切上字是代表聲母的，其分用不混，雖然對整體《廣韻》聲類不起作用，無礙其爲同一音位中不同的變形姿態，而且這種變形的對立，在當時可能，確具辨義作用。

（二）「重紐」字在韻圖中分居三、四等，其中若將"四等"字視同一般三等韻的韻母，而爲聲紐之不同，與韻圖整體系統並不相衝突，卻可以廓清三等韻的內容。

（三）安南譯音於《廣韻》的「重紐」唇音小韻，確實很整齊的一組保持

唇音，一組變成舌音。雖然不見得漢語本來如此，卻不能排除漢語的唇音聲母本來就有兩套的可能性。

（四）近代各漢語方言，唇牙喉音聲母原有互相轉變的事實。就發音的生理現象推論，唇輔音與舌根或喉部的輔音，確實可能具有混融式的發音色彩，介於唇音與牙喉音之間的中性音，現在雖已不可見，中古音時未必沒有，而且可能在聽覺上仍可以分辨出來。

（五）牙喉音與舌齒音相諧的情況，《說文》諧聲的時代即有不少例子。雖然我們對上古音的了解有限，但上古聲母也許不是我們現在所構擬的樣子，則是可以想像得到——例外太多，互相變化的情況也太複雜。到了中古音的時代，雖一變而爲整齊一致的唇舌牙齒喉五大類；但是，從《廣韻聲系》一書的統計結果可以看到，依諧聲偏旁的分布，各聲之間都還可以互相交通。顯然，中古漢語的聲母系統，可能有一些隱藏的現象，不是光從反切系聯可以看出來的。

以上五項，是我們一再提到的一些現象。雖然其間不具必然的相關性，但聲母輔音的流動性，卻還很眞實的反映在現代各漢語方言之間；將它們串聯起來應該有足夠的動機，而不是冒險的聯想而已。另外，就理論而言，使用聲母作爲「重紐」的辨識符號，還有一些顯然的好處：

1. 聲母有固定的發音部位和方法，只要略加說明，就可以清楚的掌握該符號的發音。輔音的變化，有一定的規則可循，變動的範圍也有一定的限制，理解上較少困難。

2. 讓聲母來負擔「重紐」的不同，可免得本已繁雜的韻母系統，加多不必要的修正與改動。

3. 可使中古漢語的聲母系統保持較大的彈性，並且平衡牙喉音與舌齒音之間，很明顯的分化差距。

4. 手法經濟。只要讓唇牙喉音多一套記號，便可以順利的解決「重紐」的困擾，而不用加重中古音系韻母的內容。

換句話說，讓聲母在三等的唇牙喉音多一個（或一套）記號，無論在實用上或設計上，以及人類發音的生理現象上，都能較圓滿的解決我們的問題；更符合所謂「普遍統一的符號和說明」之要求。

　　當然，我們前面也說過，果眞多出一套唇牙喉音的聲母，在已知的漢語史上，我們找不到任何依傍，可以肯定的指出具體的形式；而非漢語的支系及其它各語系，又缺乏強而有力的證明，可以支持中古漢語之複聲母的構擬。

四、餘　論

　　如果在中古聲母的唇牙喉音上，添加一個（或一套）記號，分別「重紐」的問題，似乎就算解決了一大半。那麼尙未解決的是什麼呢？主要元音、介音、聲母輔音，無論採取哪個成分區別「重紐」，最終的結果仍屬可能的猜測，只是形式上的標誌記號。究竟該兩組字音，有些什麼不同的音值，還是我們始終不能了解的。並且說到漢字字音，可供辨義的成分，除了聲母、介音、主要元音以外，尙有韻尾輔音及聲調，也扮演著相當重要的角色。雖然到目前爲止，似乎沒有明顯的跡象，能提供我們構思的線索；但是，並不表示韻尾輔音及聲調與「重紐」字音的分類全不相干。

　　對此，當我一再思索「重紐」的問題時，始終覺得有一個觀念，或許一直都被我們忽略了——即中國人對字音的理解，傳統一直是以整個音節爲基本單位的。高本漢正式把西洋語音學理帶入中國聲韻學的園地以前，縱使我們已能分析字音，我們對於兩個字音的對立，似乎不看重它們有什麼音素間的大同小異。就像所有的國粹一樣，我們以一種直覺而直接的方式，只要認定它們是不同的字音就夠了，未必求知音值的眞象。漢字計量語音的單位，始終一字一音節，我們之理解語言，也是以音節爲單位。一般人的心目中，並不認爲拼切字音的反切上下字要分開來了解。所以變聲疊韻由來已久，反切的道理卻始終是少數學者的專利；等韻圖的知音就又更少了。前人很難懂的東西，我們現在借用西洋語音學的方法，其實又簡明易曉。並且我們現在也有注音符號、國語羅馬字，也能使用其它各式音標，來拼注漢字的字音，因此能將許多聲韻學上的問題解釋的更清楚。在在證明漢語與世界其它語音，有共通的性質，同樣適用一般的語言通則；從漢語方言出發，我們也能從事各種語言比較的學術研究。但是，一般人對字音的理解，並沒有比照拼音字母的方式，將一個音節的每個音素都分開來了解。例如 /feng/（風）之與 /gong/（公），f-e-n-g 籠籠統統的就是「風」的語音，g-o-n-g 籠統的就是「公」的語音；其中不同，一個是「風」、一個是「公」；說話的時候，我們並不理會聲母輔音有什麼不同，韻母的韻頭、

韻腹、韻尾哪裡不同。

　　現在尚且如此，執此以推求古人，應該可以啓示我們，要以什麼方式來看待「重紐」的現象了。所有「重紐」音值的擬測，既非概屬不必要，但執著於音標上的斤斤計較，至少於中國的學問是不合情理的。我們並非要固步自封，阻擾學術的進展。而是我們不能但見其同，卻忽略了漢語獨特的性質；傳統的素材有其獨特的適應性，也許不是拿西洋語言學的外衣一套，就可以一筆抹煞的。

　　因此，觀念的建立，就比擬音更值得重視了。不論我們採用字音的哪個成分來標誌差異，都不能脫離該字音的音節而獨立。換句話說，完整的一個音節，對我們認識漢字字音才有意義。我們之視「重紐」字音，也須以完整的音節看待，分別類型是可以的，至於標誌音值的差異，只是爲引述與理解方便，任何實值的義意，都不免是拘泥於音標的一偏之見。所以「重紐」音值的難以精準構擬，固然不免是一種缺陷；構擬符號的形式，事實上卻沒有任何憑藉。而漢語有其獨特的性質，傳統的素材配合該性質，有獨具的適應性。一般人自亦有其理解字音的方法，若我們一昧在音標上計較，倒反而是遺憾了。

第四章　結束與展望

　　《廣韻》「重紐」與三等韻，已如前三章所述。以下，簡單的提出若干重點作爲結論。主要是把本文寫作的方法與曾經散見前面各章的幾個觀念，集中起來加以系統性的說明。

　　關於「重紐」的字音，多數學者主張音值應該有分別。原則上，本文同意分類的主張，但觀念上小有差異。主要是，我們不同意《廣韻》（或《切韻》）代表第七世紀的長安方言，我們願意將《廣韻》的語言時代，概括的稱爲中古音，以便涵蓋較長的一段時間及廣闊的地域。同一地方的語言，可能在那段期間已有變化；或者同一時期，而各地有不同的方言。所以，我們認爲「重紐」音讀有別，對於擅長分析語音的《切韻》作者群，如陸法言、顏之推應該是可以察覺的；卻不是並時同地，一般人一定都能分辨。我也相信，中國古代的士子，自有一套讀書音，有如《世說新語》記載的「洛生詠」、〔註1〕或現在閩南

〔註1〕《世說新語・雅量篇》：桓公伏甲設饌，廣延朝士，欲誅謝安、王坦之。……謝之寬容，愈表於貌；望階趨席，方作「洛生詠」，諷「浩浩洪流」。桓憚其曠遠，乃趣解兵。劉孝標注：「按宋明帝《文章志》曰：安能作洛下書生詠，而少有鼻疾，語音濁。後名流多效其詠，弗能及。手掩鼻而吟焉」。則所謂「洛生詠」或稱「洛下書生詠」。蓋洛陽者，歷東周，後漢、魏、西晉故都，文物蔚盛，四國是則。南渡以後，中原人士保其北人音容，以與南方吳音競美，蓋藉相矜持也。

語尚有的「孔子白」一樣。〔註2〕一種雜揉古今方國之音的所謂雅言，腔調不必都很明顯一致，可能受發音人方音習慣的左右，而又不同於任何一種方言的語音系統。基於這個理由，我們不認為將《廣韻》的全部內容標音是很合於實際的；只有當研究討論的方便時，才有其實用的意義。而「重紐」只是《廣韻》中的一小部分，當然也比較適合分類而不適合標音了。這是本文不採用音值的第一個原因。

其次，我們不認為《廣韻》的內容是完整的語音系統，我們只承認那是部分的語音實錄，只代表字音的體系，而字音始終是一個一個單獨的音節，當他們單獨出現時，不能表現實際發音時的一些"連音變化"，表現實際語音音值的功能，勢必大打折扣。這是本文於「重紐」小韻只作類的區別，而不標音的第二個理由。

漢字的特性之一，既以音節作為計量語音的單位，一個字就是一個完整的音節。現在我們也能分析語音的音素、分割音段，但是這種能力從漢字表面上是看不出來的。因此所謂以兩個字拼切一個字音的反切，事實上切上字多出一個韻母，切下字多出一個聲母，這兩個多餘的成分夾雜其中，必然使反切形成某種程度的誤差。固然誤差經由系聯的程序可以減低，但不能完全消除。既然方塊字的特性如此，反切本無所謂音值的觀念，又有誤差存在，自然不宜訂音，而只能分類。這是本文於「重紐」小韻只分音類的第三個原因。

至於分類的結果，詳見附表一。大體上因為別無所據，我們願意採信《韻鏡》、《七音略》在審音的作用上，可以解釋《廣韻》的說法。所以「重紐」小韻的分類，即依韻圖三、四等的不同分成兩組。韻圖不清楚的地方，學者們也已經參考其它資料，有過校勘修正；一兩個字的大同小異，已非絕對需要爭論了。同時對於「重紐」諸韻的舌齒音，在類屬上與「重紐」三等字歸為一類，理由已見第三章第三節。這是沒有辦法的辦法，為顧全韻圖系統的下策。事實上諸韻的舌齒音，很可以既不同於"三等"的唇牙喉音，也不同於"四等"的

〔註2〕所謂「孔子白」，一般指的就是「讀書音（或稱「文讀音」）。閩南語至今尚遺師徒相傳、吟讀古詩文的舊觀，一般人不易了解。不過歌仔戲的唱辭與對白，在腔調上大不相同。即因唱腔用讀書音，不是閩人亦大半能猜得著辭意；而對白則用的是各人方音（白話音）。不通閩語的聽眾，可能就聽不懂了。

唇牙喉音。此視我們對"同一性質的韻母"作何解釋。觀念上，若同一性質韻母的字音類中允許有分音差異的存在，舌齒音類就不必然和同韻唇牙喉音類聯成一類，不獨「重紐」諸韻爲然。

若兩類字特具的性質，本文以古今音變爲推理的基礎，於「重紐」字音的沿革，說明各種跡象及變化的可能解釋。由於兩組字音的古今沿革裡，至今仍存在某些可見的分野，不僅是書面的文獻紀錄，也存在實際方言有別；並且音理上也具有可以區分的特質，這些都可以強化「重紐」字音確具分類的理由。雖然我們也用了一節來討論，音韻性質只是合理的概念，使其符號化以便於研究討論之區分辨別而已。即使如此，我們仍然不予個別標音。本文另有附表二至六，爲各家擬音對照表，及有關各方面表現「重紐」字音有別的統計資料，供作閱讀的參考，同時可作音類特質較具體的說明。

一、本文的層次與方法

基於宇宙乃一無窮的因果事件之前提，每生一果必有一因；並且乙事件既爲丙事件之因，復可爲甲事件之果。由此觀之，《廣韻》三等韻的「重紐」現象，必有導致該現象的原因。找出原因，並證其爲眞，即爲本文的重心。因爲在擬具假設式之前，我們須對此一現象有基本的認識，所以第一章釋題，開宗明義便是認識「重紐」的工作。我們交代了構成問題的兩個基本現象，並說明問題被發現與受重視的經過，這個工作可以減低擬具假設式的失敗率。從此出發，我們才能貫串前人討論的成果，並衡量他們的成就。

由於「重紐」現象早爲近代學人所重視，並曾熱烈的討論過，若能對各家的研究深入比較異同，有一番確實的了解，讓前人的成績帶領我們，逐步接近問題的核心，可以省去許多盲目的摸索。因此第二章即分別介紹各學者的討論。我們發覺學者們分別提供了種種可能的假想、解釋，不同的角度、不同的水平及不同的動機，詮釋因此而異。主張「重紐」字音應當分類的學者，分別提供了各種內證、外證的解析；大半並提出他們理想的結論，而以標訂音值爲最終極的目標。這些都可以提示我們極爲豐富的參考價值。我們認爲，「重紐」現象之觀察與深入的剖析，及獲得結論前的構思過程，比結論的本身更值得好好體會。第二章我們用最多的篇幅，寫作的主要精神，便是在發掘與體會前人如何思索這個問題的經過。所以一開始，我們便提出三個衡量的標準：

1、對史實考察的程度與途徑。

2、所持的觀念及處理的態度與方法。

3、有若干尚待商榷的疑問。

經由上三項標準，將前人所有的論著一再的過濾，我們不得不懷疑，對於這個問題，過去究竟曾經有多少貢獻？

我們發覺，堅持「重紐」不予分類的學者，固然論據薄弱而漏洞百出；即使同意予以分類的學者，分類的工作在等韻圖的時代已經完成的差不多了，學者們卻不曾小心的求證——分類是由於音讀不同的假設是否為真，就在假設上再作假設；方法上顯然已是一種缺陷，失真的程度不可以道里計。換言之，如果我們承認「重紐」這個問題，可以經由客觀的邏輯推理，獲得某種程度上的解答，學者們是失敗了。我們不妨重新分析致敗的前因後果。

「重紐」的兩個基本現象，分別來自《廣韻》反切，與《韻鏡》、《七音略》的等位。而我們對於韻書與韻圖所有的認識，包括等韻門法的了解，大半來自信用權威。因為語言是歷史性的產物，歲月流逝，古跡湮沒，古人顯然可見的時地現場，我們已不復可循；倘若將已被公認的舊說，一概廢棄不用，不僅於古史資料將損失不貲，有關漢語史的任何研究將變的一無憑藉。故即使沒有充分的證明，非有充分反證，我們仍得暫時採用那些傳統的文獻資料。即使我們明知文獻必然存在相當的誤差，卻只能在儘量減低誤差的干擾下，依表面現象來認識問題。否則挑起漏洞來，「重紐」簡直可以不予理會。但是我們必須堅持，信用權威的使用，只限於長久被共同接受的舊說。

然則，支脂真諄祭仙宵侵鹽諸韻之唇牙喉音各具兩組對立的小韻，各有不同的反切，分居韻圖三、四等而同屬三等韻類的範圍，是我們已知的。在這個前提之下，對此既成現象，學者們很一致的承認不是無意識的安排（即使章太炎、黃侃也認其有意存古）。那麼，是什麼原因導致這種有意識的安排？這樣的安排在《廣韻》的時代，要表現哪些語言意識？多數學者傾向於探尋「重紐」問題所表現的語言意義，此時意見便開始分歧了。主要是以《廣韻》的語言時代為基準，對問題所反映的語言時代，不能有一致的見解，就已經暴露了破綻。因為無論各家見解如何，大多數只能言之成理，而不能真正持之有故。更嚴重的是，他們都同樣的忽略了問題的另一面，是什麼原因導致

這種有意識的安排？而我們覺得這個問題，與「重紐」所表現的語言意義是一體的兩面，應該受到同等的重視。我們不容許片面的切割問題的因果關係。我們認爲，對於社會、人文科學的問題，無形的觀念意識的探索，有時要比有形的、物理可見因素來的重要。

由於問題的另一面一直受到忽視，尋求「重紐」所表現的語言意義時，不論正反兩面的意見，他們對所持的假想解釋，都未經充足的證明，即肯定其必然爲眞。而持正面意見的學者，復就其所提具的假想解釋——「重紐」小韻必然是具有不同的音韻結構，所以韻書中有不同的反切用字、韻圖則分居不同的等位——要求找尋音韻結構不同的所在。因此紛紛假設音值的不同，或爲主要元音，或爲介音、或爲聲母的差異。然後到處搜羅可以滿足假想音值的旁證。「音值不同」的假設，雖經學者多方搜尋例證，每一例證都被視爲足以指示該假設爲眞。經我們仔細揭露的眞象，則所有的證據，多數僅是充分條件，用以說明「『重紐』字音有別」假設的適用性而已，都不能證明「音值不同」假設之爲眞。有些且可能變成反證，如張琨先生所列舉的東南方音即是。

至此我們已然可以發現，整個問題的所有討論，方向上一直是偏差的。偏差的理由在於學者們研究此一問題時，並非就「重紐」論「重紐」，而是著眼於掃除建構中古音的障礙。因爲，「重紐」這個問題所顯示的特殊情況，高本漢以來，一直是圓滿建構中古音的一大困擾。尤其當擬測中古音系時，「重紐」的出現，總是使音值系統，不能符合不同音類有不同音標的原則。因此如何處理這個困擾，成爲討論的重心，反而忽略了問題本身的了解。當然「重紐」的問題，不應該脫離漢語的大範圍，討論的最終目的，還是需要與整個漢語史取得緊密的聯繫。但是如果「重紐」本身的了解不完全，解決的不夠徹底，就談不上最後的理想。

針對此一方向的偏差，第三章提出的對策是，指陳學者們的缺漏之後，扣緊現象的本身，重新檢討其複雜矛盾的本質。第三章首先就韻書反切與韻圖等位所反映之語音分析的觀念，使用演繹的方法，由普遍的原因推論個別之事件，以證明「重紐」小韻確實表示字音的不同。因此，「重紐」小韻實具不同音讀之假設，最適合解釋該現象的存在。同時古人已具有分析語音的觀念，分辨語音的能力，即部分補充說明「重紐」爲有意識安排的導因。然後再由「重紐」的

兩組字音，各具不同的徵象，串連漢語的歷史變化，歸納以類比推論其內涵特質。這個工作有兩層作用，其一是希望能更直接、更肯定的加強說明，彼時的語言學者於「重紐」字音，究竟有何一致的理解，才作出有意識的安排。為什麼他們要採取將「重紐」字音劃成兩類的處理方式？我們覺得孤立但集中的「重紐」現象，不應該是突然蹦出來的。我們必須假設，他們還有更早期的來源。也就是說，整個對策的設計方案，乃基於我認為「重紐」現象應有如下的因果關係：

因為早期即具「重紐」小韻分讀的現象——中古時期實有不同的音讀，而彼時學者已具分析語音，辨別不同音讀的能力；故韻書對不同的字音，給予不同的反切，韻圖分置不同的等位；然而時隔事易，有些文字紀錄，我們已不復能完全理解，故名之為「重紐」。

而整個再檢討的過程，都在這個因果關係的設計中，尋求其適當的解釋。

二、不能解決的問題

固然學者們之於「重紐」問題的討論，由於方向的偏差，沒有獲得全面一致的結論；只是在處理中古音時，片面得出人各不同的解決方案。我們經過調整以後，仍得借重他們的論證，充實我們的研究面。畢竟人各不同的矛盾，實有助於問題的愈辯愈明。而且我們也發現，導致「重紐」的一連串因果事件之中，還有些不能解決的困擾。而那些困擾一日不能排除，我們的討論就永無圓滿一致的定論。困擾的不能解決，並非由於基本假設的錯誤；是文獻不足徵之故。導致為「重紐」找尋更早期的來源，是失敗的；想要找出當時「重紐」音讀不同的所在，同樣也宣告失敗。

固然「重紐」的現象，經由演繹法的推論，能證明它們在邏輯的概念上，並不異於尋常；卻無益於理解「重紐」現象，也不能援用處理中古音的一般程序建構音讀。因為一經同樣的處理程序，反而使它們變的複雜而難解，陷入可否之間而游移不定。而所謂處理中古音的一般程序，是指欲印證廣韻之區分「重紐」音類、分別部居，可以藉著系聯韻書切語、對照韻圖的等位、並參考近代方言材料的方式。經由這種程序處理，中古音系應該可以較為單純而易於了解。但是「重紐」所以不同平常，正是它們超越一般的處理規範，並且所有的例外全集中於部分三等韻的唇牙喉音中。而我們相信，語言的變

化，任何分合的現象，都不可能會突然的出現。「重紐」的特異徵象，還應有其致成的前因，這些促使我們希望找尋「重紐」的早期來源。但到現階段為止，仍然是個無法解答的謎。

主要的理由是，漢語的歷史紀錄，一直到《切韻》的時代，才有成系統的、比較完整的語音實錄。我們所能看到的，也只有陸法言《切韻》一系相傳的材料。再往上推，僅有的詩文用韻及諧聲字通諧假借的現象，又只有透過中古音的了解，才有語音上的價值。因此，我們不能期望中古音無法解決的困難，可以從更早的文獻材料上獲得完整的解答。雖然我們相信，人類語言是一種複雜的有機現象，除了語音的實錄之外，還可以牽涉到整個人類活動的歷史。對漢語而言，我們應該還能自上古文化史中，找尋部分可能的啓示。然而這方面的努力，我寧願採取保留的態度，不僅由於年代久遠，史實湮沒；也因為針對上古文化史，已有的認識也還是不夠的。無根的猜測，顯然無益於事實。因此我們只能放棄從古今音變中，為「重紐」找尋具體肯定的地位之企圖。而限於在最原始能與語音實錄發生聯繫的範圍內，從事此一問題的研究。我們必須回歸《廣韻》與《韻鏡》、《七音略》的材料，尋找並定位「重紐」字音分類的根據。而把前於《廣韻》（或《切韻》）的蛛絲馬跡，作為必要時的旁證。

另一個不能解決的問題，是「重紐」字的音值當如何標寫？這個問題，顯然是當代人才有的困擾。本來「重紐」小韻對立的地位既經肯定，字音的不同就是辨義的作用；當我們考訂中古的語音系統時，原則上「重紐」字音是必須分類的。等韻圖的創製者，早就以審音的方法這麼做了，並且依照韻圖的間架，給予「重紐」字音不同的安置。我們看到的，只是結論而已，而且是缺乏語音呈現的。後來陳澧又由考古的方法，依切語系聯的結果，重新又做了一次分類。考古的結果與韻圖的審音，小有出入；但大體是文獻傳寫與校勘的問題，而不是方法上的錯誤。近代學者由於有些新發現的材料，可以說已補證的相當完全了。事實上，「考古的方法」如其尚有一二疏漏，於研究工作已不可能是重要的干擾。重要的是，推求兩類字音劃類的音理根據及其音韻結構的說明，應該是審音的工作。純就語音學的興趣而言，審音有時要比考古重要，至少兩類字音的劃類之因，只能考古而不知審音，還是不能徹底明白的。所以近代學者的工作，多半落在審音的研究上。不幸，最終的結果竟與原初的理想不很符合。

原因在於我們常常高估了審音的功能。我們說韻圖是審音的，固然不錯，但我們看不到審音的過程，留下來的只是一些文字紀錄和圖表。清儒也頗有審音之能事，但缺乏適當的工作，文字的表達終歸是語焉不詳。所以我們對中古韻書的了解，還是只能要求音類的說明。越到近代，我們學會了使用國際音標，有專門紀錄語音的符號，符號與符號之間的關係也有一致的規則，「重紐」的內容，除了原有文獻材料，能從（1）等韻門法的審音、（2）韻圖組織的音理審音之外，加多一項（3）由古今漢語沿革的審音。而漢語到了近代，各地方言經由學人調查紀錄，大都以描寫音值、歸納系統音位的方式呈現。這些方言的音值描寫、音位系統，應該有助於研究工作的推進。因為「重紐」的劃類，及兩類字音的內容，與音值同異有最大的關係；方言如果可以提供「重紐」音值的假設，確實可以使問題解釋的更清楚，並可由此論變、探源。第三章三、四兩節，便是這方面的討論，本無所謂能否解決。無如我們常常忘記音值只是一種假設，訂音的目是是為了研究上的方便，而不是研究的最終目的。並且審音的工作只能對分類的說明起作用，卻不能使我們正訂文獻紀錄的音值。

這是文獻上先天不足。關於漢語與漢字間無法協調的差距，在於中國文字雖已由形意符進化為音符；而所謂音符者，別無拼音字母，祇以固有之意符字借來比擬聲音。漢字的字形一旦固定，語音的變化從字面上就看不出來。又不僅反切用字，即使韻圖等位，現在看來都是不能講音值的。守著韻圖三、四等的不同，聲稱「重紐」字音的不同在於介音的差異；其實不僅三、四等的分別是否就是介音的分別，我們無從知道；就算是介音吧，介音有什麼不同，我們也根本無法確定。守著反切下字不能完全能系聯、切語大致分用不混，聲稱「重紐」的字音或為聲或為韻的音值不同。事實上，不論切上字或切下字，完完整整是一個音節，音節是漢語書寫計量語音的最小單位；究竟一個音節裡還包含多少音素，並不是漢字所能勝任的。那麼去古已遠的我們，有什麼憑藉能替古人寫真？畫幾個音標就說是古音的真實音值呢？我們為什麼不能面對現實，就講音類為止？

三、強調兩個基本觀念

「重紐」這個問題，雖然已經有許多學者的研究討論，他們都是近代知名的大家，每個人都有獨到的見解和結論。雖然，我不以為問題已經完全解決了。

然而經過一再的努力，成績也不能邁越前人。既然本來就不會有圓滿的答案，本文還能表現什麼呢？

　　一開始我便表示，不堅持問題已經解決。事實上我所能做的，只是嘗試從不同的角度，觀察每一個可能的詮釋。或者可以這麼說，從頭到尾，我一直在提問題、尋找可能的答案。我指出構成「重紐」討論的各種小問題，期望能循邏輯的方法推求合理的解答。我堅持一個原則：除非有充足的證據，否則不作肯定的結論。同時也以這個原則，衡量學人所作的各種結論。這些就是本文的全部。

　　最後，我還是要重複強調兩個基本觀念：

　　1、語言學應該是一門科學，我們既然把「重紐」的問題，放到語言學的範圍裡來研究，就表示可以循客觀的邏輯法則，使問題得到某種程度的解決。那麼我們就應該嚴格的要求，推論的過程必須審慎合理，任何假設都必須有充足的證明；不容許唯心的循環論證夾雜其中，寧可保留過於肯定的結論，也不作無根的猜測。

　　2、中國傳統的典籍，確實有些是不能以現代科學的方法處理。這種性質，面對近代科技文明，當然是某種缺憾。對於古代漢語的研究尤其如此，音標有音標的好處與方便，但是傳統的材料既不是代入音標，就能取得充分的詮釋，我們就不應該執著非音標不為功的偏見。因此對於「重紐」這個問題，甚至整個中古音的間架，我們寧可放棄音標上的斤斤計較，而儘力去描述音韻的結構型態，作為分類的說明與依據。這麼做，無損於漢學或國學的學術尊嚴。

四、結　語

　　用了這麼多程序，費去幾萬字的篇幅，其結果不過如此，似乎有點不成比例。但不經過這些功夫，不惟不足以服人，自己也談不上有什麼自信與心得。事實上，當初決定作這個題目的時候，自己尚在茫昧的狀態之中；憑著大學部聲韻學的一知半解，才能勉強看懂前人的著作；卻不見得能判斷是非正誤。經過一年課堂上的專題討論，多方面搜集相關的材料，並加強基本常識的理解；終於有些心得，能夠自己講幾句話，才開始著手寫作。其中多次易稿，每多一點證據，便改變自己的判斷，甚至推翻原定的寫作綱要。每有所得，即很興奮的想要寫下來；但高興之餘，又要防它中途出岔，或者再一細想，也許根本就

是個錯誤的構思。戰戰兢兢的，總算可以告一段落了。雖然問題並未解決，處理的結果也不夠完善；許多被接觸到的跡象，都沒有能力深入探討。但是，我已經找到自己的路，期望日後能繼續研究充實。

附　錄

附表一　「重紐」小韻及其同音字群

韻目	聲紐	等位	反切	同　音　字　群										
支開	幫	三	彼爲	陂	詖	碑	羆	髲	鑼	羇	鑒	籠	襬	藊
		四	府移	卑	鵯	椑	萆	裨	鞞	顐	庳	渒	錍	崥
	滂	三	敷羈	鈹	帔	鮍	披	畷	秖	狓	狋	旇	秛	殏
		四	匹支	跛										
	並	三	符羈	皮	疲	郫	罷	椑	襬					
		四	符支	陴 埤 郫	鞞 鴄	焷 紕	睥	鼙	埤	裨	蜱	蟲	蠯	椑
	明	三	靡爲	糜	縻	麛	劈	蘼	糯	縻	醾			
		四	武移	彌 采	弥 甖	鸍 瓕	彌 禰	寀 瀰	祟	瞇	瓕	獼	籬	麊
	群	三	渠羈	奇	琦	騎	鵸	弮	魌	碕	蚑	秖	錡	
		四	巨支	祇 穀 㕱	示 衹	祇 衹	岐 芪	歧 汥	邧 跂	馶 魠	疧 蚔	蚑 秖	忯 勵	趈 伎 鼓
	曉	三	許羈	犧 虗	義 獩	焁 嚱	稀 舼	巇 歔	羛 墟	戲 隵	瀻	曦	攨	蠵
		四	香支	詑	焁									

· 123 ·

韻	聲	等	反切・字									
支合	見	三	居爲	嬀	潙							
		四	居隋	規	䙥	槻	槻	撌	鬶	摧		
	溪	三	去爲	虧								
		四	去隨	闚	窺							
	曉	三	許爲	麾	摩	嗎	撝	䰞	隭			
		四	許規	陸	墮	隳	睳	觿	睢	巂	鑴	蠵
紙開	幫	三	甫委	彼	睥	柀	佊	攦				
		四	并弭	俾	鞞	鞭	箄	鶸	髀	蓽	埤	捭	崥
	滂	三	匹靡	破	紴	披						
		四	匹婢	諀	庀	疕	仳	訛	吡			
	並	三	皮彼	被	罷							
		四	便俾	婢	庳							
	明	三	文彼	靡	躨	䍦	骳	䲘	癃	藦		
		四	綿婢	渳	弭	瀰	瀰	芉	敉	侎	葞	蛘	闖	怋
	見	三	居綺	掎	剞	庋	掎	踦	殈	敧		
		四	居紙	枳								
	溪	三	墟彼	綺	崎	碕	敧	䧢	觭	猗		
		四	丘弭	企	跂							
紙合	溪	三	去委	跪	㲲							
		四	丘弭	跬	頍	頍	蹞					
寘開	幫	三	彼義	賁	佊	詖	貱	陂	跛	籠		
		四	卑義	臂								
	滂	三	披義	帔	秛	襬						
		四	匹賜	譬	㡀							
	並	三	平義	髲	被	鞁	鮍	旇	髮			
		四	毗義	避								
	見	三	居義	寄	觭	徛						
		四	居企	馶	躣							
	溪	三	卿義	徛	掎							
		四	去智	企	跂	䟗	技	蚑	吱			
	影	三	於義	倚	輢	陭						
		四	於賜	縊	殪	螠						

韻	母	等	反切	字
寘合	見	三	詭僞	賵　垝　攱　妓　庪
		四	規恚	瞡
	影	三	於僞	餧　萎　羛　矮
		四	於避	恚　娡
	曉	三	況僞	毀
		四	呼恚	孈
脂開	並	三	符悲	邳　鉟　鵄　伾　魾　頿
		四	房脂	毗　毞　比　琵　榌　芘　沘　貔　犵　膍　肶　蚍　枇　蠶　仳　眦　魾　鈚　薜　罷　阰　蠶　鵄
	滂	三	敷悲	丕　秠　伾　秠　頯　駓　怌　額　狉　髬　魾　鉟
		四	匹夷	紕　妣　綼　諀　悜　怬
脂合	群	三	渠追	逵　夔　騤　馗　戣　鐶　騤　夔　躨　脵　艽　躈　僷　集　頯　歸　夔　弅　頄
		四	渠追	葵　郒　揆　鮷　悸　䠥　鶏　蝰
旨開	幫	三	方美	鄙　嵒　姼　痞
		四	卑覆	匕　妣　秕　比　祕　沘　枇　朼　疕　髀
	並	三	符鄙	否　痞　圮　㕰　殍　牝　醅　歧
		四	扶履	牝
旨合	見	三	居洧	軌　簋　朹　晷　厬　漸　宄　甌　匦　頯　氿　衜
		四	居誄	癸　湀
	群	三	暨軌	郖
		四	求癸	揆　楑　悸　嫢　湀
至開	幫	三	兵媚	祕　毖　閟　轡　祕　鉍　泌　鄪　費　眇　軷　邲　柴　柴　嫛
		四	必至	痹　畀　庇　庳　祕　比
	滂	三	匹備	濞　嚊　膍　癏　潷　淠
		四	匹寐	屁　糪
	並	三	平秘	備　俻　莆　葡　奰　奰　膹　糒　犕　紴　轛　獙　贔　楅　彌　耛　牖
		四	毗至	鼻　比　枇　痺　坒　襣　祕　顡　膍　芘
	明	三	明秘	郿　媚　魅　㝱　簀　嚜　籄　媚　娓
		四	彌二	寐　媚

韻	聲	等	反切	字
	溪	三	去冀	器
	溪	四	詰利	棄 弃 結 昌 盤
至合	見	三	俱位	媿 愧 聭 謉 騩 磈
	見	四	居悸	季 瞡
	群	三	求位	匱 蕢 臾 饋 餽 繢 櫃 槓 匵 簣 鞼
	群	四	其季	悸 倏 猤 痿 癛
	曉	三	許位	豷 燹
	曉	四	火季	血
眞諄開	幫	三	府巾	彬 斌 份 汾 豳 邠 汃 霦 瑞 眥 攽 彪 砏
	幫	四	必鄰	賓 賓 濱 檳 觀 頻 儐 鑌 矉 繽
	滂	三	普巾	砏 彪
	滂	四	匹賓	繽 翻 覵 憤 闚
	並	三	符巾	貧 穷
	並	四	符眞	頻 蘋 薲 嬪 顠 玭 蠙 獱 矉 嚬 顰 顰 矉
	明	三	武巾	珉 岷 罠 閩 緡 頤 笢 旻 旼 癏 閩 汶 捪 忞 旼 睧 緍 鵾 銡
	明	四	彌鄰	民 閩 暝 泯 怋
	群	三	巨巾	種 櫂 菫 墐 鈴
	群	四	渠人	趣
眞諄合	見	三	居筠	麏 麋 麕 頵 莙 沟
	見	四	居匀	均 鈞 袀 沟
軫準開	明	三	眉殞	愍 慜 憫 閔 敏 敃 潤 簡 慈 拏 繯 繁 啓 寵
	明	四	武盡	泯 敠 笢 黽 澠 傄 跟 刡 輀 腸
震稕開	溪	三	去刃	菣 趣 臤
	溪	四	羌印	螼
質術開	幫	三	鄙密	筆 滭 鉍 柲 泌 撆 咇 瑾 蹕
	幫	四	卑吉	必 畢 篳 蓽 韠 趩 理 蹕 潷 戢 鷝 鸄 泌 澤 煏 嬅 彈 樺 繹 鮅 饆 鏵 芈 嶧 鞸 褌 畢
	並	三	房密	弼 弥 弪 弼 稊 怭 肺 邲 邲 咇
	並	四	毗必	邲 比 柲 祕 苾 軼 咇 鮅 駜 坒 飶 綼 鮅 佖 泌 酚 蜌 吡 欼 咇 妼

	明	三	美筆	密 峚 蔤 宓 滵 沕 樒 㫘 鷵 𥉈
		四	彌畢	蜜 蠠 謐 醠 榓 𥁑 宓 𣳚 䁇
	見	三	居乙	暨
		四	居質	吉 趌 狤 拮 䟄 郆 洁 𢻹
	影	三	於筆	乙 鳦 𡔷
		四	於悉	一 弌 壹
	曉	三	羲乙	肸
		四	許吉	欯 𣢾 咭 恄 佶
祭	疑	三	牛例	劓
		四	魚祭	藝 埶 蓺 寱 𢤣 囈 槸 褹
仙合	影	三	於權	嬛 澴
		四	於緣	娟 嬛 悁 蜎 𡶴 澴 嬛
獮開	幫	三	方免	辡 䁵 𨶒 鴘
		四	方緬	褊 辧
	並	三	符蹇	辯 𧫷 辡 辨 諞
		四	符善	楩 𢠽 諞 扁
	明	三	亡辨	免 娩 勉 俛 鮸 挽 冕 絻
		四	彌兗	緬 沔 汅 湎 愐 黽 𩊄 偭 勔 㡢
獮合	群	三	渠篆	圈 蔨 䒡
		四	狂兗	蜎
線開	並	三	皮變	卞 拚 抃 弁 覍 汴 𤡋 閞 昪 匥 𦬔 笲 玣 忭 𩑈
		四	婢面	便
線合	見	三	居倦	眷 睠 捲 劵 弮 卷 桊 帣 𥸤 牶 𢍏 𡏰 養 䖭 𡘊 勬
		四	吉掾	絹 狷 鄄 𣓨 䚈
薛開	幫	三	方別	𥬔 𧩑 莂 扒 別
		四	并列	鷩 鼈 虌 鱉 𡐤 憋 䳤
薛合	影	三	乙劣	噦
		四	於悅	妜
宵	幫	三	甫嬌	鑣 𧤬 臕 儦 瀌 穮 藨
		四	甫遙	飆 標 猋 杓 瘭 幖 熛 𠠗 𧼘 蔈 驫 𦢊 𣄴 𥌎 彯

	明	三	武瀌	苗 描 緢 貓 猫
	明	四	彌遙	蜱 玅 篻 䴢 鵬
	溪	三	起嬌	趫 嶠 橇 轎
	溪	四	去遙	蹻 繑 趬 蹺 頝 窯
	群	三	巨嬌	喬 橋 趫 僑 蹻 鐈 鷮 崤 馨 轎 嬌 蕎 蟜 蹻 獢 盉
	群	四	渠遙	翹 荍 藔 嘵 翻 𧥣
	影	三	於喬	妖 祅 枖 訞 夭
	影	四	於宵	要 腰 葽 喓 𧝹 禕 邀 鷕 蟯
小	幫	三	陂矯	表 裱 襮 㯡
	幫	四	方小	褾 縹 標 嘌
	滂	三	滂表	麃
	滂	四	敷沼	縹 醥 爣 顠 皫 篻 瞟 膘
	並	三	平表	藨 莩 殍 苻 受 脥 貔
	並	四	苻少	摽 攍 鰾 慓 顠 麃 腰 茮
	影	三	於兆	夭 殀 芺 仸
	影	四	於小	闄
笑	明	三	眉召	廟 庿
	明	四	彌笑	妙 玅 篍
	群	三	渠廟	嶠 轎
	群	四	巨要	翹
侵	影	三	於金	音 陰 陪 瘖 霒 暗 暗 醅
	影	四	挹淫	愔 馨
緝	影	三	於汲	邑 悒 唈 裛 浥 邑 䅩 葾
	影	四	伊入	揖 挹
鹽	群	三	巨淹	箝 鉗 岒 鉆 黚 拑 黔 鹹 鵮 雒 鍼 鈐
	群	四	巨鹽	鍼
	影	三	央炎	淹 奄 崦 醃 郺 閹
	影	四	一鹽	懕 猒 魘 嬰 俺 稽 嬐
琰	溪	三	丘檢	頰 嵰
	溪	四	謙琰	脥

	影	三	衣儉	奄　霮　郇　掩　闟　掩　揜　裺　晻　渰　弇 婝　腌　崦　㫃
		四	於琰	黶　襜　黡　厭　魘　黶　厴　裺
豔	影	三	於驗	愴　俺
		四	於豔	厭　愴　猒　魘　婜
葉	影	三	於輒	敆　裛　腌　紬
		四	於葉	魘　厴　醫　婜　旃　厭　楸

附表一之二

本表錄自周法高先生〈廣韻重紐的研究〉一文，頁 7～8，以示《廣韻》中有一字而收入兩組「重紐」小韻的情形。其中或有校對的失誤，例如《廣韻》似未收「辿」，及徹並不是重紐聲類之一。但是，周先生也許有別的考慮，故我並不予改動（又可參考附表二之二，4. 仙，獮，線，薛韻之說明）。

支開	曉	許羈切（17）	炊	炊欥，貪者欥食貌。
		香支切（2）	炊	炊欥，乞人見食貌。
	群	渠羈切（10）	碕	曲岸，又巨支切。（周祖謨云："案本韻巨支切下無碕字。切二及王二作又巨機反，是也。碕字又見微韻，渠希切下"。）
		渠羈反（6＋5）	岐	山名，又名巨支反。
		巨支反（10＋9）	岐	山名，又渠羈反（據王二）
	精	即移切（16）	觜	觜星，爾雅曰：娵觜之口，營室東壁也，又遵諫切。
		姊宜切（6）	觜	星名，（周祖謨校云："姊宜切，切二，切三，王一，王二，均作姊規反"。）
	滂	敷羈切（12）	破	器破而未離，又皮美切。
		匹支切（1）	破	器破也，匹支切，一。
	並	符羈切（6）	椑	木下交貌，又符支切。
		符支切（15）	椑	木枝下也。
之	溪	去其切（11）	抾	挹也，又丘之切。
		丘之切（1）	抾	挹也，丘之切，一。
眞開	影	於眞切（2）	駰	白馬黑陰，又於巾切。
		於巾切（3）	駰	馬陰淺黑色，又音因。
軫開	明	眉殞切（14）	轙	車軨兔下革也。
		武盡切（10）	輨	車軨兔下軛也。
	周祖謨云："輨，段改作轙云：「即說文之轙，車伏兔下革也」。案轙字從夒，夒即古昏字；故轙作輨，集韻轙輨一字"。			
質開	明	彌畢切（9）	宓	安也，默也，寧也，止也。
		美畢切（10）	宓	埤蒼云：秘宓又音謐。
		彌畢切（9）	瞡	瞡瞡，不測也（周祖謨云："瞡王一作瞡，集韻同"）。
		美畢切（10）	瞡	瞡瞡，不可測量也。

仙開	徹	丑延反（4）	辿	緩步，又丑連反。止
		丑連反（1）	辿	丑連反，緩步，一（據王一）。
仙合	影	於緣切（7）	嬽	娥眉。說文曰：好也。
		於權切（2）	嬽	娥眉貌，於權切，二。
		於緣切（7）	灁	水深。
		於權切（2）	灁	水深貌。
	日	而緣反（3）	褕	促衣縫。
		人全反（1）	褖	人全反，衣縫。（切三褖作褕）（據王一）
獮開	並	符蹇切（5）	諞	巧佞言也，又符沔切。
		符善切（4）	諞	巧言。
小	邦	方小反（3）	表	方小反，外，又方矯反，三。
		方矯反（1）	表	方矯反，上書一。（據王一）
	並	平表反	受	又符小反，亦作受夭物落。（據王一）
陌合	影	乙白切（1）	𩣡	佩刀飾。
		一虢切（5）	𩣡	刀飾，把中皮也。
豔	影	於豔切（5）	愔	快也，又於驗切。
		於豔切（2）	愔	快也，於驗切，亦作俺二。

附表二　其他音義之書的「重紐」

　　本表主要根據周祖謨〈陳澧切韻考辨誤〉，加入周法高〈玄應反切考〉、及董忠司 1978「《漢書》音義」的部分資料。出版修訂，刪去原稿中無對立切語的空白。唯仍有些切語似乎並不確實，無法一一刪削、校正。如「蜱」在《萬象名義》切語作「毗口」之例是。

韻目	例字 聲紐	等位	反切	經典釋文	博雅音	萬象名義	小徐韻譜	大徐說文音	玄應音義	顏注漢書
支開	幫	三	陂：彼爲	彼宜，彼皮		彼皮	被爲	被爲		彼奇，彼皮
		四	卑：府移	必彌，音婢		補支	府移	補移	比移，毗移	頻移
	滂	三	鈹：敷羈	普皮	音「披」	普皮	敷羈	敷羈		
		四	跛：匹支			匹之				
	並	三	皮：符羈			蒲奇	符羈	符羈		
		四	陴：符支	婢支		避支	符支	符支	父支	頻移
	明	三	麋：靡爲	亡皮		糜：亡皮	靡爲	靡爲		
		四	彌：武移	面支		亡支			亡支	
	群	三	奇：渠羈	紀宜，居宜		竭知	渠羈	渠羈	巨宜，渠宜	居宜
		四	祇：巨支	巨支，祇支，旨夷		渠支	巨支	巨支	渠支	
支合	見	三	嬀：居爲	居危，九危		詭爲	居僞	居爲		
		四	規：居隋	紀睡		癸支	居隨	嫢：居隨		
	溪	三	虧：去爲	曲爲，丟危，即隨		去爲	去爲	去爲		
		四	闚：去隨	苦規	窺：苦垂	丘規	去陸	去嫢		
	曉	三	麾：許爲	許爲，毀危，毀皮		呼爲	許爲	許爲		許爲
		四	隓：許規	許規	許規	許規	翾規	許規		火規
紙開	幫	三	彼：甫委			補靡	補委	補委		
		四	俾：并弭	必彌，甫婢，必以		比彌	并弭	并弭	補爾，比爾	必爾

韻	聲	等	字(反切)							
	滂	三	殍:匹麤			孚彼				丕蟻,普彼
		四	諀:匹婢		匹爾	匹爾			匹爾,疋爾	
	並	三	被:皮彼	（皮寄）		皮彼	皮彼	（平義）		皮彼,疲彼
		四	婢:便俾			避弭	便俾	便俾		
	明	三	靡:文彼	亡彼,亡皮			文彼	文彼		
		四	渳:綿婢	亡婢,面爾,彌氏		亡爾	名俾	綿婢	密爾,彌爾	亡俾,莫爾
	見	三	掎:居綺							居蟻
		四	枳:居紙						居爾,居紙	
真開	幫	三	賁:彼義	彼義	彼寄	彼寄	彼義	彼義		彼義
		四	臂:卑義			補豉	卑義	卑義		
	溪	三	觭:卿義			居義				
		四	企:去智	丘豉,跂:丘豉	跂:去豉	去豉	去智	去智		
	影	三	倚:於義	於綺,於蟻	於綺			於綺		於義
		四	縊:於賜	一臂,一賜		於豉	於賜	於賜		
	影	三	餧:於僞	於僞,奴罪	奴罪	奴猥	於僞	（奴罪）		於僞
		四	恚:於避	於季,一瑞		於睡	於避	於避		
	曉	三	毀:況僞	況僞		麾詭				
		四	孈:呼恚			尤爾,尤卦	山垂	式吹		
脂開	並	三	邳:符悲	被悲,皮悲		蒲悲	符悲	敷悲		
		四	毗:房脂	房脂	邲夷	裨時	房脂	房脂		
	滂	三	丕:敷悲	普悲			敷悲	敷悲		
		四	紕:匹夷	匹毗	布寐,扶規,符夷	扶規	匹夷	（卑履）		
脂合	群	三	逵:渠追	求追,求龜		奇龜	渠追	渠追		鉅龜
		四	葵:渠追	求維,其維		渠惟	渠追	渠惟		

韻	聲	等								
旨開	幫	三	鄙:方美			補鮪	方美	兵美		
		四	匕:卑覆	必履,必以		俾以	卑履	畢履		疕履
	並	三	否:符鄙	皮鄙		蒲鄙	符鄙	（方久）		皮鄙
		四	牝:扶履	扶死		稗死		毗忍		
旨合	見	三	軌:居洧	龜美,媿美		該鮪	居洧	居洧		
		四	癸:居詠			吉揆	居累	居誄		
	群	三	郞:曁軌			渠詭				
		四	揆:求癸	葵癸,長癸	具癸,聚惟	渠癸	求癸	求癸		
至開	幫	三	祕:兵媚			鄙冀	兵媚	兵媚		
		四	痹:必至	方二	庇:必利,彼備	俾利	痹:必至	痹:必至		必寐
	並	三	備:平祕			皮祕	平祕	平祕		
		四	鼻:毗至			毗至	毗至	八二		頻寐
	明	三	郿:明祕	亡悲,亡冀		眉冀	（武悲）	（武悲）		
		四	寐:彌二	莫利,面利		弭異	蜜二	蜜二		
	溪	三	器:去冀			袪冀	去冀	去冀		
		四	棄:詰利	丘異		企至	詰利	詰利		
至合	見	三	媿:俱位	九位,俱位		居位	俱位	俱位		
		四	季:居悸			枳悸	居悸	居悸		
	群	三	匱:求位	求位,其位	巨位	渠愧	求位	求位		
		四	悸:其季	其季		渠季	其季	其季		葵季
眞諄開	幫	三	彬:府巾						悲貧,悲巾	
		四	賓:必鄰						必人,比人	
	明	三	珉:武巾						忙巾	
		四	民:彌鄰						彌忍,彌賓	

韻	聲	等								
獮開	並	三	辯:符蹇	皮勉		皮勉	符蹇	符蹇		
		四	梗:符善	婢善，鼻綿，婢衍		鼻綿				
獮合	群	三	圈:渠篆	求阮		瞿免		渠篆		
		四	蜎:狂兗	巨兗，狂兗	烏泫		狂兗	狂沇		
線合	見	三	眷:居倦	俱倦		古媛		居倦		
		四	絹:吉掾	古犬		居掾		吉掾		
宵	幫	三	鑣:甫嬌	表驕，彼苗	不祅	彼驕	甫嬌	補嬌		彼驕
		四	飇:甫遙	猋:必遙	必昭	卑姚	必搖	甫遙		必遙
	明	三	苗:武瀌			靡驕	武瀌	武瀌		
		四	蜱:彌遙			毗口				
	溪	三	趬:起囂		去遙	綺驕		去囂		
		四	蹻:去遙	巨天，其略	巨略	渠略		居勺		丘昭
	群	三	喬:巨嬌	其驕	音「橋」	居橋	巨驕	巨嬌		鉅驕
		四	翹:渠遙	祁遙		祇燒	渠搖	渠遙		
	影	三	妖:於喬	於驕	倚嬌，莯:於苗	莯:於驕	莯:於喬			於驕
		四	要:於霄	於宵，一遙		於燒	於宵	於消		一遙
小	並	三	藨:平表	蒲苗，皮表	布苗	白交	平表	平表		皮表
		四	摽:符少	符小，婢小	孚蕘;怖交	孚蕘	符少	符少		
侵	影	三	音:於金							於金
		四	愔:挹淫							一尋
鹽	群	三	箝:巨淹	鉗:巨炎	鉗:奇炎	渠廉	巨淹	巨淹		其炎
		四	鍼:巨鹽	其廉		之諶		（職深）		
	影	三	淹:央炎	英鉗		於炎	英廉	英廉		
		四	厭:一鹽	於艷，於占	一占	於詹	於閹	於鹽		

附表二之二

　　本表錄自周法高先生〈廣韻重紐的研究〉一文，頁 35～42。表示《廣韻》及若干《切韻》殘卷，諸韻「重紐」切語下字與同韻舌齒音及喻_四系聯的情況。

1、支、紙、寘韻

支韻開口：廣韻，切韻分二類，和重紐相應。

　　廣韻：A 類　知（陟離），離（呂支），支（章移），移（弋支）。

　　　　　B 類　宜（魚羈），奇（渠羈），羈（居宜）。

　　王二：A 類　知（陟移），移（弋支），支（章移），離（呂移）。

　　　　　B 類　宜（魚羈），奇（渠羈），羈（居宜）。

支韻合口：廣韻，切韻有重紐，下字系聯爲一類。

　　廣韻：規（居隋），隋隨（旬爲），危（魚爲），垂（是爲），爲（遠支）。

　　王二：規（居隨），隨（旬爲），危（魚爲），（垂）（是爲），爲（遠支）。

紙韻開口：廣韻，切韻分二類，廣韻和重紐相應。

　　廣韻：A 類　紙帋（諸氏），此（雌氏），侈（尺氏），爾（兒氏），豸（池爾），氏是（承紙）。

　　　　　B 類　倚（於綺），綺（墟彼）。

　　切三：A 類　紙（諸氏），氏（承紙），尔（兒氏）。

　　　　　B 類　倚（於綺），綺（墟彼）。

紙韻合口：

　　廣韻：捶（之累），累（力委），詭（遇委），毀（許委），髓（息委），委（於詭），彼（甫委），靡（文彼）。

　　切三：捶（之累），累（力委），詭（居委），毀（許委），髓（息委），委（於詭），彼（甫委），靡（文彼）。

另外唇音成一類，開口的重紐"企（丘弭）"，合口的重紐"跬（丘弭）"，都拿牠作切語下字。

　　廣韻：婢（便俾），俾（并弭），弭（綿婢）。

　　切三：婢（便俾），俾（卑弭），弭（民婢）。

寘韻開口：廣韻，切韻有重紐，下字系聯爲一類。

廣韻：企（去智），智（知義），義（宜寄），賜（斯義），跂（是義）。

　　王二：智（知義），義（宜寄），寄（居義），賜（斯義），跂（是義）。

寘韻合口：廣韻，切韻分二類，和重紐相應。

　　廣韻：1 類　累（良僞），僞（危睡），睡瑞（是僞）。

　　　　　2 類　恚（於避），避（毗義）。

　　王二：1 類　睡瑞（是僞），僞（危賜）。

　　　　　2 類　恚（於避），避（婢義）。

2、脂、旨、至韻

脂韻開口：廣韻，切韻無重紐，下字為一類。

　　廣韻：飢飢（居夷），夷（以脂），脂（旨夷），私（息脂），資（即夷），
　　　　　尼（女夷）。

　　王二：夷（以脂），脂（旨夷），私（息脂），伊（於脂），肌（居脂），
　　　　　尼（女脂）。

脂韻合口：廣韻，切韻有重紐

　　廣韻：綏（息遺），遺維（以追），追（陟隹），隹（職追）。

　　王二：綏（息遺），遺維惟（以隹），隹（職追），追（陟隹）。

唇音自成一類：合口喻云紐“帷”（洧悲）”拿牠作切語下字。

　　廣韻：悲（府眉），眉（武悲）。

　　王二：悲（府眉），眉（武悲）。

旨韻開口：廣韻下字分二類，和照章紐的重紐不相應，切韻無重紐，下字為一
類。

　　廣韻：几（居履），履（力几），雉（直几），姊（將几）；矢（武規），
　　　　　視（承矢）。

　　切三：几（居履），履（力几），雉（直几），姊（將几），旨（職雉），
　　　　　視（承旨）。

旨韻合口：廣韻、切韻有重紐，下字為一類。

　　廣韻：癸（居誄），誄壘（力軌），水（式軌），軌（居洧），洧（榮美），
　　　　　美（無鄙），鄙（方美）。

　　切三：癸（居誄），誄蠢（力宄），水（式宄），宄軌（居洧），洧（榮美），

美（無鄙），鄙（方美）。

至韻開口：廣韻，切韻有重紐，下字成一類。

> 廣韻：自（疾二），寐（彌二），二（而至），至（脂利），四（息利），
> 冀（几利），器（去冀），利（力至）。

> 王二：二（而至），至（旨利），四（息利），冀（几利），器（去冀），
> 利（力至），鼻（毗志）。

至韻合口：廣韻，切韻下字分三類，合併成二類，和重紐相應。

> 廣韻：A 類　萃（秦醉），醉（將遂），遂（徐醉），類（力遂）；
> 　　　　　季（居悸），悸（其季）。

> 　　　B 類　位（于愧），愧（俱位）。

> 王二：A 類　萃（疾醉），醉（將遂），遂（徐醉），類淚（力遂）；
> 　　　　　季（癸悸），悸（其季）。

> 　　　B 類　愧（癸位），位（洧冀）。

唇音成一類：

> 廣韻：備（平秘），秘（兵媚），媚（明秘）。

> 王二：備（平秘），秘（鄙媚），媚（美秘）。

3、真諄、軫準，震稕，質術韻

眞韻開口：廣韻下字分二類，與重紐相應。切三有重紐，下字成一類。

> 廣韻：A 類　鄰（力珍），珍（陟鄰），人（如鄰），眞（側鄰），賓（必鄰）。
> 　　　B 類　巾（居銀），銀（語巾）。

> 切三：鄰（力珍），珍（陟鄰），人（如鄰），眞（職鄰），賓（必鄰），巾
> 　　　（居鄰）。

廣韻眞韻合口，和諄韻下字成一類，有重紐；切韻不分眞諄，下字成一類，無重紐。

> 廣韻諄韻：勻（羊倫），倫綸（力迍），迍（陟倫），脣（食倫），遵（將倫）
> 　　　　　旬（詳遵）。

> 　　　眞韻：筠（爲贇），贇（於倫）。

> 切三眞韻：均（居春），春（昌脣），脣（食倫），倫（力屯），屯（陟倫），
> 　　　　　純（常倫），遵（將倫），旬（詳遵），荀（相倫）。

軫韻開口：廣韻，切韻成一類，無重紐。

廣韻軫韻合口和準韻下字成二類。切韻不分軫準，軫韻合口成二類。

　　　廣韻準韻：準（之尹），尹允（余準）。

　　　　　軫韻：殞（于敏），敏（眉殞）。

　　　切三：A 類　准（之尹），尹允（余准）。

　　　　　　　B 類　殞（于閔），閔（眉殞）。

震韻開口：廣韻，切韻成一類。切韻無重紐，廣韻有，是後來增加的。

廣韻震韻合口和稕韻下字成一類，無重紐，切韻不分震稕，震韻合口成一類。

質韻開口：切韻分三類，合併成二類。廣韻下字成一類，假使根據切韻，把“密，美畢切”改作“美筆切”，就分二類，和重紐相應。

　　　廣韻：A 類　一（於悉），悉（息七），七（親吉），必畢（卑吉），吉（居
　　　　　　　　　　質），質（之日），日（人質），栗（力質），叱（昌栗）。

　　　　　　B 類　乙（於筆），筆（鄙密），密（美筆）。

　　　切三：A 類　一（憶質），質（之日），日（人質），栗（力質），吉（居質），
　　　　　　　　　　必（卑吉），悉（思七），七（親悉），

　　　　　　B 類　乙（於筆），筆（鄙密），密（美筆）。

廣韻質韻合口和術韻，下字成一類，無重紐。切韻不分質術，質韻合口成一類。

4、仙、獮、線、薛韻

仙韻開口：廣韻、切韻分二類。廣韻無重紐，切三，王一，徹紐有重紐，“脠”、“扟”，”扟”近韻末，恐係增加字。

　　　廣韻：A 類　仙（相然），然（如延），延（以然），連（力延）。

　　　　　　B 類　焉（於乾），乾（渠馬）。

　　　切三：A 類　仙（相然），然（如延），延（以然），連（力延）。

　　　　　　B 類　焉（於乾），乾（渠焉）。

仙韻合口：廣韻、切韻分二類，有重紐。切三，王一，日紐有“壖”，“褙”為重紐，“褙”在韻末，恐系增加字。廣韻合併成一紐。

　　　廣韻：A 類　緣（與專），尊（職緣），泉全（疾緣），宣（須緣），川（昌
　　　　　　　　　　緣）。

　　　　　　B 類　權（巨員），員團（王權）。

切三：A類　緣（與專），尊（職緣），泉（聚緣），宜（須緣），川（昌緣）。
　　　　B類　權（巨員），員（王權）。

彌韻開口：廣韻、切韻有重紐，切語下字系聯成一類。

廣韻：免（亡辨），辨（符蹇），蹇（九輦），輦（力展），展（知演），
　　　演（以淺），淺（七演），翦（即淺），善（常演）。

切三：免（亡辨），辨（符蹇），蹇（居輦），輦（力演），展（知演），
　　　演（以淺），踐（即演），淺（七演），善（常演）。

彌韻合口：廣韻、切韻有重紐，下字成一類。

廣韻：篆（持兗），緬（彌兗）、兗（以轉），轉（陟兗）。

切三：篆（治兗），緬（無兗），兗（以轉），轉（陟兗）。

線韻開口：廣韻、切韻切語下字成三類，合併成二類。

廣韻：A類　箭（子賤），賤（才線），線（私箭），碾（女箭），面（彌箭）；
　　　　　　扇（式戰），戰（之膳），膳（時戰）。
　　　　B類　彥（魚變），變（彼眷）。

王二：A類　箭（子賤），賤（在線），線（私箭）；
　　　　　　扇（式戰），戰（之膳），膳（市戰）。
　　　　B類　彥（魚變），變（彼眷）。

線韻合口：廣韻切語下字成二類，切韻成三類，和重紐相應。

廣韻：A類　釧（尺絹），絹（吉掾），掾（以絹）。
　　　　B類　囀（知戀），戀（力卷），卷眷（居倦），倦（渠卷）。

王二：A類　釧（尺絹），絹（古掾），掾（以絹）；
　　　　　　選（息便）。
　　　　B類　囀（知戀），戀（力卷），卷眷（居倦），倦（渠卷）。

薛韻開口：廣韻，切韻有重紐，下字成一類。

廣韻：列（良薛），薛（私列），竭（渠利），滅（亡列），熱（如列），
　　　別（皮列）。

切三：列（呂薛），薛（私列），竭（渠利），熱（如列），別（憑列），
　　　滅（亡別）。

薛韻合口：廣韻，切韻下字成二類，廣韻有重紐。

廣韻：A 類　悅（弋雪），雪（相絕），絕（情雪）。

　　　　B 類　爇（如劣），劣（力輟），輟（陟劣）。

切三：A 類　悅（口雪），雪（相絕），絕（情雪）。

　　　　B 類　劣（力惙），惙（陟劣）。

5、宵、小、笑韻

宵韻：廣韻成三類，合成二類，和重紐相應。切三下字成一類，假使"喬，巨朝反"，據廣韻改爲"巨嬌反"，就分二類，和重紐相應了。

廣韻：A 類　遙（餘昭），昭招（止遙）；

　　　　　　焦（即消），消霄宵（相邀），邀（於霄）。

　　　　B 類　儦（甫嬌），囂（許嬌），嬌（舉喬），喬（巨嬌）。

切三：A 類　遙（餘招），招昭（止遙），焦（即遙），宵（相焦），朝（知遙）。

　　　　B 類　儦（甫喬），驕（舉喬），鼷（詩），喬（巨朝）。

小韻：廣韻，切韻切語下字成二類，和重紐不盡相應，分配也大不相同。

廣韻：1 類　少（書沼），沼（之少）。

　　　　2 類　表（陂矯），矯（居夭），夭（於兆），兆（治小），小（私兆）。

切三：1 類　兆（治小），小（私兆）。

　　　　2 類　沼（之少），少（書沼），紹（市沼），矯（居沼），表（方矯）。

笑韻：廣韻切語下字成二類和重紐相應。切韻成一類，有重紐。

廣韻：1 類　要（於笑），笑肖（私妙），妙（彌笑）。

　　　　2 類　廟（眉召），召（直照），照（之少），少（失照）。

王二：笑肖（私妙），妙（彌召），召（持笑），照（之笑），廟（眉召），誚（才笑）。

6、侵、寢、沁、緝韻

侵韻：廣韻、切韻切語下字成三類，合併成二類，和重紐相應。

廣韻：A 類　心（息林），任（如林），林（力尋），尋（徐林）；

　　　　　　淫（餘針），針（職深），深（式針）。

　　　　B 類　簪（側吟），吟（魚金），金今（居吟）。

王二：A 類　心（息林），林（力尋），尋（徐林）；

淫（余針），針（職深），深（式針）。

　　　B類　簪（側今），今（居音），音（於今）。

寢韻：廣韻、切韻無重紐，切語下字成二類。

　　廣韻：A類　朕（直稔），稔荏（如甚），凜（力稔），甚（常枕），枕（章荏）。

　　　　　B類　瘁（疎錦），錦（居飲），飲（於錦）。

　　王一：A類　朕（直稔），稔（如甚），甚（植枕），枕（之稔）。

　　　　　B類　瘁（疎錦），錦（居飲），飲（於錦）。

沁韻：廣韻，切韻無重紐；廣韻切語下字成一類，切韻成三類，合併成二類。

　　廣韻：任（如鴆），鴆（直禁），禁（居蔭），蔭（於禁），譖（莊蔭）。

　　王一：A類　浸（作鴆），鴆（直任），任（汝鴆）。

　　　　　B類　禁（居蔭），蔭（於禁）；

　　　　　　　　譖（側讖），讖（楚譖）。

緝韻：廣韻、切韻有重紐，廣韻切語下字成一類，切韻成二類。

　　廣韻：汁執（之入），入（人執），立（力入），及（其立），急汲（居立），戢（阻立）。

　　王二：A類　十（是執），執（之十），入（爾執），緝（七入）。

　　　　　B類　立（力急），急（居立），及（其立）。

7、鹽、琰、豔、葉、韻

鹽韻：廣韻，切韻有重紐，切語下字成一類。

　　廣韻：淹（央炎），炎（于廉），占（職廉），廉（力鹽），鹽（余廉）。

　　王二：淹（英廉），鹽（余廉），廉（力兼）。

琰韻：廣韻，切韻切語下字成二類，和重紐相應。（王二把B類併入儼韻）。

　　廣韻：A類　漸（慈染），染冄（而琰），琰（以冄），斂（良冄）。

　　　　　B類　儉（巨險），險（虛檢），檢（居奄），奄（衣檢）。

　　王一：A類　漸（自染），染冄（而琰），琰（以冄），斂（力冄）。

　　　　　B類　儉（巨險），險（虛檢），檢（居儼），儼（魚儉）。

豔韻：廣韻，切韻切語下字成二類，和重紐相應。

　　廣韻：A類　豔（以贍），贍（時豔）。

B類　驗（魚窆），窆（方驗）。

　王一：A類　豔（以贍），贍（市豔）。

　　　　B類　驗（語窆），窆（方驗）。

葉韻：廣韻，切韻有重紐，切語下字爲一類。

　廣韻：接（即葉），輒（陟葉），葉（與涉），涉（時攝），攝（書涉）。

　切三：輒（陟葉），葉（與涉），涉（時攝），攝（書涉）。

8、其　他

祭韻開口：廣韻，切韻有重紐，下字成一類。

　廣韻：蔽（必袂），袂（彌弊），弊（毗祭），祭（子例），例（力制），
　　　　世（舒制），制（征例），罽（居例），憩（去例）。

　王二：袂（彌弊），弊（毗祭），祭（子例），例厲（力制），罽（居例），
　　　　勢世（舒制），制（職例），憩（去例）。

之韻：廣韻，切韻有重紐，下字成一類。

　廣韻：菑（側持），持（直之），之（止而），而（如之），其（渠之），
　　　　茲（之子）。

　切二：淄（側持），持治（直之），之（止而），而（如之），其（渠之），
　　　　茲（之子），基（居之）。

止韻：廣韻，切韻切語下字成二類，和重紐不相應。

　廣韻：擬（魚紀），紀己（居理），理里（良士），士（鉏里），史（疏士）；
　　　　止（諸市），市（時止）。

　王一：擬（魚紀），紀（居似），似（詳里），里李（良士），士（鋤里），
　　　　史（疏士）；
　　　　止（諸市），市（時止）。

尤韻：廣韻，切韻切語下字爲二類，和重紐不相應。

　廣韻：秋（七由），由（以周），周州（職流），流（力求），求（巨鳩），
　　　　鳩（居求）；
　　　　尤（羽求），謀（莫浮），浮（縛謀）。

　切三：秋（七由），遊由（以周），周（職鳩），鳩（居求），求（巨鳩）；
　　　　尤（雨求），流（力求），愁（士求），浮（薄謀），謀（莫侯）。

附表三 「重紐」諸韻切下字表

本表收錄之字，不限於三、四等對立的「重紐」小韻，此為不同於附表一者。目的在統觀「重紐」切下字與同韻舌齒音的系聯關係。「五音、韻等」欄下上為小韻之領韻字、下為切語下字。此為倣王靜如先生「第一類韻廣韻切下字及重紐表」（1948）、加以由周祖謨校勘之張士俊澤存堂本《廣韻》校正所作。主要的改動是，<u>庚</u>韻系三等字雖然可補<u>清</u>韻系「重紐」三等的位置，以切語下字，理論上，不逾本韻範圍，本表故不收錄。

五音 韻等	牙 見	溪	群	疑	喉 曉	影	喻	唇 幫	滂	並	明	正齒 照三照二	穿三穿二	牀三牀二	審三審二	禪○	齒及舌 精知	清徹	從澄	心娘	邪○	日來
支開 四	○	○	○	○	詑支	漪離	移支	卑移	跛支	陴支	彌移	支移	眵支	○	絁支	提支	貲移	雌移	疵移	斯移	○	兒移
支開 三	羈宜	敧奇	奇羈	宜羈	犧羈	○	○	陂爲	鈹羈	皮羈	糜爲	齜宜	差宜	齹宜	釃宜	○	知離	摛知	馳離	○	○	離支
支合 四	規隨	闚隨	○	○	陸規	○	蘤吹	○	○	○	○	○	吹重	○	○	垂爲	劑爲	○	○	眭爲	隨爲	痿垂
支合 三	嬀爲	虧爲	○	危爲	麾爲	透爲	爲支	○	○	○	○	衰危	○	㸯垂	○	○	腄垂	○	甈垂	○	○	羸爲
紙開 四	枳紙	企弭	○	○	○	○	酏爾	俾弭	諀婢	婢俾	洍婢	紙氏	侈氏	舓紙	弛是	是紙	紫此	此氏	○	徙氏	○	爾氏
紙開 三	掎綺	綺彼	技綺	螘倚	𧝬倚	倚綺	○	彼委	破靡	被彼	靡彼	○	○	○	躧綺	○	掫侈	褫豸	豸爾	狔氏	○	邐紙
紙合 四	○	跬弭	○	○	○	○	茝捶	○	○	○	○	捶累	○	○	菙隨	○	觜委	○	惢捶	髓委	猗婢	藥累
紙合 三	詭委	跪委	跪委	硊毀	毀委	委詭	蔿委	○	○	○	○	○	○	○	揣委	○	○	○	○	○	○	絫委
寘開 四	馶企	企智	○	○	○	縊賜	○	臂義	譬賜	避義	○	寘義	翅豉	○	翅智	豉智	積智	刺賜	漬賜	賜義	○	○
寘開 三	寄義	馶義	芰寄	議義	戲義	倚義	○	賁義	帔義	髲義	○	積義	○	屣寄	○	○	智義	○	○	○	○	詈智
寘合 四	瞡圭	觖瑞	○	○	孈恚	恚避	瓗睡	○	○	○	○	惴瑞	吹僞	○	睡僞	○	○	○	○	㽿累	○	枘瑞
寘合 三	鵙僞	○	○	僞睡	歸僞	餧僞	爲僞	○	○	○	○	○	○	○	○	○	娷恚	○	縋僞	諉恚	○	累僞
脂開 四	○	○	耆脂	○	咦夷	伊脂	姨脂	紕夷	砒脂	○	○	脂夷	鴟脂	○	尸脂	○	咨夷	郪私	茨資	私夷	○	○
脂開 三	飢夷	○	狋飢	○	○	○	○	悲眉	丕悲	邳悲	眉悲	○	○	○	師夷	○	胝尼	絺飢	墀尼	尼夷	○	黎脂
脂合 四	○	○	葵惟	○	倠維	惟追	○	○	○	○	○	錐追	推隹	○	誰隹	○	嶉綏	○	綏遺	○	○	蕤隹
脂合 三	龜追	蘬追	逵追	○	○	○	帷悲	（悲	丕	邳	眉）	○	○	○	衰追	○	追隹	○	鎚追	○	○	潔追

韻	等																						
旨開	四	○	○	○	○	○	○	○	匕履	○	牝履	○	旨雉	○	○	矢視	視矢	姊几	○	○	死妳	兕姊	○
	三	几履	○	跽几	○		歁几	○	鄙美	酛鄙	否鄙	美鄙	○	○	○	○	黹几	鬛几	雉几	柅履	○		履几
旨合	四	癸誄	○	揆癸	○	瞡癸	○	唯水	○	○	○	○	○	○	水軌	濢誄	趡水	崔累	○	○			蕊壘
	三	軌洧	蹢軌	郖軌	○	洧美	(鄙 酛 否 美)			○	○	○	○	○	○	○	○	○	○				壘軌
至開	四	○	棄利	○	○	○	○	痹至	庇寐	鼻至	寐二	至利	痏自	示至	屍利	嗜利	恣四	次四	自二	四利	○		二至
	三	冀利	器冀	臬冀	劓冀	鬩冀	○	秘媚	濞備	備祕	鄘秘	○	○	○	○	致利	尿利	俶利	膩利	○			利至
至合	四	季悸	○	悸季	○	血季	○	遺醉	○	○	○	出類	○	痍類	○	醉遂	翠醉	萃醉	邃遂	遂醉	○		
	三	媿位	喟愧	匱位	○	犪位	位愧	(秘 濞 備 鄘)			○	○	○	帥類	○	○	轊類	墜類	○	○			類遂
眞諄開	四	○	○	趣人	○	○	因眞	寅眞	賓鄰	繽賓	頻眞	民鄰	眞鄰	瞋眞	神鄰	申人	辰鄰	親人	秦鄰	新鄰			仁鄰
	三	巾銀	○	種巾	銀巾	○	豔巾	○	彬巾	份巾	貧巾	珉巾	○	○	○	珍鄰	獜人	陳珍	紉鄰				鄰珍
眞諄合	四	均勻	○	○	○	○	○	勻倫	○	○	○	諄倫	春脣	脣倫	純倫	遵倫	逡旬	鷷旬	荀倫	旬遵			惇勻
	三	麇筠	囷倫	○	○	○	贇倫	筠贇	○	○	○	○	○	○	○	屯倫	椿倫	酏倫	○				淪迍
軫準開	四	緊忍	○	○	○	○	引忍	○	○	牝忍	泯盡	軫忍	○	弞忍	腎忍	檻忍	笋忍	盡忍	○				忍軫
	三	○	○	○	釿引	○	○	○	○	○	憖殞	○	○	○	矤忍	紖引	○						嶙忍
軫準合	四	○	蠜尹	○	○	○	尹準	○	○	○	○	準尹	蠢尹	盾允	賰允	○	○		笋尹	○			頓允
	三	○	窘殞	○	○	殞敏	○	○	○	○	○	○	○	○	○				倕準				輪準
震稕開	四	○	鼓忍	○	○	印刃	胤晉	儐刃	糴刃	○	震刃	○	○	眒刃	慎刃	晉刃	親遴	○	信晉	賮刃			刃振
	三	○	○	僅遴	憖觀	衅觀	○	○	○	○	櫬觀	○	○	鎭刃	疢刃	嚫刃							遴刃
震稕合	四	○	○	○	○	○	○	○	○	○	○	稕閏	○	順閏	舜閏	儁峻	○		餕閏	殉閏			閏順
	三	○	○	○	○	○	○	○	○	○	○	○	○	○	○								
質術開	四	吉質	詰吉	○	○	欯吉	一悉	逸質	必吉	匹吉	邲必	蜜畢	質日	叱栗	實質	失質	○	聖悉	七吉	疾悉	悉七	○	日質
	三	暨乙	○	姞乙	耴乙	肸乙	一乙筆		颭筆	筆密	弼密	謐筆	○	刺栗	○	○	窒栗	抶栗	秩質	暱質	○		栗質
質術合	四	橘聿	○	獝聿	○	聿律	○	○	○	○	苗律	術聿	率聿	卒聿	焌聿	崒卹	卹聿	○					
	三	○	○	○	○	○	○	○	○	黜律		率律	怵律	黜律	尤律	○							律卹
仙開	四	甄延	○	○	○	延然	鞭連	篇連	便連	緜延	甗延	煙延	○	𪊨延	鋋連	煎仙	遷然	錢仙	仙然	次連			然延
	三	○	㥷乾	乾焉	○	嗎延	焉乾	憑乾	○	○	○	○	潹連	○	邅連	脡延	纏連	○	○				連延

韻	等																						
仙合	四	○	○	○	○	翾緣	娟緣	沿專	○	○	○	○	專緣	穿緣	船川	○	逭緣	鐫泉	詮緣	全緣	宣緣	旋宣	塓緣
仙合	三	○	勸員	夸圓	權員	○	嬽權	員權	○	○	○	○	恮緣	○	○	○	栓員	權全	猭緣	橼攣	○	○	攣員
彌開	四	○	遣戰	○	○	○	○	演淺	褊緬	○	梗善	緬兗	鱔善	闡善	○	然善	善演	翦淺	踐演	彌淺	○	緛翦	蹨善
彌開	三	○	攐輦	○	件輦	辬攐	○	攠攐	竮免	鴘免	辯攐	免辯	○	○	撰免	○	○	展演	摲善	邅善	趁展	○	輦展
獼合	四	○	○	蜎兗	○	蠉兗	○	兗轉	○	○	○	○	劋兗	舛兗	○	膊兗	○	騰兗	雋兗	雋兗	選兗	○	頓兗
獼合	三	○	卷轉	○	圈篆	○	○	○	○	○	○	○	○	○	○	○	○	轉兗	篆兗	篆兗	○	○	孏兗
線開	四	○	譴戰	○	○	○	軀扇	衍線	○	罵戰	便面	面箭	戰膳	碾戰	○	扇戰	繕戰	箭賤	○	賤線	羨面	線箭	○
線開	三	○	○	○	彥變	○	○	○	變眷	○	卞變	○	○	○	○	○	○	輾扇	○	遭碾	輾箭	○	躔彥
線合	四	絹掾	○	○	○	掾絹	絹掾	○	○	○	○	○	剸囀	釧絹	○	○	搏釧	○	縓絹	○	選絹	淀選	頵絹
線合	三	眷倦	豥倦	倦卷	○	○	瑗眷	○	○	○	○	○	囀戀	孌戀	篡戀	篡眷	○	囀戀	猭戀	傳戀	○	○	戀卷
薛開	四	子列	○	○	妥列	焆列	抴列	驚列	瞥滅	○	滅列	晢熱	掣列	舌列	設列	折列	蠫列	○	薛列	○	○	薛列	熱列
薛開	三	○	揭竭	傑列	孽列	○	○	箭別	○	別列	○	剸列	闑列	樧列	○	哲列	少列	轍列	○	○	○	○	列薛
薛合	四	○	缺雪	○	○	妜悅	悅雪	○	○	○	○	拙悅	歠悅	說爇	啜雪	蒩悅	臇悅	絕雪	雪絕	○	掇絕	爇劣	蒸劣
薛合	三	○	蹶劣	○	○	昱劣	㘉劣	○	○	○	○	茁劣	○	說劣	刷劣	輟劣	妭悅	○	吶劣	○	○	劣	劣輟
清開	四	○	輕盈	頸成	○	○	嬰盈	盈成	井盈	○	名井	○	征盈	○	○	○	聲盈	成征	精盈	清情	情盈	餳盈	○
清開	三	○	○	○	○	○	○	○	○	○	○	○	○	○	○	○	貞盈	○	楨貞	呈貞	○	跉貞	○
清合	四	○	傾營	瓊營	○	駒營	榮營	營傾	○	○	○	○	○	○	○	○	○	○	○	○	○	騤營	○
清合	三	○	○	○	○	○	○	○	○	○	○	○	○	○	○	○	○	○	○	○	○	○	○
靜開	四	○	頸郢	○	瘳郢	○	○	廎郢	郢整	餅郢	○	○	昭井	○	整郢	○	井郢	請靜	靜郢	省井	○	○	○
靜開	三	○	○	○	○	○	○	○	○	○	○	○	○	○	○	○	○	○	○	伫井	○	○	領郢
靜合	四	○	頃穎	○	○	○	○	穎頃	○	○	○	○	○	○	○	○	○	○	○	○	○	○	○
靜合	三	○	○	○	○	○	○	○	○	○	○	○	○	○	○	○	○	○	○	○	○	○	○
勁開	四	○	勁正	輕正	○	○	○	○	敻正	○	○	○	摒正	聘正	偋正	詺正	政盛	○	聖正	盛正	精姓	倩政	淨政	性正	○
勁開	三	○	○	○	○	○	○	○	○	○	○	○	○	○	○	○	○	○	迿鄭	鄭正	○	令政
勁合	四	○	○	○	○	○	○	○	○	○	○	○	○	○	○	○	○	○	○	○	○	○	○
勁合	三	○	○	○	○	○	○	○	○	○	○	○	○	○	○	○	○	○	○	○	○	○	

韻	等																						
昔開	四	○	○	○	○	○	益昔	繹益	辟益	僻辟	擗益	○	隻石	尺石	蠌亦	釋隻	石隻	積昔	散迹	籍昔	昔積	席易	○
昔開	三	○	○	○	○	○	○	○	○	○	○	○	○	○	○	○	○	䶂益	彳亦	擲炙	○	○	○
昔合	四	○	○	○	○	瞑役	○	役隻	碧役	○	○	○	莫役	○	○	○	○	昊役	○	○	○	○	○
昔合	三	○	○	○	○	○	○	○	○	○	○	○	○	○	○	○	○	○	○	○	○	○	○
祭開	四	○	○	○	藝祭	○	○	曳制	蔽袂	潎蔽	獘祭	袂蔽	制例	掣制	○	○	世制	逝制	祭例	○	○	○	○
祭開	三	○	狾例	憩例	偈憩	劓例	緆劓	○	○	○	○	○	○	○	○	○	○	癋例	跇例	滯例	○	○	例制
祭合	四	○	○	○	○	銳芮	○	○	○	○	○	○	贅芮	啜芮	稅銳	○	蕝芮	毳芮	○	○	歲銳	篲歲	芮銳
祭合	三	○	劇衞	○	○	衞歲	○	○	○	○	○	○	○	彚稅	嚛芮	○	綴衞	鑹芮	○	○	○	○	○
宵	四	○	蹻遙	翹遙	○	要宵	遙昭	飄遙	漂昭	瓢昭	蜱遙	昭遙	怊招	燒招	韶昭	焦消	鼜遙	樵焦	宵邀	○	○	○	饒招
宵	三	○	驕喬	趫翹	喬嬌	○	蜵嬌	妖喬	鴞嬌	鑣嬌	矯嬌	○	○	苗瀌	○	○	○	朝遙	超宵	晁遙	○	○	燎昭
小	四	○	矯沼	嬌小	○	闄小	鷰沼	標小	縹沼	摽少	眇沼	沼少	麨沼	少沼	紹沼	勦小	悄小	○	小兆	○	○	○	擾沼
小	三	○	矯夭	嬌夭	○	夭兆	○	表矯	麃保	蔽表	○	○	○	○	○	○	巎小	肇小	○	○	○	○	繚小
笑	四	○	趬召	翹要	覠召	○	要笑	耀照	○	剽妙	驃召	妙笑	照少	○	○	少照	邵照	醮肖	陗肖	噍笑	笑妙	○	饒要
笑	三	○	○	嶠廟	橋廟	○	○	○	裱廟	○	廟召	○	○	○	○	○	○	眺召	召照	○	○	○	燎照
侵	四	○	○	○	○	○	愔淫	淫針	○	○	○	○	斟深	觀針	深針	諶任	祲心	侵林	鑯淫	心林	尋林	○	任林
侵	三	○	金吟	欽金	琴金	歆金	音金	○	○	○	○	○	先吟	嵾今	岑今	森今	○	碪林	琛林	沈深	託心	○	林尋
寢	四	○	坅甚	○	○	○	○	潭荏	○	○	○	○	枕荏	瀋枕	葚稔	沈荏	甚枕	醋朕	寢稔	蕈荏	寑甚	○	荏甚
寢	三	○	錦飲	顉錦	噤飲	傑錦	敵錦	○	稟錦	品飲	○	○	○	瀋朕	願稔	痒錦	○	戡甚	蹛甚	朕甚	○	○	廩稔
沁	四	○	○	○	○	○	○	○	○	○	○	○	枕任	○	甚鴆	深禁	○	侵鴆	泌鴆	○	○	○	妊鴆
沁	三	○	禁蔭	○	妗禁	吟禁	蔭禁	顉禁	○	○	○	○	譖蔭	讖譖	滲禁	○	搷鴆	闖禁	鴆禁	賃禁	○	○	臨浸
緝	四	○	○	○	○	○	揖入	熠入	○	○	○	執入	○	褶執	濕入	十執	驟入	緝入	○	馺立	○	習入	入執
緝	三	○	急立	泣立	及立	歰及	吸及	邑及	煜立	鴿及	○	躬及	戢立	屆戢	霫戢	蹋立	縶立	洽入	蟄立	○	弄入	○	立急
鹽	四	○	憸廉	鑯鹽	○	○	懕鹽	鹽廉	○	○	○	○	詹兼	覘占	○	○	苫廉	探占	尖廉	潛鹽	銛廉	毿鹽	霑鹽
鹽	三	○	箝廉	縑廉	淹兼	炎廉	砭廉	○	○	○	○	○	○	○	○	○	襜廉	霑廉	覘廉	○	黏廉	○	廉鹽
琰	四	○	胺琰	○	○	黶琰	琰冉	○	○	○	○	○	颭琰	○	○	○	陝冉	剡染	憸漸	漸染	○	○	冉琰
琰	三	○	檢奄	顉檢	儉險	顩檢	險檢	奄儉	○	貶歉	○	○	○	○	○	○	○	諂琰	○	○	○	○	歉冉

	四/三																						
艷	四	○	○	○	○	○	厭艷	艷贍	○	○	○	○	占艷	瞻艷	○	閃贍	贍艷	譺艷	壍艷	潛艷	○	○	染艷
	三	○	○	○	驗窆	○	愩驗	○	窆驗	○	○	○	○	○	○	○	○	○	覘艷	○	○	○	殮驗
葉	四	○	瘱涉	○	○	○	魘葉	葉涉	○	○	○	○	讋涉	讇涉	○	攝涉	涉攝	接葉	妾葉	捷葉	○	○	讘涉
	三	笝輒	○	袩輒	○	○	敜輒	曄輒	○	○	○	○	○	○	○	萐輒	○	輒葉	鍤輒	牒葉	聶輒	○	獵涉

附表四　「重紐」諸韻安南漢字唇音表

本表錄自王靜如先生「第一類韻安南漢字唇音表」（1948）。表中所收字音，先自高本漢《方音字典》檢出，餘再根據音值系統自 1892 Giles, H. A 的 Chinese English Dictionary 所收安南漢字加以標音補入。

韻等	漢越對音	例　字	韻等	漢越對音	例　字
脂三	p　：bi	悲	脂四	p　：○	
	p‘：fi	丕，秠，駓，怌，㸋		p‘：t‘i	紕
	b‘：bi	邳		b　：ti	比，琵，蚍，毗，貔，
					蚍，枇，仳，鈚
	m　：mi	眉，嵋，湄，黴，麋，			
		郿，瀓		m　：○	
旨三	p　：bi	鄙，痞	旨四	p　：ti	匕、妣、秕、比
	p‘：○			p‘：○	
	b‘：bi	圮		b‘：ti	牝
	m　：mi	美，媺		m　：○	
至三	p　：bi	秘，轡，悶，閟，泌，	至四	p　：ti	庇，痺，畀，比
		毖，柲			
	p‘：（?）	濞（bi）		p‘：t‘i	屁
	b‘：bi	備，鞴，奰，糒，鞴，		b‘：ti	鼻，比，坒
		贔			
	m　：mi	郿，媚，魅，彲		m　：?	寐（mi）
支三	p　：bi	碑，陂，羆	支四	p　：ti	卑、裨
	p‘：fi	披，帔		p‘：○	
	：bi	鈹，帔，狓，旇			
	b‘：bi	皮，疲		b‘：ti	脾，陴，埤，裨，郫
	m　：mi	縻		m　：zi	彌，瀰，糜，灖
紙三	p　：bi	彼，柀	紙四	p　：ti	俾，薜
	p‘：fi	披		p‘：t‘i	庀，仳
	b‘：bi	被		b‘：ti	婢，庳
	m　：mi	靡，麊		m　：zi	洅
寘三	p　：bi	賁，詖，貱，陂	寘四	p　：ti	臂
	p‘：bi（?）	帔		p‘：t‘i	譬
	b‘：bi	被		b‘：ti	避
	m　：○			m　：○	
宵三	p　：bieu	鑣，蔍	宵四	p　：tieu	飆，標，焱
	p‘：○			p　：○	

	b‘	：○			b‘	：tieu	飄（又 fieu）
	m	：mieu	苗，描，貓，猫，緢		m	：zieu	⿰虫少
小三	p	：bieu	表，褾	小四	p	：tieu	標
	p‘	：bieu	麃（?）		p	：t‘ieu	縹（又 fieu，膘 fieu）
	b‘	：bieu	藨，殍，莩		b‘	：（?）	摽（bieu）
	m	：○			m	：zieu	渺，眇，藐
笑三	p	：○		笑四	p	：○	
	p‘	：○			p‘	：（?）	漂，嫖（fieu），剽，勡（bieu）
	b‘	：○			b‘	：○	
	m	：mieu	廟		m	：zieu	妙
眞三	p	：bɐɳ	彬，斌，豳，邠，霦，攽	眞四	p	：tɐɳ	賓，檳，濱，儐，鑌
	p‘	：○			p‘	：t‘ɐɳ	繽
	b‘	：bɐɳ	貧		b‘	：tɐɳ	頻，蘋，嬪，櫇，獱，顰，嚬
	m	：mɐɳ	閩，珉，罠，笢，旻，忞		m	：mɐɳ	民
軫三	p	：○		軫四	p	：○	
	p‘	：○			p‘	：○	
	b‘	：○			b‘	：t‘ɐɳ	牝，髕，臏
	m	：mɐɳ	憫，愍，慜，敏，敃，暋，潣，⿱冖黽		m	：zɐɳ	泯，笢，刡
震三	p	：○		震四	p	：tɐɳ	儐，擯，殯，鬢
	p‘	：○			p‘	：○	
	b‘	：○			b‘	：○	
	m	：○			m	：○	
質三	p	：buʈ（?）	筆	質四	p	：tɐʈ	必，畢，篳，蓽，韠，蹕，鷩，珌，滭，熚
	p‘	：○			p‘	：t‘ɐʈ	匹
	b‘	：bɐʈ	弼		b‘	：tɐʈ	邲，苾，怭，咇，駜（bɐʈ）
	m	：mɐʈ	蜜，蔤		m	：（?）	蜜，謐，榓（mɐʈ）
仙三	p	：○		仙四	p	：t‘ieɳ	鞭
	p‘	：○			p‘	：t‘ieɳ	篇，偏，翩，媥
	b‘	：○			b‘	：tieɳ	箯
	m	：mieɳ	綿，棉		m	：zieɳ	矊（?）
獮三	p	：bieɳ	辡，鴘	獮四	p	：○	
	p‘	：○			p‘	：○	
	b‘	：bieɳ	辨，辯，辡		b‘	：tieɳ	諞，楩（bieɳ）
	m	：mieɳ	免，勉，俛，鮸，冕		m	：zieɳ	湎，勔，偭，勔
線三	p	：bieɳ	卞，抃，弁，汴（tieɳ）	線四	p	：○	
	p‘	：○			p‘	：t‘ieɳ	騗，偏

b' : bieŋ　變
m : ○

薛三　p : bieṭ　別，鱉
　　　p' : ○
　　　b' : bieṭ　別
　　　m : ○

侵三　p : bɐm　稟
　　　p' : fɐm　品
　　　b' : ○
　　　m : ○

清四　p : tiŋ　并，枰
　　　p' : ○
　　　b' : ○
　　　m : zeŋ　名，洺

勁　　p : tiŋ　枰，併，并
　　　p' : (?)　聘（siŋ）
　　　b' : (?)　偋（biŋ）
　　　m : zɐŋ　詺

b' : tieŋ　便
m : zieŋ　面，価

薛四　p : ○
　　　p' : t'ɐṭ（?）澈（?）
　　　b' : ○
　　　m : zieṭ　滅，搣（dieṭ）

祭四　p : te　蔽
　　　p' : t'e　潎
　　　b' : te　弊，幣，斃，敝
　　　m : zue　袂

靜四　p : (?)　餅（biŋ）
　　　p' : ○
　　　b' : ○
　　　m : (?)　愍（miŋ）

昔　　p : tiṭ　躄（biṭ），辟（pik, tik），鐴（pik）
　　　p' : t'iṭ　僻，辟，癖
　　　b' : tiṭ　擗，闢
　　　m : ○

附表五 「重紐」各家擬音對照表

本表高麗譯音錄自高本漢《中國音韻學研究》，以之作爲各家擬音旁參。

				王靜如	董同龢	周法高	張琨	高麗音
支開	幫	三	彼爲	pʷie̦	pjě	pie̦	pjâ	pi
		四	府移	pie̦	pje	pie̦	pjig	
	滂	三	敷羈	p'ʷie̦	p'jě	p'ie̦	p'jâ	p'i
		四	匹支	p'ie̦	p'je	p'ie̦	p'jig	
	並	三	符羈	bʷie̦	b'jě	b'ie̦	bjâ	p'i
		四	符支	bie̦	b'je	b'ie̦	bjig	
	明	三	靡爲	mʷie̦	mjě	mie̦	mjâ	
		四	武移	mie̦	mje	mie̦	mjig	
	群	三	渠羈	gie̦	g'jě	g'ie̦	gjâ	kwi
		四	巨支	gie̦	g'je	g'ie̦	gjig	ki
	曉	三	許羈	xie̦	xjě	xie̦	hjâ	hwi
		四	香支	xie	xje	xie̦	hjig	
支合	見	三	居爲	qwie̦	kjuě	kwie̦	kwjâ	
		四	居隨	kwie̦	kjue	kwie̦	kwjig	
	溪	三	去爲	q'wie̦	k'juě	k'wie̦	k'wjâ	kiu
		四	去隨	k'wie̦	k'jue	k'wie̦	k'wjig	
	曉	三	許爲	xwie̦	xjuě	xwie̦	hwjâ	hui
		四	許規	xwie̦	xjue	xwie̦	hwjig	
紙開	幫	三	甫委	pʷie̦	pjě	pie̦	pjâ	
		四	并弭	pie̦	pje	pie̦	pjig	
	滂	三	匹靡	p'ʷie̦	p'jě	p'ie̦	p'jâ	
		四	匹婢	p'ie̦	p'je	p'ie̦	p'jig	
	並	三	皮彼	bʷie̦	b'jě	b'ie̦	bjâ	p'i
		四	便俾	b'ie	b'je	b'ie̦	bjig	
	明	三	文彼	mʷie̦	mjě	mie̦	mjâ	
		四	綿婢	mie̦	mje	mie̦	mjig	
	見	三	居綺	qie̦	kjě	kie̦	kjâ	
		四	居紙	kie̦	kje	kie̦	kjig	

韻	聲	等	反切					
	溪	三	墟彼	q'i̯e̤	k'jĕ	k'ie̤	k'jâ	
		四	丘弭	k'ie̤	k'je	k'ie̤	k'jig	
紙合	溪	三	去委	q'wi̯e̤	k'juĕ	k'wie̤	k'wjâ	kwi
		四	丘弭	k'wie̤	k'jue	k'wie̤	k'wjig	ki
寘開	幫	三	彼義	pʷi̯e̤	pjĕ	pie̤	pjâ	
		四	卑義	pie̤	pje	pie̤	pjig	pi
	滂	三	披義	p'ʷi̯e̤	p'jĕ	p'ie̤	p'jâ	
		四	匹賜	p'ie̤	p'je	p'ie̤	p'jig	pi
	並	三	平義	bʷi̯e̤	b'jĕ	b'iâ	bjâ	
		四	毗義	bie̤	b'je	b'ie̤	bjig	
	見	三	居義	qi̯e̤	kjĕ	kiâ	kjâ	kwi
		四	居企	kie̤	kje	kie̤	kjig	
	溪	三	卿義	q'i̯e̤	k'jĕ	k'ie̤	k'jâ	
		四	去智	k'ie̤	k'je	k'ie̤	k'jig	
	影	三	於義	i̯e̤	ʔje	ʔie̤	ʔjâ	wi
		四	於賜	ie̤	ʔje	ʔie̤	ʔjig	
寘合	見	三	詭僞	qwi̯e̤	kjuĕ	kwie̤	kwjâ	
		四	規恚	kwie̤	kjue	kwie̤	kwjig	
	影	三	於僞	wi̯e̤	ʔjuĕ	ʔwie̤	ʔwjâ	
		四	於避	wie̤	ʔjue	ʔwie̤	ʔwjig	
	曉	三	況僞	xwi̯e̤	xjuĕ	xwie̤	hwjâ	
		四	呼恚	xwie̤	xjue	xwie̤	hwjig	
脂開	並	三	符悲	bʷi̱	b'jĕi	b'ɪ	bjəd	
		四	房脂	bi	b'jei	b'i	bjid	pi
	滂	三	敷悲	p'ʷi̱	p'jĕi	p'ɪ	p'jəd	
		四	匹夷	p'i	p'jei	p'i	p'jid	
脂合	群	三	渠追	（q）wi̱	g'juĕi	g'wɪ	gwjəd	
		四	渠追	（k）wi	g'juei	g'wi	gwjid	kiu
旨開	幫	三	方美	pʷi̱	pjĕi	pɪ	pjəd	
		四	卑覆	pi	pjei	pi	pjid	
	並	三	符鄙	bʷi̱	b'jĕi	b'ɪ	bjəd	
		四	扶履	bi	b'jei	b'i	bjid	

韻	聲	等	反切					
旨合	見	三	居洧	qwi̯	kjuěi	kwɪ	kwjəd	
		四	居誄	kwi	kjuei	kwi	kwjid	
	群	三	暨軌	（q）wi̯	gʻjuěi	gʻwɪ	gwjəd	
		四	求癸	（k）wi	gʻjuei	gʻwi	gwjid	
至開	幫	三	兵媚	pʷi̯	pjěi	pɪ	pjəd	
		四	必至	pi	pjei	pi	pjid	
	滂	三	匹備	pʻʷi̯	pʻjěi	pʻɪ	pʻjəd	
		四	匹寐	pʻi	pʻjei	pʻi	pʻjid	
	並	三	平祕	bʷi̯	bʻjěi	bʻɪ	bjəd	
		四	毗至	bi	bʻjei	bʻi	bjid	
	明	三	明祕	mʷi̯	mjěi	mɪ	mjə	
		四	彌二	mi	mjei	mi	mjid	
	溪	三	去冀	qʻi̯	kʻjěi	kʻɪ	kʻjəd	kwi
		四	詰利	kʻi	kʻjei	kʻi	kʻjid	ki
至合	見	三	俱位	qwi̯	kjuěi	kwɪ	kwjəd	
		四	居悸	kwi	kjuei	kwi	kwjid	
	群	三	求位	（q）wi̯	gʻjuěi	gʻwɪ	gwjəd	kue
		四	其季	（k）wi	gʻjuei	gʻwi	gwjid	
	曉	三	許位	xwi̯	xjuěi	xwɪ	hwjəd	
		四	火季	xwi	xjuei	xwi	hwjid	
眞（諄）開	幫	三	府巾	pi̯ʷěn	pjěn	pi̯ěn	pjən	pi
		四	必鄰	piěn	pjen	pi̯ěn	pjin	pi
	滂	三	普巾	pʻʷi̯ěn	pʻjěn	pʻi̯ěn	pʻjən	
		四	匹賓	pʻiěn	pʻjen	pʻi̯ěen	pʻjin	
	並	三	符巾	bʷi̯en	bʻjěn	bʻi̯ěn	bjən	
		四	符眞	biěn	bʻjen	bʻi̯ěn	bjin	
	明	三	武巾	mi̯ʷěn	mjěn	mi̯ěn	mjən	
		四	彌鄰	miěn	mjen	mi̯ěn	mjin	min
	群	三	巨巾	（q）i̯ěn	gʻjěn	gʻi̯ěn	gjən	
		四	渠人	（k）iěn	gʻjen	gʻi̯ěn	gjin	
眞（諄）合	見	三	居筠	qiwěn	kjuěn	ki̯wěn	kwjən	
		四	居勻	kiwěn	kjuen	ki̯wěn	kwjin	kiun

韻	母	等	反切					
軫(準)開	明	三	眉殞	mʷi̯en	mjěn	mi̯ěn	mjən	min
		四	武盡	miěn	mjen	mi̯ěn	mjin	
震(稕)開	溪	三	去刃	q'i̯ěn	k'jěn	k'i̯ěn	k'jən	
		四	羌印	k'iěn	k'jen	k'i̯ěn	k'jin	
質(術)開	幫	三	鄙密	pʷi̯et	pjět	pi̯ět	pjət	
		四	卑吉	piět	pjet	pi̯ět	pjit	p'il
	並	三	房密	bʷi̯ět	b'jět	b'i̯ět	bjət	p'il
		四	毗必	biět	b'jet	b'i̯ět	bjit	
	明	三	美筆	mʷi̯et	mjět	mi̯ět	mjət	
		四	彌畢	miět	mjet	mi̯ět	mjit	mil
	見	三	居乙	qi̯ět	kjět	ki̯ět	kjət	
		四	居質	kiět	kjet	ki̯ět	kjit	kil
	影	三	於筆	i̯ěet	ʔjět	ʔi̯ět	ʔjət	wl
		四	於恙	Iět	ʔjet	ʔiět	ʔjit	il
	曉	三	羲乙	xi̯ět	xjět	xi̯ět	hjət	
		四	許吉	xiět	xjet	xi̯ět	hjit	
祭	疑	三	牛例		ŋjæi		ŋjâd	
		四	魚祭		ŋjæi		ŋjad	ie
仙合	影	三	於權	i̯wɛn	ʔjuɛ̆n	ʔi̯wæn	ʔwjâan	ʔuən
		四	於緣	iwɛn	ʔjuɛn	ʔi̯wɛn	ʔwjan	ʔiən
獮開	幫	三	方免	pʷi̯ɛn	pjæ̆n	pi̯æn	pjâan	
		四	方緬	piɛn	pjæn	pi̯ɛn	pjan	
	並	三	符蹇	bi̯ʷɛn	b'jæ̆n	b'i̯æn	bjâan	
		四	符善	piɛn	b'jæn	b'i̯ɛn	bjan	
	明	三	亡辨	mʷi̯ɛn	gjuɛ̆n	gi̯wæn	gwjân	
		四	彌袞	miɛn	mjæn	miɛn	mjan	
獮合	群	三	渠篆	(q)i̯wɛn	g'juɛ̆n	g'i̯wæn	gwjân	
		四	狂兗	(k)iwɛn	g'juɛn	g'i̯wæn	gwjan	
綿開	並	三	皮變	bʷi̯ɛn	b'jæ̆n	b'i̯æn	bjân	
		四	婢面	biɛn	b'jæn	b'i̯ɛn	bjan	
綿合	見	三	居倦	qi̯wɛn	kjuɛ̆n	ki̯wæn	kwjân	kuən
		四	吉掾	kiwɛn	kjuɛn	ki̯wɛn	kwjan	kiən
薛開	幫	三	方別	pʷi̯ɛt	pjæ̆t	pi̯æt	pjât	
		四	并列	piɛt	pjæt	pi̯ɛt	pjat	

韻	聲	等	反切					
薛合	影	三	乙劣	i̯wɛt	ʔjuæt	ʔi̯wɛt	ʔwjât	
		四	於悅	iwɛt	ʔjuæt	ʔi̯wæt	ʔwjât	
宵	幫	三	甫嬌	pʷi̯ɛu	pjæu	pi̯æu	pjâu	
		四	甫遙	piɛu	pjæu	pi̯ɛu	pjau	
	明	三	武瀌	mʷi̯ɛu	mjæu	mi̯æu	mjâu	
		四	彌遙	miɛu	mjæu	mi̯ɛu	mjau	
	溪	三	起囂	qʻi̯ɛu	kʻjæu	kʻi̯æu	kʻjâu	
		四	去遙	kʻiɛu	kʻjæu	kʻi̯æu	kʻjau	
	群	三	巨嬌	(q)i̯ɛu	gʻjæu	gʻi̯ɛu	gjâu	kio
		四	渠遙	(k)iɛu	gʻjæu	gʻi̯ɛu	gjau	
	影	三	於喬	i̯ɛu	ʔjæu	ʔi̯æu	ʔjâu	io
		四	於宵	iɛu	ʔjæu	ʔi̯ɛu	ʔjau	
小	幫	三	陂矯	pʷi̯ɛu	pjæu	pi̯æu	pjâu	pʻio
		四	方小	piɛu	pjæu	piɛu	pjau	
	滂	三	溓表	pʻʷi̯ɛu	pʻjæu	pʻi̯æu	pʻjâu	
		四	敷沼	pʻiɛu	pʻjæu	pʻi̯ɛu	pʻjau	
	並	三	平表	bʷi̯ɛu	bʻjæu	bʻi̯æu	bjâu	
		四	符少	biɛu	bʻjæu	bʻi̯æu	bjau	
	影	三	於兆	i̯ɛu	ʔjæu	ʔi̯æu	ʔjâu	
		四	於小	iɛu	ʔjæu	ʔi̯ɛu	ʔjau	
笑	明	三	眉召	mʷi̯ɛu	mjæu	mi̯æu	mjâu	
		四	彌笑	miɛu	mjæu	mi̯ɛu	mjau	
	群	三	渠廟	(q)i̯ɛu	gʻjæu	gʻi̯æu	gjâu	
		四	巨要	(k)iɛu	gʻjæu	gʻi̯ɛu	gjau	
侵	影	三	於金	i̯ĕm	ʔjĕm（?）	ʔiəm	ʔjâm	wɪn
		四	挹淫	iĕm	ʔjem	ʔi̯ĕm	ʔjim	
緝	影	三	於汲	i̯ĕp	ʔjĕp（?）	ʔi̯əp	ʔjâp	wp
		四	伊入	iĕp	ʔjep	ʔi̯ĕp	ʔjip	
鹽	群	三	巨淹	(q)i̯ɛm	gʻjæm（?）	gʻi̯æm	gjâm	kiəm
		四	巨鹽	(k)iɛm	gʻjæm	gʻi̯ɛm	gjam	
	影	三	央炎	i̯ɛm	ʔjæm（?）	ʔi̯ɛm	ʔjâam	əm
		四	一廉	iɛm	ʔjæm	ʔi̯ɛm	ʔjam	iəm

琰	溪	三	丘檢	qʻi̯ɛm	kʻjæ̌m（?）	kʻi̯æm	kʻi̯âam	
		四	謙琰	kʻiɛm	kʻjæm	kʻi̯æm	kʻjam	
	影	三	衣檢	i̯ɛm	ʔjæ̌m（?）	ʔi̯æm	ʔi̯âm	
		四	於琰	iɛm	ʔjæm	ʔi̯æm	ʔjam	
艷	影	三	於驗	i̯ɛm	ʔjæ̌m（?）	ʔi̯æm	ʔi̯âm	
		四	於艷	iɛm	ʔjæm	ʔi̯ɛm	ʔjâm	
葉	影	三	於輒	i̯ɛp	ʔjæ̌p（?）	ʔi̯æp	ʔi̯âp	
		四	於葉	iɛp	ʔjæp	ʔi̯ɛp	ʔjâp	

附表五之二　諸家三四等韻分類表

說明：

1：董同龢先生最後將三等韻母分成「甲、乙、丙、丁」四類（1965：164）。周法高先生最後的結論，以廩三入 A 類，<u>庚</u>三入 B 類，並依聲母的不同，將<u>幽蒸</u>二韻分屬 A、B 類。2：陸志韋韻之分類同於王靜如先生，不另列。

3：董同龢、周法高、張琨三位先生所擬「重紐」諸韻皆為元音之區別，而張琨先生之擬音音實為上古音。

等位	唇音	舌音	正齒三	正齒二	齒頭	牙音	喉音	舌齒	高本漢	王靜如	李榮	董同龢	周法高	龍宇純	張琨
純三等韻	幫滂並明 微廢欣文元嚴凡					見溪群疑	影曉喻		β/j/	/j/	子/j/	甲	C_1		c
重紐三等	幫滂並明 支脂真(諄)祭仙宵侵鹽					見溪群疑	影曉于	來日	α/j/	乙/j/	寅B /j/	2（乙）	B	A/j/	b
重紐四等	幫滂並明 真(諄)祭仙宵侵鹽幽		清			見溪群疑	影曉以		α/ji/	甲/j/	寅A /j/	1（丁）	A	B/ji/	a
借位三等		知徹澄娘		莊初崇生					α/j/	/j/		1（丁）	A	A/j/	b
借位三等		支脂真(諄)祭仙宵侵鹽塩	章昌船書禪		精清從心邪			日	α/j/	/j/	寅A /j/	1（丁）	A	A/j/	b
普通三等韻	幫滂並明 東鍾之魯唐庚陽蒸	知徹澄娘	章昌船書禪	莊初崇生	精清從心邪	見溪群疑	影曉喻	來日	α/j/	ǐ:ǐ/j/	丑 /j/	（丙）	C_2		b
純四等韻	幫滂並明 齊先青蕭添	端透定泥			精清從心邪	見溪	影曉匣	來	γ/j/						

附表六　上古牙喉音與舌齒音通諧表

本表錄自陸志韋《古音說略》之「上古聲母的問題」，而加注切上字所屬聲紐、及將又音、重讀分別記錄。

必須說明的是：有些字例，涉及罕用字撿字排版困難，雖經檢索校正，仍不無猶疑。例如，按《廣韻》質韻收「乙」，是爲辰名或姓氏；同音字有「鳦」，釋義「燕也，說文本作乙。燕乙，玄鳥也。齊魯爲之乙，……」。質韻式質切收「失」，釋義「錯也、縱也」。黠韻側八切收「札」，釋義「簡札。……。又牒也、……」；似未見收「杁」字。若按諸《說文通訓定聲》，履部第十二收質韻「於筆」之「乙」，謂「草木冤曲而出也。象形，與丨同義；與燕乙字音義皆別。……」。衍聲字收有「失」，爲「縱也，从手乙聲。……」。泰部第十三收質黠韻「烏轄」之「乙（鳦）」，謂「元鳥也，齊魯爲之乙，……。與甲乙字迴別。……」。衍聲字收有「札」，謂「牒也，从木乙聲。……」。故本表只能作爲大致的參考，未必經得起嚴格的形音義的檢證。

例　　字	聲紐	例　　字	聲紐	例　　字	聲紐
乙：於筆	影	只：章移	照	臣：植鄰	禪
杁：側八	照	諸氏	照	囂：語巾	疑
失：式質	審	迟：綺戟	溪	臤：去刃	溪
丩：居求	見	齞：研峴	疑	苦閑	溪
收：舒求	審	枳：居紙	見	胡田	匣
巳：詳里	邪	伿：去義	照	苦寒	溪
起：墟里	溪	以豉	喻四	臽：戶黯	匣
鄉：許良	曉	肾：胡禮	匣	苦感	溪
曏：書兩	審	合：古沓	見	陷：徒濫	定
式亮	審	侯閣	匣	徒敢	定
川：昌緣	穿	荅：都合	端	窞：徒感	定
訓：許運	曉	䫤：他合	透	叕：陟劣	知
尸：式脂	審	佮：他含	透	綴：紀力	見
吚：虛器	曉	拾：是執	禪	委：於爲	影
靋：虛郭	曉	翕：許及	曉	於詭	影
息委	心	鄒：書涉	審	諉：女恚	泥
矗：直立	澄	竹：張六	知	餧：奴罪	泥

徒合	定	籀:居六	見	痿:人垂	日
雪:胡甲	匣	西:先稽	心	挼:乃回	泥
贛:古送	見	塱:於眞	影	儒佳	日
古襌	見	睡:陟利	知	奴禾	泥
古暗	見	甄:職鄰	照	炎:于廉	喻三
戀:陟降	知	兇:許容	曉	啖:徒敢	定
之:止而	照	許拱	曉	徒濫	定
欹:許其	曉	嫛:子紅	精	談:徒甘	定
兮:胡雞	匣	艘:口箇	溪	睒:失冉	心
諡:神至	床	古拜	見	止濫	照
戶:侯古	匣	扒:於騫	影	剡:時染	禪
妒:當故	端	於憲	影	郯:徒甘	定
所:疏舉	審	扵:丑善	徹	倓:徒甘	定
鈞:居匀	見	宅江	澄	覢:失冉	心
恂:常倫	禪	陟陵	知	惔:徒甘	定
今:居吟	見	开:古賢	見	徒感	定
棽:所今	審	訐:他前	透	徒濫	定
丑林	徹	岅:宜戟	疑	淡:徒甘	定
貪:他含	透	朔:所角	審	徒感	定
岑:鋤針	床	庎:昌若	穿	徒濫	定
念:奴店	泥	靭:恪八	溪	綡:吐敢	透
鮮:昨淫	從	鄐:時制	禪	他酣	透
式任	審	契:苦計	溪	處占	穿
徂感	從	苦結	溪	錟:徒甘	定
妗:處占	穿	去訖	溪	或:胡國	匣
及:其立	群	趔:丑例	徹	欘:之欲	照
趿:蘇合	心	楔:先結	心	炙:之石	照
馺:蘇合	心	偰:先結	心	之夜	照
靸:蘇合	心	挈:苦結	溪	硊:居履	見
色立	書	瘈:尺制	穿	庚:古行	見
靸:蘇合	心	惄:居拜	見	唐:徒郎	定
私盍	心	訖點	見	臭:古老	見
扱:楚洽	穿	瘈:尺制	溪	昌石	穿
午:疑古	疑	昌列	穿	林:力尋	來
杵:昌與	穿	向:許亮	曉	禁:居吟	見

牙：五加	疑	式亮	書	居蔭	見
邪：似遮	邪	黨：多朗	端	渠飲	群
衺：似嗟	邪	檔：胡廣	匣	郴：丑林	徹
井：子郢	精	乎曠	匣	霖：所禁	書
耕：戶莖	匣	血：呼決	曉	斯甚	心
荊：戶經	匣	恤：辛聿	心	綝：丑林	徹
殳：市朱	禪	肸：許訖	曉	兒：五稽	疑
羖：公戶	見	屑：先結	心	汝移	日
股：公戶	見	旨：職雉	照	隹：職追	照
氏：章移	照	稽：古溪	見	睢：許規	曉
承紙	禪	康禮	溪	香季	曉
子盈	精	耆：渠脂	群	許維	曉
衹：巨支	群	屔：語利	疑	帷：洧悲	喻三
芪：巨支	群	稽：康禮	溪	雎：許維	曉
疧：巨支	群	醤：居履	見	香季	曉
蚳：巨支	群	鮨：渠脂	群	倠：許維	曉
軝：巨支	群	詣：五計	疑	淮：胡乖	匣
低：巨支	群	薯：式脂	審	咸：胡讒	匣
日：人質	日	嗜：常利	禪	葴：職深	照
颶：于筆	喻三	楮：章移	照	箴：職深	照
水：式軌	審	此：雌氏	清	鍼：職深	照
藦：其季	群	砒：許介	曉	馭：烏括	影
喜：虛里	曉	掔：奇寄	群	暗：女利	泥
饎：昌志	穿	自：疾二	從	爰：雨元	喻三
支：章移	照	詒：荒內	曉	煖：乃管	泥
芰：奇寄	群	胡對	匣	宮：居戎	見
趐：巨支	群	卽：胡難	匣	毆：徒冬	定
墟彼	溪	臮：其冀	群	是：承紙	禪
跂：巨支	群	洎：其冀	群	翨：居企	見
丘弭	溪	几利	見	若：而灼	日
去智	溪	坍：其冀	群	人賒	日
鼓：魚寄	疑	旬：許遵	曉	人者	日
妓：巨支	群	鄆：戶關	匣	菫：呵各	曉
郂：巨支	群	絢：許縣	曉	甚：時鴆	禪

伎:巨支	群	㳄:須緣	心	常枕	禪
渠綺	群	趄:雨元	喻三	歁:苦感	溪
攱:去智	溪	駌:況袁	曉	口荅	溪
屐:奇逆	群	許羈	曉	戡:口含	溪
頎:丘弭	溪	桓:胡官	匣	員:王分	喻三
魀:渠羈	群	狟:呼官	曉	王問	喻三
奇寄	群	胡官	匣	王權	喻三
庋:去寄	溪	況袁	曉	膒:蘇本	心
詭僞	見	狟:胡官	匣	損:蘇本	心
駓:巨支	群	查:胡官	匣	曀:于歲	喻三
居企	見	洹:雨元	喻三	祥歲	邪
汥:巨支	群	胡官	匣	毃:苦角	溪
奇寄	群	絙:胡官	匣	穀:丁木	端
技:渠綺	群	垣:雨元	喻三	穀:乃后	泥
妓:居宜	見	咺:況晚	曉	原:愚袁	疑
渠綺	見	宣:須緣	心	諑:此緣	清
蚑:巨支	群	愃:況晚	曉	縓:此緣	清
去智	溪	多:得何	端	七絹	清
枝:章移	照	黓:於脂	影	畜:許竹	曉
觽:居隋	見	自:都回	端	丑救	徹
乏:房法	並	歸:舉韋	見	朕:直稔	澄
馺:居立	見	嶲:戶圭	匣	勝:許證	曉
其輒	群	韉:素回	心	象:尺氏	穿
蛇:徒盍	群	山垂	審	暽:許穢	曉
屁:直立	定	繀:姊宜	精	傢:戶佳	匣
眨:起沾	澄	希:香衣	曉	臭:尺救	穿
矣:于紀	喻三	肺:丑凱	徹	趨:香仲	曉
鞁:牀史	牀	郗:丑飢	徹	齅:許救	曉
俟:牀史	牀	絺:丑飢	徹	殠:許久	曉
騃:牀史	牀	胃:烏懸	影	糗:去久	溪
竢:牀史	牀	圓:似宣	邪	眞:職鄰	照
涘:鉏里	牀	君:舉云	見	朄:口莖	溪
屵:語偃	疑	涃:他昆	透	釗:止遙	照
五割	疑	見:古電	見	古堯	見

炭：他旦	透	胡甸	匣	規：居隋	見
今：章忍	照	靦：他典	透	嫢：姊宜	精
趁：於刃	影	睍：奴甸	泥	彗：徐醉	邪
胗：居忍	見	谷：古祿	見	祥歲	邪
术：直律	澄	余蜀	喻四	慇：苦定	溪
食聿	船	告：古到	見	聲：書盈	審
疝：呼骨	曉	古沃	見	崎：綺戟	溪
颮：許劣	曉	造：昨早	從	虢：山責	審
述：食聿	床	七到	清	區：豈俱	溪
遹：于筆	喻三	吾：五乎	疑	烏侯	影
四：息利	心	五加	疑	樞：昌朱	穿
呬：虛器	曉	魯：悉姐	心	貙：勑俱	徹
立：力入	來	甹：普丁	滂	豙：魚既	疑
泣：去急	溪	馨：呼刑	曉	魚記	疑
颯：蘇合	心	騁：丑郢	徹	額：他怪	透
它：託何	透	里：良士	來	魚：語居	疑
詑：香支	曉	萓：恥力	徹	穌：素姑	心
出：尺類	穿	丑六	徹	勢：魚祭	疑
赤律	穿	許竹	曉	褹：女介	泥
趉：九勿	見	趄：戶來	匣	爇：如列	日
詘：區勿	溪	悝：苦回	溪	焫：私列	心
蛐：區勿	溪	折：常列	禪	摯：陟利	知
痆：五忽	疑	旨熱	照	蓺：魚祭	日
屈：衢物	群	杜奚	定	爇：如列	日
欪：許吉	曉	娎：許列	曉	習：似入	邪
泏：苦骨	溪	赤：昌石	穿	驒：爲立	喻三
聉：五骨	疑	郝：呵各	曉	熠：爲立	喻三
魚乙	疑	抹：呼麥	曉	嘍：力朱	來
占：職廉	照	車：九魚	見	落疾	來
章豔	照	尺遮	穿	數：色句	審
粘：胡甘	匣	巠：古靈	見	所矩	審
鉆：巨淹	群	牼：丑貞	徹	所角	審
蓼：落蕭	來	呈：直貞	澄	窶：其矩	群
力救	來	直正	澄	屨：九遇	見

嘐:許交	曉	桱:戶經	匣	豩:呼関	曉
古肴	見	苗:彼側	幫	燹:息淺	心
瘩:丑鳩	徹	奭:施隻	審	蘇典	心
古肴	見	盡:許極	曉	歲:相銳	心
鷚:巨幽	群	毳:此芮	清	薉:於廢	影
膠:古肴	見	楚稅	穿	噦:呼會	曉
古孝	見	戅:呼骨	曉	於月	影
口交	溪	號:胡刀	匣	乙劣	影
樛:居虯	見	胡到	匣	譿:呼會	曉
獠:奴巧	泥	饕:土刀	透	翽:呼會	曉
下巧	匣	腴:舉朱	見	劌:居會	見
摎:古肴	見	諕:丑亞	徹	饖:於廢	影
蟉:巨幽	群	彘:直例	澄	薉:呼括	曉
巨黝	群	瓗:于歲	喻三	濊:呼括	曉
鐎:古巧	見	王伐	喻三	呼會	曉
下巧	匣	照:之少	照	於廢	影
虖:荒烏	曉	羔:古勞	見	烏外	影
戶吳	匣	穚:之苦	照	蒸:賣仍	照
況于	曉	陸:許規	曉	蘁:居隱	見
樗:丑居	徹	髓:息委	心	煢:渠營	群
敢:古覽	見	隋:他果	透	還:似宣	邪
猷:楚鑒	穿	隋:他果	透	檈:似宣	邪
貴:居胃	見	旬為	邪	相倫	心
傮:吐猥	透	孈:許規	曉	虞:語堰	疑
穨:杜回	定	歛:七廉	清	獻:素何	心
隤:杜回	定	譣:處檢	穿	樂:五角	疑
堯:五聊	疑	劍:居欠	見	五教	疑
蕘:如招	日	檢:居奄	見	㰻:書藥	審
譊:女交	泥	儉:巨險	群	鑠:書藥	審
饒:人要	日	顩:魚檢	疑	蠤:丑犗	徹
如招	日	廞:丘嚴	溪	嘅:許介	曉
橈:如招	日	苦感	溪	講:許介	曉
奴教	泥	顩:魚窆	疑	火犗	曉
撓:奴巧	泥	獫:虛檢	曉	韇:許問	曉

燒：式招	審	憸：虛檢	曉	鮮：相然	心
失照	審	鹼：古斬	見	私箭	心
嬈：奴鳥	泥	嬐：魚檢	疑	息淺	心
而沼	日	險：虛檢	曉	鸂：那干	泥
繞：人要	日	稚：直利	澄	虄：呼旰	曉
而沼	日	季：居悸	見	漢：呼旰	曉
蟯：如招	日	疑：語其	疑	灘：呼旰	曉
鐃：女交	泥	癡：丑之	徹	㸑：人善	日
惠：胡桂	匣	絫：五合	疑	屮：丑列	徹
轊：此芮	清	濕：失入	審	枿：魚列	疑
穗：徐醉	邪	他合	透	五結	疑
丑：敕久	徹	淫：失入	審	薛：私列	心
敊：呼皓	曉	塦：直立	澄	鶍：古鎋	見
呼到	曉	直葉	澄	枿：魚乙	疑
勺：之若	照	隰：似入	邪	蘗：魚列	疑
市若	禪	羨：似面	邪	辥：魚列	疑
芍：胡了	匣	于線	喻三	五結	疑
約：於笑	影	衛：于歲	喻三	蠥：魚列	疑
於略	影	懘：子例	精	孼：魚列	疑
		魚祭	疑		

參考書目

1. 丁邦新編，1974 年《董同龢先生語言學論文選集》，臺北市：食貨出版社。

2. 王力（1900～1986），1935《漢語音韻》，臺北市：1975 弘道文化事業出版社（又 1963 北京中華書局重印）。

3. 王力（1900～1986），1937〈上古韻母系統研究〉，《清華學報》12 卷 3 期：473～539。

4. 王靜如，1941〈論開合口〉，《燕京學報》29 期：43～92。

5. 王靜如，1944〈論古漢語的顎介音〉，《燕京學報》35 期：51～94。

6. 方師鐸，1962〈中國上古音的複聲母問題〉，《東海學報》4.1：35～46。

7. 方師鐸，1975《中華新韻「庚」「東」兩韻中「ㄨㄥ」「一ㄨㄥ」兩韻母的糾葛》，臺北市：國語日報社。

8. 方師鐸，1976《常用字免錯手冊》，臺北市：天一出版社。

9. 中國社會科學院語言研究所編，1963《羅常培語言學論文選集》，臺北市：九思出版社（1978）。

10. 巴爾保西（Passy, Paul Êdouard，1859～1940）著，劉復譯，1930《比較語音學概要（Outlines of comparative phonetics）》，臺北市：泰順書局 1971 影印出版。

11. 司馬光（1019～1086）撰、勁光祖檢例，《切韻指掌圖・附檢例》，臺北市：廣文書局 1966 影印出版。

12. 弘道公司編輯部編，1971《四聲等子・韻鏡》（合訂本），臺北市：弘道文化事業出版社（在台一版）。

13. 弘道公司編輯部編，1972《新校宋本廣韻》（澤存堂詳本），臺北市：弘道文化事業出版社。

14. 李方桂，1931〈切韻â的來源〉，《史語所集刊》3.1：1～38。

15. 李方桂，1971〈上古音研究〉，《清華學報》新 9 卷 1～2 期：1～61。

16. 李榮，1952《切韻音系》，臺北市：鼎文書局（1973）。

17. 有坂秀世，1968《國語音韻史の研究》（增補新版），東京都：三省堂。

18. 杜其容，1972〈由韻書中罕見字推論反切結構〉，《臺大文史哲學報》21 期：1～49。

19. 杜其容，1975〈三等韻牙喉音反切上字分析〉，《臺大文史哲學報》25 期：245～279。

20. 沈兼士編著，1945《廣韻聲系》，臺北市：臺灣中華書局 1969 在臺一版。

21. 周法高（1915～1994），1945〈廣韻重紐的研究〉，原刊四川李莊中央研究院集刊外編第三種《六同別錄》，後收入 1948《中研院史語所集刊》第 13 本：49～117。最後收入 1968《中國語言學論文選集》：1～69。

22. 周法高（1915～1994），1948〈古音中的三等韻兼論古音的寫法〉《中研院史語所集刊》第 19 本：203～233，後收入《中國語言論文選集》：P125～150。

23. 周法高（1915～1994），1952〈三等重唇音反切上字研究〉，周法高，《中央研究院歷史語言研究所集刊》第 23 本下冊：358～407。最後收入 1968《中國語言學論文選集》：239～262。

24. 周法高（1915～1994），1956《中國語文研究》，臺北市：華岡出版社。

25. 周法高（1915～1994），1964《中國語文論叢》，臺北市：正中書局。

26. 周法高（1915～1994），1968《中國語言學論文選集》，臺北市：聯經出版社（1975 影印香港崇基書店版）。

27. 周法高（1915～1994），1968〈論切韻音〉，《香港中文大學中國文化研究所學報》1 期：89～112。

28. 周法高（1915～1994），1969〈論上古音〉，《香港中文大學中國文化研究所學報》2.1 期：109～178。

29. 周法高（1915～1994），1970〈論上古音與切韻音〉，《香港中文大學中國文化研究所學報》3.2 期：321～459。

30. 周祖謨，1940〈陳澧切韻考辨誤〉，《輔仁學誌》九卷一期：7～61，後收入《問學集》：517～580。

31. 周祖謨，1955《問學集》，臺北市：河洛圖書出版社（1979）。

32. 林語堂，1933《語言學論叢》，上海：開明書店（1956 民文出版社在台一版）。

33. 林語堂譯，1923〈答馬斯貝囉論切韻之音〉，原載北京大學《國學季刊》1.3：475～498，收入林語堂《語言學論叢》，pp. 162～192。

34. 服部四郎、藤堂明保，1958《中原音韻の研究・校本編》，東京都：江南書院。

35. 河野六郎，1968《朝鮮漢字音の研究》（非賣品，出版地不詳）。

36. 高本漢 1926 著，趙元任、羅常培、李方桂合譯，1940《中國音韻學研究》，台北市：臺灣商務印書館（根據上海商務印書館 1971 影印五版）。

37. 高本漢著，張世祿譯，1931《中國語與中國文》臺北市：長安出版社（1978）。

38. 高本漢等著、趙元任編譯，1935《上古音討論集》，北京市：北大講義組，臺北市：學藝出版社（1970）。

39. 高本漢著，杜其容譯，1963《中國語之性質及其歷史》，臺北市：國立編譯館中華叢書編審委員會。

40. 張世祿（1902～1991），1930《中國音韻學史》，上海：商務印書館。

41. 張世祿（1902～1991），1931《廣韻研究》，臺北市：商務印書館 1974 在臺二版。

42. 張世祿（1902～1991），1935《中國古音學》，臺北市：先知出版社（1976）。

43. 張琨著，張賢豹譯，1975〈論中古音與切韻之關係〉，《書目季刊》8 卷 4 期：23～39，收入 1977《中國語言學論集》：297～314，又收入 1987《中國音韻史論文集》：1～24。

44. 張琨著，張賢豹譯，1987《中國音韻史論文集》，臺北市：聯經出版事業公司。

45. 陸志韋，1939a〈證廣韻五十一聲類〉，《燕京學報》25 期：1～58。

46. 陸志韋，1939b〈三四等與所謂「喻化」〉，《燕京學報》26 期：143～174。

47. 陸志韋，1947《古音說略》，燕京學報專號之二十（1971 臺北市：臺灣學生書局）。

48. 陳寅恪，1934〈四聲三問〉，《清華學報》9.2：275～288。

49. 陳寅恪，1936〈東晉南朝之吳語〉，《中研院史語所集刊》7.1：1～4。

50. 陳新雄，1975《等韻述要》，臺北縣：藝文印書館。

51. 陳新雄，1984《鍥不舍齋論學集》，臺北市：臺灣學生書局。

52. 陳新雄、于大成合編，1976《聲韻學論文集》，臺北市：木鐸出版社。

53. 陳澧（1810～1882），《切韻考·外篇坿》，台北市：廣文書局 1966 初版。

54. 教育部國語推行委員會編，1941《中華新韻》，臺北市：天一出版社 1973 影印出版。

55. 瘂弦主編，1977《中國語言學論集》，臺北市：幼獅文化出版社。

56. 黃侃（1886～1935），《黃侃論學雜著》，臺北市：臺灣中華書局 1969 在臺一版。

57. 董同龢（1911～1963），1944《上古音韻表稿》，台北市：中研院史語所單刊甲種之21。

58. 董同龢（1911～1963），1945〈廣韻重紐試釋〉，原刊四川李莊中央研究院集刊外編第三種《六同別錄》，後收入 1948《中研院史語所集刊》第 13 本：1～20。最後收入 1974 丁邦新編《董同龢先生語言學論文選集》：19～32。

59. 董同龢（1911～1963），1948〈等韻門法通釋〉，《中研院史語所集刊》第 14 本：257～306，收入 1974 丁邦新編《董同龢先生語言學論文選集》：33～82。

60. 董同龢（1911～1963），1964《語言學大綱》，香港：匯通書局。

61. 董同龢（1911～1963），1965《漢語音韻學》，臺北市：臺灣學生書局 1974 五版。

62. 董忠司，1978《顏師古所作音切之研究》，國立政治大學中文所博士論文。

63. 楊樹達輯錄，1965《古聲韻討論集》，臺北市：臺灣學生書局。

64. 趙元任，1931〈反切語八種〉，《中研院史語所集刊》2.3：312～354。

65. 趙元任，1959《語言問題》，臺北市：臺灣商務印書館（1968）。

66. 趙憩之（趙蔭棠），1941《等韻源流》，臺北市：文史哲出版社（1974）。

67. 趙蔭棠，1932〈中原音韻研究〉，《國學季刊》3.3：30～131，1936 由上海商務印書館出版發行。

68. 劉復等編著，1936《十韻彙編》，臺北市：臺灣學生書局 1968 在臺一版。

69. 黎光蓮，1972《漢越字音研究》，臺灣師範大學國文研究所碩士論文。

70. 鄭再發，1966〈漢語音韻史的分期問題〉，《中研院史語所集刊》36 下：635～648。

71. 鄭錦全，1973《語言學》，臺北市：臺灣學生書局。

72. 謝雲飛，1968〈韻圖歸字與等韻門法〉，《南洋大學學報》vol.2：119～136。

73. 謝雲飛，1976《中國聲韻學大綱》，臺北市：蘭臺書局。

74. 龍宇純，1953《韻鏡校注》，台北縣：藝文印書館 1961 四版。

75. 龍宇純，1965〈例外反切的研究〉，《中研院史語所集刊》36 上：311～376。

76. 龍宇純，1970〈廣韻重紐音值試論，兼論幽韻及喻母音值〉，《崇基學報》9.2：161～181。

77. 魏建功，1932a〈唐宋兩系韻書體制之演變〉，《國學季刊》3.1：135～172。

78. 魏建功，1932b〈中國古音研究上些個先決問題〉，《國學季刊》3.4：73～152。

79. 魏建功，1935a《古音系研究》，北京市：北大講義組。

80. 魏建功，1935b〈論切韻系的韻書〉，《國學季刊》5.3：66～145。

81. 藤堂明保，1957《中國語音韻論》，東京都：江南書院。

82. 羅常培（1899～1958），1944〈反切的方法及其應用〉，西南聯大《國文月刊》27 期：1～14。

83. 羅常培（1899～1958），1949《漢語音韻學導論》，臺北市：九思出版社（1978）。

84. 羅常培（1899～1958），1978《羅常培語言學論文選集》，臺北市：九思出版社。

85. Chang, Kun（張琨）and Betty Shefts Chang, 1976 *The proto-Chinese final system and the Ch'ieh-Yün*, The Institute of History and Philosogy Monographs. series A ; No. 26。

86. Wittgenstein, Ludwig, 1967 *Philosophical investigations*, Translated by Anscombe, G. E. M., 1968 虹橋書局影印本。

87. Lyons, John edited, 1970 *New Horizons in Linguistics*, 1975 長安出版社影印本。

88. Nagel, Paul, 1941 Beiträae zur Rekonstruktion der 切韻 Ts'ieh-yün-Sprache auf Grund von 陳澧 Chén Li's 切韻考 Ts'ieh-yün-k'au（〈論陳澧切韻考的貢獻及切韻擬音〉），*Toung Pao*（《通報》）, vol. XXXVI, No. 1：95～158

89. Pulleyblank, E. G.（蒲立本），1962 The Consonantal System of Old Chinese, *Asia Major*, N.S. vol. IX：58～144, 206～265。